KB096897

강해
지고
싶어

강해
지고
싶어

비니 클라인 지음
강성희 옮김

오늘의책

차 례

프/롤/로/그 … 6

1. 더러운 스포츠 … 13

2. 여자와 주먹 … 25

3. 나를 휘감고 있는 넝쿨 … 43

4. 날 받아 주세요 … 57

5. 아버지가 있는 풍경 … 75

6. 뒤구르기와 수영 … 85

7. 희열의 드라마 … 101

8. 헤비급을 위한 진혼곡 … 119

9. 이상한 경험 … 131

10. 나와 다른 여자 … 153

11. 오래된 기억들 … 163

12. 자부심 … 179

13. 정신의 근육 … 199

14. 챔피언 이야기 … 209

15. 스파링 … 217

16. 만들어진 여자 … 227

17. 명사수의 슬픔 … 239

18. 여전히 남자의 세계 … 253

19. 터널의 끝 … 267

20. 나만의 링 위에서 … 277

에/필/로/그 … 289

감/사/의/말 … 297

옮/긴/이/의/글 … 301

히스패닉 청년의 얼굴 밑에 받친 양동이에 피 묻은 마우스피스가 떠 있다. 라운드와 라운드 사이의 정신없는 시간, 코너맨(corner man, 작전을 지시하고 라운드 사이 휴식시간에 응급조치를 취하는 인력—옮긴이)으로 일하는 중인 나는 로프 사이로 팔을 뻗어 헤진 흰색 타월로 그의 꼬불 꼬불한 검정 머리카락을 훔쳐내고 있다. 마누엘의 발치에서 무릎을 꿇고 앉아 정신 차리라고 다그치는 사람은 전 미들급 챔피언인 그의 코치, '존'이다.

나는 다른 사람들이 들려주는 복잡한 사연에 귀를 기울이며 등받이가 젖혀지는 가죽 소파에서 하루를 보내는 쉰다섯 살의 유대인 심리치료사다. 나의 하루는 매번 다른 사람의 이야기로 시작된다. 하지만 오늘 밤은 다르다. 오늘 밤 나는 예리하고 거칠고 시끄러우며, 나이를 초월했다. 체육관 뒤에서 젊은 흑인 DJ가 스페인 댄스곡의 유혹적인 선율에 쿵쿵대는 힙합을 섞으며 시합 시작을 알린다. 문 가까이에서는 경관 세 명이 체육관 안의 상황을 주시하며 서 있다.

시합 시작 전 마누엘은 구토를 호소했다. "왜 이렇게 기분이 이상한지 모르겠어요." 나는 그를 데리고 체육관을 한 바퀴 돌며, 반쯤 먹다 남은 젤리 도넛을 주기도 하고 어깨에 팔을 둘러주기도 했다.

이것은 그의 첫 시합이다. 마누엘을 돌보는 일은 심리학적인 모호함과 미묘함이 지배하는 나의 일상 업무와 전혀 다르다. 이곳은 육체적인 차원의 세상이다. 모든 것이 반대인 비자로 행성(Bizarro World, 슈퍼맨 만화에 나오는 네모 모양의 행성으로 모든 것이 지구와 반대다—옮긴이)이다.

우리가 링으로 올라가자 주심이 마누엘의 준비 상태를 점검하러 다가온다. "보호대는 찼어요?" 그가 묻는다. 마누엘의 얼굴이 하얗게 질리고, 존과 나는 숨을 죽인다. 우리의 준비 부족에 벌써부터 짜증이 난 주심의 얼굴이 일그러진다. 관중석 앞줄과 심판석에서 불만스러운 웅성거림이 솟는다. 모든 게 중지될 판이다. 나는 관중석에 있는 라이언에게 소리를 지른다. 이미 자기 시합을 승리로 마친 그는 뿌듯한 표정의 아버지 옆에 서 있다. 그의 아버지는 라이언이 다섯 살 때 차고에 샌드백을 달아주었던 장본인이다. "라이언! 네 보호대가 필요해!" 라이언이 브뤼헬Brueghel의 그림 속 가죽 샅 주머니를 치켜든 성기 보호의 수호신처럼 라커룸으로 쏜살같이 달려가자, 마누엘이 로프를 뛰어넘어 그 뒤를 따라간다. 그들이 체육관 뒷문 안으로 사라진다. 대머리에 배가 불룩하게 나온 관계자가 단호한 표정으로 내 앞에 섰다. "보호대가 없으면 시합도 없어요!" "곧 가져올 거예요!" 나는 애원한다. 아마추어 시합이라 다행히 넘어가준다. 마누엘이 링으로 뛰어들어온다. 보호대를 차서 고간이 불룩하고 사기는 여전히 드높다.

시합이 취소될 위기를 면했다. 나는 격려의 말을 속삭인다. "이제 가봐, 넌 할 수 있어. 모기처럼 달려들었다가 빠져나오고, 계속 몸을 움직이면서 잽을 날리는 거야." 무하마드 알리의 그 유명한 '벌처럼 쏜다'는 말은 생각이 안 난다. 다른 생각과 말들이 만화 속 말풍선처럼 떠오른다. 오래된 흑백영화 속에서 권투선수들이 자기 자신에게 최면을 걸거나 매니저들한테 괴롭힘을 당할 때 나누는 대화의 파편들. 남자들을 격려하는 남자들의 대사. "날 위해서 해내라!" "날 위해 꿈을 실현해다오!"

"마누엘!" 나는 로프에 달라붙어 목이 터져라 소리친다. 펄쩍펄쩍 뛰면서. 튼튼한 스포츠 브래지어가 얼마나 고마운지 모른다. "계속 움직여! 그렇지, 잘한다!" 그의 우아한 육체는 나의 아바타다. 가게 점원인 마누엘은 온화한 매너남에 얼굴은 조각처럼 잘 생겼다. 고향인 푸에르토리코에서 성공한 권투선수였던 그는 그 섬나라를 대표하는 전사가 될 것이다. 좋은 의미든 나쁜 의미든 권투는 민족성을 드러내고 이용하며 민족적 자긍심을 이끌어내는 스포츠다.

마누엘의 움직임이 지나치게 조심스러워 우리는 잽을 날리라고 그에게 소리친다. 그의 상대가 보디블로(body blow. 상대의 배나 가슴 부위를 치는 기술-옮긴이)를 계속 시도해서 걱정스럽다. 그때 갑자기 마누엘의 집요한 펀치가 마구 쏟아진다. 긴장감 넘치는 3라운드를 마친 후, 승리는 우리 선수의 차지다. 관중들이 환호하고, 폭포수처럼 쏟아지는 승리와 기쁨의 환호성에는 온갖 언어가 섞여 있다. 이상하게도 마누엘은 자신에게 혹독하다. "더 잘 싸울 수 있었는데. 오늘 밤은 진짜 별로였어요." "농담해?" 나는 말한다. "네가 이겼다고!" 그렇게 단순한 것이다. 이 경기에서는 승리가 가장 중요하다. 그리고 '마음'이라는 특별한 종류의 용기와 끈기도.

나는 마누엘을 링 밖으로 데리고 나가 링사이드 닥터인 사만다에게 다가간다. 그녀가 나를 보고 웃는다. 시합 프로모터, 심판, 의사, 코치…… 모두가 나를 안다. 사만다가 사후 검진을 위해 라텍스 장갑을 끼고 마누엘의 턱과 팔과 눈을 검사한다. "가도 좋아요."

나는 뒷문 밖으로 나가 양동이 물을 버린다. 코너맨의 일은 별로 섹시하지 않다. 나는 마누엘의 시합을 위해 세 시간을 기다렸고, 흥

분과 마찬가지로 허탈감도 급속도로 찾아온다. 밤 11시, 멋진 밤이
었지만 깜빡거리는 형광 불빛에 지친 나는 집에 가고 싶다.

관중들이 흩어지고 있다. 마누엘의 시합은 오늘 밤 아마추어 시합
들 중에서 마지막 순서였다. 이제 진분홍색 나비넥타이에 스판덱스
타이즈를 신은 햄든 고등학교 치어리더들이 운영하는 가판대에서는
모든 빵 종류가 반값으로 내려가 있다. 젊은 엄마들은 시합 도중에
잠이 들었거나 울음을 터트린 아기를 안아 올린다.

마누엘이 그토록 갈망했던 트로피를 안고 기념사진을 찍으러 미
국 국기 앞으로 걸어가자, 디스크자키가 마돈나의 노래를 튼다. 나
는 아직 아기인 그의 아들을 안고, 그의 어린 아내에게 감격의 눈물
을 닦을 수건을 내민다.

갑자기 폴란드인인 할머니의 경고조 말투가 내 귀를 울린다. "보
스 이스 도스?(Vos is dos? 이게 뭐냐?)" 검소한 실내복 차림의 할머니가
내 앞에 서 있는 듯하다. 유대교 안식일을 맞아 초에 불을 붙일 때처
럼, 구부정한 다리에 두꺼운 압박 스타킹을 신고 머리에는 손수건을
쓰고서. 1921년에 커다란 배를 타고 폴란드의 유대인 마을에서 가

난을 피해 미국으로 온 여자. 나이보다 더 늙고 두려움에 가득 찼던 여자. 할머니의 미간이 혼란스러움으로 찌푸려진다. 내가 권투에 입문했다는 말을 들은 사람들이 대부분 그랬던 것처럼. 공격성? 운동신경? 할머니가 사시던 폴란드의 유대인 마을에서는 가난한 사람일수록 집에 책장이 있는 경우가 많았다. 유대인의 방식은 싸우는 것이 아니라 관찰하고 공부하는 것이었다. 그밖의 다른 모든 건 '샨다 Shanda', 수치였다.

"제가 무슨 말씀을 드릴 수 있겠어요, 할머니? 권투를 사랑한다는 말밖에."

01.

더러운

스포츠

"그게 아니죠. 그 펀치는 섹시하지 않았어요. 엉덩이를 같이 실어 줘야죠."

한 달에 9달러 95센트로 운동을 할 수 있고, 바로 옆에는 실업 수당을 받아갈 수 있는 실업 센터가 있는 도심의 한 체육관에서 나는 완벽한 잽jab을 날리는 법을 배우는 중이다. 이 체육관은 여자라고는 없는 남자들만의 공간으로, 다른 피트니스 체인점들 중에서도 특히 가격이 저렴하다. 존에게 날 받아달라고 설득할 수 있기를 바라며 처음 이곳에 발을 들여놓았을 때 날 맞이한 건 이젤에 갈겨 쓴 '두건 doo-rag 착용 절대 금지'라는 경고문이었다.

나의 코치인 '돌주먹' 존 스피어John Spehar는 몸무게 90킬로그램의 보기 드문 짐승남으로, 브루스 윌리스와 토니 소프라노(마피아를 소재로 한 TV드라마 〈소프라노스The Sopranos〉에 나오는 마피아 두목의 이름—옮긴이)를 섞어 놓은 듯한 사내다. 존의 취미는 프랑스 혁명사를 공부하는 것 이다.

나는 빌렌도르프의 비너스처럼 풍만한 배를 출렁이며 몸을 숙이 고 그의 가죽 펀치미트(punch mitt, 펀치 훈련의 연습 용구로 보통 각각의 손가 락을 끼워 사용한다—옮긴이)를 맞추려 팔을 뻗는다. 넓이가 10인치 가량 인 갈색 쿠션을 어깨 높이까지 든 그의 모습은 흡사 겨울잠에서 깨 어난 성난 곰 같다.

내 취미는 권투다.

나는 나의 코치에게 반했는데, 그건 아마도 그를 통해 더 행복하 고 활기찬 내 아버지의 모습을 보는 것 같아서였을 것이다. 나의 아 버지 이름은 줄리어스 알렉산더 클라인, 흔히 '제이Jay'라고 불렸다. 트렁크 가득 샘플을 채운 올즈모빌Oldsmobile을 몰고 영업을 다니던 아 버지는 방문하는 담당 영업지역의 모든 브로커가 좋아하는 재미있 고, 따뜻하고, 영리한 사람이었다. 하지만 집에만 오면 문 앞에서 매 력적인 '올해의 세일즈맨' 모습을 벗어버리고, 피닉스 캔디를 운영하 는 사촌들에게 이용당한다는 분노로 가득 찬 '무뚝뚝한 남자'가 되어 악성 우울증을 발산했고, 그 우울함은 곰팡이 핀 담요처럼 엄마와 우리 자매들을 덮었다.

1940년대 B급 영화 속 갱 단원들과 매우 흡사한 외모 탓인지 나는 아버지와 존이 함께 어울리는 모습을 상상하곤 한다. 10대 시절에 브루클린 바로 옆 동네에서 가족이 운영하는 제과회사의 트럭을 몰았던 아버지는 위험한 인물들을 많이 알았다. 아버지가 존을 상대로 '두꺼비 아이크Ike the Toad(아, 이름들하고는!)'를 찾아가 총을 구입한 날의 이야기를 과장스럽게 들려주는 모습을 상상하자 '오늘 아침 잠을 깨고 일어나 총 한 자루를 손에 넣었지'로 시작되는 〈소프라노스〉의 주제곡이 울리는 듯하다.

아버지는 살인 회사라 불린 루이스 '렙키' 부캘터Louis "Lepke" Buchalter 갱단의 조직원 '창녀 앨리스'에게 빠져 있었다. 렙키라는 별명은 이디시어(yiddish, 유럽에 사는 유대인들이 사용하는 독일어와 히브리어의 혼성어─옮긴이)로 '어린 루이스'라는 뜻이고, 살인 회사는 유대인 마피아로 알려졌다. 렙키는 손수레 날치기로 시작했는데, 대개 손수레 상인들에게는 냄비든 달걀이든 닭이든 팔 물건이 하나뿐이었기 때문에 이는 특히 더 냉혹한 범죄였다. 그에게는 지저분한 일을 도맡아 처리하는 애비 렐리스라는 부하가 있었다. 영화 〈살인 회사Murder Inc.〉에서 피터 포크가 연기한 인물이었다. 부캘터는 그가 저지른 수많은 살인 범죄로 정부 당국에 체포되어 처형된 유일한 마피아 보스였다. 〈소프라노스〉의 첫 번째 시즌에서는 동료 정신과 의사가 멜피 박사에게 자신의 가족이 부캘터를 통해 살인 회사와 인연을 맺게 된 사연을 들려주는 장면이 나오는데, 이는 작가들이 사전 조사를 얼마나 충실히 했는지를 보여주는 대목이다.

'살인 회사'에서 앨리스가 한 일은 핏킨 가街에 주차되어 있는 차로 아무 의심 없는 남자를 꾀어내는 것이었다. 그러면 차 뒷좌석에 숨을 죽이고 숨어 있던 갱 단원들이 남자를 때려 돈을 갈취했다. 그러던 어느 날 운이 다했는지 그녀가 노린 남자들 중에 평복 경찰이 끼어 있었다. 그녀가 교도소에서 나온 다음부터 아버지와 앨리스의 불같은 연애가 시작되었다. 이때가 1932년으로 둘 다 스물한 살이었고, 부캘터는 뉴욕에서 제과회사 운전사들을 포함하여 수많은 사업체와 조합을 거느리고 있었다. 아버지 가족도 부캘터의 착취를 당한 피해자였다.

마피아는 돈을 잘 벌어다 주었던 앨리스를 다시 데려가고 싶어 했다. 그들이 앨리스를 데리러 온다는 소문이 퍼졌다. 아버지는 대담하게도 앨리스를 보호하기로 결심하고, 갱단의 검정 리무진이 도착하자 씩씩하게 대항한다. "앨리스는 아무 데도 가지 않아!" 그때 약속시간이 지나도록 나타나지 않던 두꺼비가 마침내 나타나 아버지에게 손수건에 싼 무언가를 내밀었고, 아버지는 호신용 무기를 기대하며 손수건을 펼친다. 총이었다. 하지만 총은 모두 분해되어 있었다. 전해오는 이야기에 따르면 마피아들은 아버지가 처한 상황을 미치도록 우스워했다고 한다. 어찌됐건, 왜 그랬는지 그들은 아버지를 해치지 않겠다는 기적적인 결정을 내렸고, 앨리스마저 상처 하나 없이 놓아주었다. 수잔 언니는 아버지가 그 총을 절대 쓰지 않았을 거라고, 단지 보여주기 위한 용도였다고 우리를 안심시키던 일을 기억하고 있다.

이야기를 다 들은 존은 자신이 코네티컷 주의 하트퍼드에서 경찰관 경위를 만난 날, 권투로 인해 인생을 구원 받게 된 사연을 아버지에게 들려줄 것이다. 경위는 존에게 말했다. "너 주먹을 꽤 잘 쓰는구나. 하지만 다음에 또 날 만나면 넌 감옥에 가게 될 거다."

존은 끊임없이 말썽에 휘말렸다. 언제나 화가 나 있었고 사람을 때리고 다녔으며 도둑질을 했다. 경찰은 그에게 두 가지 매력 없는 선택안을 제시했다. 소년법원에서 재판을 받든지, 군대에 가라고. 존은 그 말에 침울해졌다. 그러자 그 경찰이 묘안을 내놓았다. "권투를 하면 되겠다. 그만큼 네겐 분노가 많으니까 말이야. 분명히 도움이 될 거다."

마침내 조니 듀크의 체육관에서 훈련을 시작했을 때, 존은 그곳에서 유일한 백인 아이였고 고작 열세 살이었다. 심한 골초에 카우보이 부츠를 신은 듀크의 훈련법은 고전적이었다. 존과 같은 백인 아이가 오랜 시간을 시달리며 버스를 두 번씩이나 갈아타고 체육관에 오면, 그는 몸무게가 얼마나 나가며 몇 번이나 싸워봤는지 물어본 다음, 그 즉시 흑인 선수와 스파링(sparring. 실전에 가장 가까운 연습 경기─옮긴이)을 시켰다. 그가 싸워보라고 붙여준 선수는 이름이 헥터였는데, 아버지는 백인을 죽여 감옥에 있었다. 헥터는 아이를 두들겨 팬다. 헥터는 아이를 두들겨 패기 위해 거기 있었다. 그것은 정교하게 이루어진 불의 심판이었고, 존은 자신이 패는 입장이 될 때까지 그 심판을 견뎠다.

"잽, 하나—둘. 잽, 잽. 몸통, 머리. 그렇죠." 존이 내게 말한다.

돌주먹 존은 내게 닌자처럼 몸을 웅크리고, 빠져나가고, 상체를 좌우로 흔들고, 두 손을 올려 방어하고, 힘을 무거운 다리에서 몸 중앙을 거쳐 팔로 올려 보내고, 전에는 생각도 못해 본 방식으로 내 몸을 쓰는 법을 가르치고 있다. 내 몸과 내 몸의 능력에 이렇게 고무될 수 있다니 놀라운 일이다.

나의 몸. 그동안 얼마나 짐스럽고 실망스러웠던 몸인가! 가끔씩 내 몸은 필요하지만 뇌에 비해 지나치게 큰 배낭처럼 느껴지기도 했다. 내 몸은 한 마디로…… 예민했다. 10대에는 천식과 각종 알레르기를 앓았고, 스물한 살 때 뉴욕에서 살던 무렵(외국에 여행을 갔다 온 것도 아니었는데) 살모넬라균에 의한 치명적인 소화기 감염을 앓고 난 뒤로는 과민성 대장증후군을 달고 살았으며, 평생을 편두통과 고질적인 두통에 시달렸다. 우리 가족 전부를 검은 망토처럼 뒤덮고 있던 소용돌이 같은 이상한 감정변화, 불안증, 포비아, 공황증은 말할 것도 없었다. 우리 가족은 뱀을 본 후에 팔을 들어 올리지 못하게 되거나 입속의 혀를 지나치게 의식하게 된 프로이트의 히스테리 환자를 보는 것과 같았다.

따라서 내게는 나 자신의 힘을 느끼고, 추진력을 끌어올리려고 끙

끙대는 나 자신의 신음소리를 듣고, 이런 식의 신체 접촉을 통해 지극한 환희를 경험하는 것이 새롭기 그지없다. 나의 몸이 내게 기쁨을 가져다주고 있다. 눈알에서 땀이 흘러 나는 필사적으로 두 눈을 깜빡인다. 그만큼 내가 견디고 있는 통과 의례는 진지하다. 눈동자에 영향이 갈 만큼.

권투를 더 일찍 알았으면 좋았을 거라고 말하고 싶지만, 나의 언니들과 남편은 바로 그게 나의 심리적 문제라고 말한다. 행복해지면 슬픈 일을 떠올리는 것. 오래된 농담이 있다. "선생님, 선생님!" 여자가 호소한다. "목이 말라요. 너무너무 목이 말라요!" 의사가 말한다. "이 물을 드세요. 그럼 괜찮아질 겁니다." 여자는 한참 동안 꿀꺽꿀꺽 물을 들이켠다. "선생님, 전 너무너무 목이 말랐어요! 목이 말라 죽을 뻔했어요!" 여자는 계속 그런 식이다.

나는 과거에 일어나지 않았던 일을 가정하며 '어땠을까'라는 생각을 많이 한다. 좋은 일이 생기면 역사를 고쳐 써서 그 일을 앞에 끼워 넣고 싶어 하는 것이다.

"그래, 정말로 사람을 때릴 수 있을 것 같아요?" 존은 훈련을 하는 내내 힘든 기색 하나 없이 이야기를 한다. 자신의 아파트 벽장 구석에 챔피언 벨트를 말아 넣어둔 90킬로그램의 분노 덩어리인 존은 제대로 된 한 방으로 내 의식을 끊어놓을 수 있다. 물론 그는 정중하게 주먹을 사린다.

"글쎄, 어떨지 모르겠어요." 나는 숨을 헐떡이며 더듬더듬 말한다. 치과의사가 환자의 입속에 반짝이는 기구와 솜을 잔뜩 밀어 넣고는 어디로 휴가를 다녀왔느냐고 명랑하게 묻는 것과 같은 형국이다. 환자가 침이 잔뜩 고인 입으로 알아들을 수 없는 말 한 마디를 흘리면, 의사는 그에 만족해 또다시 타이밍 나쁜 질문을 할 때까지 입을 다문다.

나는 몸통 중심부를 조이고 무릎을 구부린 채 앞뒤로 뛰기를 반복한다. 숨이 턱에 걸린다. 신체 접촉이 있는 운동이든 없는 운동이든 나는 운동이라고는 해본 적이 없었다. 동생을 힘으로 누르거나, 불량배에게 맞서거나, 남자 형제와 장난으로 레슬링을 하거나, 그밖의 어떤 식으로도 나의 물리적인 힘을 느껴본 적이 없었다. 애인과 격렬한 싸움을 벌이다 식탁을 손으로 쓸어 접시를 한두 장 깨트리거나 셔츠 단추를 뜯어낸 적은 있지만 누군가를 때린 적도, 때릴 생각을 해본 적도 없었다. 그런 건 단순히 불가능했다. 다른 여자들처럼 나도 원치 않는 관심을 받아본 적이 있었고, 그럴 때면 나 자신을 지킬 수 있는 기술과 용기가 있었으면 하고 바란 적은 있었다. 반대로, 맞아본 경우에 대해 말하면 어릴 때 집에 찾아온 친척들과 초콜릿 한 상자를 나눠 먹지 않는다고 아버지에게 뺨을 맞은 적이 있었다. 아버지에게 맞은 건 그때가 유일무이했지만 아버지의 손이 날라 오던 충격을 나는 결코 잊지 못할 것이다.

탁! 내 글러브가 존이 오른손에 낀 펀치미트를 맞힌다. 맙소사, 이렇게 기분이 좋을 수가. 나는 팔을 뻗고 나서 곧바로 잽을 날려야 한다는 걸 기억하며 다시 팔을 뻗는다. …… 짜릿하다. 전에는 내 주먹으로 이렇게 명징한 소리를 내본 적이 없었다.

어린 시절, 우리 가족은 열정이 모자란다는 말로는 부족할 정도로 운동과 담을 쌓고 지냈다. 1950년대와 60년대에 케네디 대통령 때문에 나라 전체에 건강하고 날씬한 몸에 대한 열풍이 불었을 때에도 우리 집에는 그에 대한 개념이 전혀 없었다. 운동을 하지 않았기 때문에 음식에 대한 우리 가족의 집착은 문제를 더욱 악화시켰다.

언니와 나는 포테이토칩을 한 봉지씩 먹으며 느긋하게 텔레비전 보는 것을 가장 좋아했다. 나는 동물 모양의 크래커를 몇 상자씩 뜯어 커다란 그릇에 붓고는 크기별로 모아 놓고 퓨마, 곰, 사자부터 고릴라, 하마까지 마음을 졸이며 순서대로 먹어치웠다. 나의 어머니는 독창적인 요리사는 아니었지만(나는 20대가 되어서야 가공·냉동하지 않은 신선한 버섯을 처음 먹어 보았다) 인스턴트 케이크 가루로 케이크를 만들 줄 알았고, 아버지는 밤늦은 시간에 부엌 싱크대에 서서 브라운 머스터드를 뿌린 호밀빵 살라미샌드위치를 흡입하곤 했다. 아버지의 출장 이야기는 회사 돈으로 도매상들을 접대하러 갔던 고급 레스토랑의 음식을 자세히 묘사하는 것으로 끝을 맺었다. "그 식당에는 스프레드(spread, 비스킷이나 빵 같은 재료 위에 뿌리거나 발라먹을 수 있는 식품-옮긴이)가 있는데 말이다……." 아버지가 꿈을 꾸듯 읊조리면 우리는 귀를 쫑긋 세우고 각종 고기며 다진 간, 칵테일 새우,

치즈나 과일을 넣은 팬케이크, 초콜릿 치즈케이크에 대한 이야기를 들었다.

아버지는 토머스 제퍼슨 고등학교의 육상 선수 출신이었지만 나는 아버지가 빨리 걷는 모습조차 한 번도 본 적이 없다. 부모님은 두 분 다 지쳐 보였다. 내가 다닌 뉴어크의 위케윅 고등학교에는 대회에 나가 상을 받은 농구팀이 있었지만 나는 거기서 뛰는 선수를 한 명도 알지 못했다. 필립 로스의 포트노이(Portnoy, 유대인의 정체성을 그린 필립 로스의 소설 《포트노이의 불만Portnoy's Complaint》의 주인공-옮긴이)를 보면 그 시대의 전형적인 응원구호가 떠오른다.

'아이키, 마이키, 제이크, 샘

우린 햄 안 먹는 소년들

우리 로커 안에는 무교병(matzoh, 유대인들이 먹는 무발효 빵-옮긴이)!

가자, 가자, 가자, 위케윅 고교!'

1940년대에 로스는 뉴어크의 거리에서 특히 비유대인 학교 아이들이 저지르고 다니는 반유대 폭력을 피해 친구들과 도망을 다니고 있었음에도 이렇게 말했다. "누군가의 심장에 총을 쏘지 못하듯 나는 주먹으로 누군가의 코를 박살 내지도 못할 것이다."

당연히 나는 아는 권투선수도 전혀 없었다. 나는 1960년대 월남전 반대 시위에 참가했으며, 내가 부러워하던 냉정하고 침착하기 짝이 없던 학교 남자 아이들처럼 나도 평화주의자라고 생각했다. 그들은 내가 만약 위험한 상황에 처하면 어떻게 하겠느냐는 가상의 질문에 열렬한 평화 정신을 보여주었다. '난 널 보호해주지 못할 것 같

아. 평화를 빈다.' 그들은 자수가 놓인 통기타 끈을 매고 우디 거스리(Woody Guthrie, 1912~1967, 미국 포크 음악의 대부–옮긴이)의 코드 진행을 연습하며 느릿한 말투로 그렇게 말했다.

"이 나라에는 배짱 있는 사람이 더 이상 남아있지 않아요." 내가 계속 펀치미트를 두드리는 동안 존이 말한다. "남자들은 최악이고 말이에요. 응석받이가 되어서 보살핌을 받기만 원하죠."

'지극히 단순하지만 묘한 설득력을 가진 주먹잡이의 철학'이라고 나는 생각한다.

수업이 끝나갈 때가 되자 내 땀에서는 쓸쓸한 오렌지향과 알루미늄, 오래된 페이스트리가 뒤섞인 냄새가 난다. 그건 우리 두 사람의 땀 냄새가 섞인 냄새일 수도 있다. 권투는 파트너가 필요한 친밀한 스포츠로, 남녀가 섹스를 배제한 채 육체적으로 얽힐 수 있는 몇 안 되는 운동 중 하나다.

지금은 7월이고, 우리는 존이 그 두툼한 손으로 유산소 운동 기구와 러닝머신을 쓱 밀어내고 확보한 체육관 한쪽 좁은 구석에서 그러한 육체적인 친밀함을 나누고 있다. 내가 이런 접촉을 얼마나 좋아하는지 남편이 안다면 그는 내 글러브에 끈적끈적한 당밀을 붓고 싶어 할지도 모른다.

"좋아요." 존이 환하게 웃는다. "아주 형편없진 않았어요." 그는 내가 지쳤음을 안다. "가서 물 좀 마시고 쉬어요."

나는 각종 음료를 놓아둔 창가로 걸어가, 커다란 글러브를 낀 두 손으로 아기처럼 서툴게 비타민물이 든 병을 집어 든다. 물이 사방으로 튀고 내 턱으로 흘러내린다. 존이 웃으며 걱정하지 말라고 말한다. 권투는 더러운 운동이니까.

02.

여자와

주먹

베시Bessie와 미니 고든Minnie Gordon 자매는 최초로 여성 권투를 선보인 인물들로, 동부 연안의 보드빌(vaudeville, 1890년대 중반에서 1930년대 초 사이에 미국에서 유행했던 버라이어티 쇼—옮긴이) 순회공연단의 인기 있는 연예인이었다. 그들의 공연 제목은 '백 펀칭과 과학적 행위'였다.

고든 자매의 공연은 1901년 토머스 에디슨이 촬영한 2분짜리 필름에 남아 있다. 필름은 프랑스식 정원 그림이 배경인 연극 무대에서 시작된다. 배경의 대리석 계단과 발코니 앞에서 무릎까지 내려오는 주름치마에 민소매 상의를 입은 젊은 두 여자가 활기 넘치는 난타전을 벌인다. 두 사람의 곱슬거리는 금발은 리본으로 고정되어 있고, 손에 낀 조그만 권투 글러브는 끈으로 손목에 묶여 있다. 그들은 권투 훈련을 좀 받은 건 분명하나 자신을 방어할 줄은 모른다. 손을 올려 얼굴을 가리는 법이 없다. 주먹이 쉴 새 없이 빠르게 날아가고, 가끔씩 날리는 연타에 강한 바람이 불어온 것처럼 치마가 몸에 감긴다. 동생인 듯한 날씬한 여자가 빙글 몸을 돌리자 치마가 올라가 속바지가 드러난다. 체격이 더 큰 쪽은 허리가 두껍고 동작이 어설픈 것이 나의 이모 에티를 보는 것 같다. 그녀가 주먹을 뻗기 위해 몸을 굽히자 엉덩이가 튀어나온다.

19세기 후반과 20세기 초반에는 주로 맨주먹으로 권투를 했고, 그런 개척자적인 남자 선수의 모습이 담긴 필름과 삽화들은 남아 있지만, 그 시대에 권투를 하는 여자를 본 건 이번이 처음이다. 이 필름에는 어딘지 초현실적인 데가 있다. 우선 치마를 입고 있지 않은가.

나는 그 필름을 보고 또 본다. 이 여자 권투선수들에게 몰입하고 싶지만, 나는 빵 덩어리처럼 흔들리는 에티 이모의 팔과 고기와 감자를 잔뜩 넣은 입에서 나오는 시끄러운 이야기 소리를 생각하고 있다. 에티 이모와 여자 권투선수들이 같은 링에 올라가 있는 건 보고 싶지 않다. 인정하기 싫지만 나는 어렸을 때 친척들이 너무 '유대인스럽게' 보이는 게 싫었다. 할머니가 쓰는 이디시어는 가래가 끓는 소리 같아서 말을 할 때면 입 옆에 손수건을 대고 있어야 할 것 같았다. 목 안쪽 깊숙한 곳에서 나오는 그 낮고 억눌린 듯한 소리는 늘 경고였고 두려움이었으며, 내 안의 태양빛을 꺼트리는 분위기를 풍기고 있었다. '안식일이니 가위를 쓰지 마라. 불 켜지 마라. 자전거 타지 마라. 요리하지 마라. 숨 쉬지 마라.'

나의 외삼촌 삼형제는 전형적인 이민 근로자였다. 바비 삼촌은 푸

줏간을 했고, 아서 삼촌은 양복점을 했다. 레온 삼촌이 제과점이나 양초 제조업을 했다면 그야말로 완벽한 트리오가 되었을 것이다. 하지만 레온 삼촌은 텍사스로 이주해 세일즈맨이 되었고, 금발의 유대인 아내를 얻었다(이는 '샨다'가 아니라 대단히 참신한 일이었다).

많은 이민 2세 아이들이 그렇듯 나도 미국 사회에 잘 동화되었다. 금요일 밤이면 로스트치킨과 할라(challah, 유대인의 전통빵−옮긴이)가 식탁에 올라왔고, 아버지는 맹장이 터져 젊은 나이에 세상을 떠난 남동생을 기리며 1년에 한 번 '카디시(Kaddish, 죽은 가족을 위해 상중에 교회 예배에서 외는 기도−옮긴이)'를 암송했지만, 우리 가족은 어느 특정한 유대교 예배당에 소속되어 있지도 않았고, 우리 자매들은 히브리 학교를 다니지도 않았다. 하지만 나는 유대인 소년들의 '바르 미츠바(Bar Mitzvah, 13세가 된 유대인 남자 아이가 치르는 성년의례−옮긴이)'에는 참석했다. 넥타이에 정장 차림으로 등장한 소년들은 뻣뻣한 자세로 더듬거리며 '토라(Torah, 유대교 율법−옮긴이)'를 낭독했다. 축하 선물은 주로 만년필이었다. '오늘 넌 남자가 되었다. 그러니 그 의미에 대해 적어보겠니?' 드물게 여자 아이를 위한 '바트 미츠바Bat Mitzvah'가 개최되기도 했는데, 선물로 무엇이 주어졌는지는 기억나지 않는다.

나는 유대교 규율을 그리 잘 지키지도 않았고, 유대인과 결혼하는 게 중요하다고 생각하지도 않았다(내 남편 스콧은 유대인이 아니다). 나의 외모와 표현방식, 정체성 모두가 날 '문화적 유대인'으로 규정한다는 말을 들을 때마다 조금 놀라기는 했지만, 나는 그런 말을 쉽게 무시해 버렸다. '나'라는 사람을 구성하는 모든 요소 중에서 유독 유대인적인 특징을 지나치게 드러낸 적이 없었으니 말이다. 하지만 사람들이 유대인인 나의 권투 사랑을 별스럽게 생각하기 시작하면서부터 나는 갑자기 그런 평판을 무시할 수 없게 되었다. 유대인의 경험 스펙트럼에서 가장 멀리 떨어져 있는 권투라는 운동으로 내가 유대인이라는 사실이 오히려 부각된 것이다.

나 역시 유대인은 책에 머리를 박고 공부만 하는 창백한 학자들이라고 생각하며 자랐다. 재미있고 따뜻하고 섬세하지만 육체적인 것과는 거리가 먼 사람. 유대인은 활동적이지 않았다.

줄스 파이퍼(Jules Feiffer, 퓰리처 상을 받은 시사만화가—옮긴이)는 '어른은 체육 수업을 하지 않아도 된다'라는 생각에 빨리 자라서 어른이 되고 싶었다고 말했다. 유대인의 철인 3종 경기는 '카드놀이, 카드놀이, 낮잠'으로 이루어진다는 농담도 있다. 우디 앨런은 제2차 세계대전 이후 가장 큰 영향력을 미치는 유대인 영화감독으로서 이러한 유대인의 집단의식을 파고들었고, 그의 페르소나와 농담은 자신의 육체적인 연약함과 유순함을 강조한다. 수많은 작가, 코미디언, 그밖의 다른 유명 인사들까지 합세해 운동을 못하는 유대인의 이미지를 퍼트렸으니, 내가 자기 소유의 요트에 이름을 붙이고 스키장 근처에 별장을 구입하느라 바쁜 유대인 친구들을 사귀게 되었을 때 큰 충격을 받은 건 당연했다.

유대교의 종교의식에는 크게 실망스러운 점이 몇 가지 있었다. 어린 시절에 가보았던 여러 유대교 예배당에서 남녀가 떨어져 앉아 있던 모습이 잊히지 않는다. 여자는 토라를 읽을 수 없게 되어 있었고, 독서 집안에서 자란 나는 그런 사실이 미치도록 싫었다. 나는 정통파 유대교의 남자들이 여자로 태어나지 않게 해주셔서 감사하다고 기도하는 소리를 매일 들었다. 하지만 그보다 더 두려운 건 유대교 교리를 완벽하게 실천하지 않는 것을 '샨다'라고 생각하는 신앙심 깊은 친척들의 말이었다. '메주자(mezuzah, 토라의 구절을 새겨 문설주에 붙이는 장식품으로 집에 드나들 때마다 키스를 하는 것이 유대교의 관습이다-옮긴이)에 키스도 하지 않으면서 어떻게 유대인이라고 할 수 있니? 어떻게 코셰르(kosher, 유대 교리에 따라 정결한 음식을 만들기 위한 식품 준비 및 조리법-옮긴이)를 지키지 않을 수 있어? 욤 키푸르(Yom Kippur, 유대교의 속죄일-옮긴이)에 왜 단식을 하지 않니?' 유대교는 모두 먹겠다고 선뜻 동의하지 않으면 맛볼 수 없는 값진 음식을 내 놓는 이상한 광신도 집단이나 동호회 같았다.

나를 권투 링 안에 집어넣는 것은 좋다.

하지만 유대교 예배당 안에 들어가는 것은 끔찍하다.

권투를 시작했을 때 나는 동네 비디오 가게에서 권투 영화란 영화는 모조리 빌려 보았다. 〈하더 데이 폴The Harder They Fall〉, 〈챔피언 Champion〉, 〈로키〉 시리즈 전편, 〈팻 시티Fat City〉, 〈파이트 복서〉, 〈신데렐라 맨〉, 〈위대한 희망〉, 〈알리〉 같은 영화들이었다. 윌리엄 홀든은 영화 〈황금 주먹〉의 조 보나파르트로 많은 사람의 기억 속에 남아 있다. 바이올린을 계속 해주길 바라는 아들이 권투를 하다 손을 다치지 않을까 노심초사하는 이탈리아 이민자 부모를 둔 아들 역할이었다.

나의 코치 존이 두 라이벌인 에밀 그리피스Emilie Griffith와 베니 파렛 Benny Paret이 세계 챔피언 타이틀을 놓고 링에 올랐던 그 유명한 1962년도 시합을 다룬 〈불의 링, 에밀 그리피스 이야기Ring of Fire: The Emile Griffith Story〉를 보여주었을 때 나는 눈물이 났다. 파렛은 그리피스를 호모라고 비방하고 다녔는데, 당시로서는 특히나 자극적인 도발이었다. 운 나쁘게도 그 시합에서 파렛은 링 위에서 숨을 거두었다. 존은 테이프를 되감아 시합 장면을 몇 번씩 반복해서 보여주며 정확히 무슨 일이 일어났는지 내게 말해주었다. 그 비극적인 사고로 오랫동안 사람들 마음속에 권투에 대한 편견이 자리 잡게 된 사연과 라이벌의 죽음으로 링을 떠난 그리피스가 그 후 40년간 그 기억에 사로잡힌 채 살아간 이야기에 대해. 그 시합 이후로 권투 위원회에서는 파렛의 경우처럼 선수 머리가 옆으로 떨어졌다가 튕겨 돌아오는 일이 없도록 기존의 세 줄 로프에서 네 줄 로프로 변경하는 규정을 만들었다.

몇 편은 전에도 본 적이 있는 것들이었지만 영화는 모두 재미있었다. 하지만 나는 그 영화들에서 나와의 연결점을 찾을 수가 없었다. 우선은 대부분이 남자들의 이야기라는 점 때문이었다. 영화가 보여주는 건 〈신데렐라 맨〉의 벤저민 브래독처럼 체육관에서 분노의 배출구를 발견한 뒤 모든 이민자를 대표해 싸우는 가난하고 억눌린 남자나, 로키처럼 착하지만 돌파구를 찾지 못하는 어눌한 짐승 같은 남자들의 이야기이다.

필라델피아의 고기 가공 공장에서 쥐꼬리만 한 월급을 받으며 일하는 로키는 빚 수금업자로 가욋돈을 벌며 살아간다. 그러다 그는 영화 속 헤비급 챔피언인 아폴로 크리드의 매니저들이 무명 선수와의 시합을 주선하고 싶어 한 덕분에 부상할 기회를 잡는다. 1편에 이어 엄청난 성공을 거둔 다섯 편의 속편들은 그의 이야기가 사람들 마음에 얼마나 큰 반향을 일으켰는지를 보여준다. 마치 오케스트라 단원들이 악기를 싸들고 모두 집으로 돌아간 후에도 오랫동안 귀에서 떠나지 않는 위대한 교향곡의 마지막 화음처럼 말이다.

랠프 엘리슨, 노먼 메일러, 헤밍웨이, 조이스 캐럴 오츠 같은 위대한 작가들은 권투에 내재된 복잡한 요소와 그 특성에 이끌려 이 스포츠를 탐구했다. 다양한 인종과 계층을 담아내는 무대가 되어온 권투는 동족의식을 바탕으로 번성한다. 권투는 '사회의 거울'이라는 말로 표현되어 왔는데, 역사에 해박한 내 코치의 말에 의하면 재즈나 야구의 발전사처럼 권투의 역사 또한 초기 미국사에 관한 훌륭한 대학 강좌가 될 만했다. 미식축구와 야구에 인기를 내어주었다고는 하나 권투는 냉정한 미국이 차마 완전히 내치지 못하는 종목이다. 환호와 야유 속에서 관중의 시선을 한몸에 받으며 기꺼이 링에 오른 두 사람이, 지켜보는 이들의 공격성을 희롱하듯 벌이는 원시적 시합에 대한 매력을 떨쳐내지 못하기 때문이다.

대부분의 권투 이야기에는 예상 가능한 기본적인 얼개가 있다. 가난에 찌들고 분노로 충만한 주인공이 그 분노의 출구로서 권투를 발견하고, 스승을 찾고, 이기기 위해 고군분투한다는 것이다. 그러면 우리는 그들로부터 안전하게 떨어진 거리에서 고대해 마지않던 승리의 순간을 향해 침을 흘리며 따라간다. 때로는 그 중간에 타락의 손길이 뻗쳐오기도 하고, 주인공이 파우스트적인 딜레마에 처하기도 한다.

⟨뉴요커⟩지의 편집자이자 작가인 데이비드 렘닉은 권투는 절대적으로 가난한 자들의 스포츠라고 말한다. 절망적인 시간은 절망적인 수단을 부르고, 이는 다른 선택의 여지가 거의 없는 이들에게 특히 더 그러하다. 물론 오늘날에는 말 그대로 돈을 공중에 뿌리고 금붙이를 번쩍이고 다니는 플로이드 메이웨더Floyd Mayweather처럼 절망과 거리가 먼 권투선수도 있다. 2007년에 있었던 그와 오스카 들라호야Oscar DeLaHoya의 시합은 홍보이벤트에 불과했다. 유료 케이블 방송에서는 200만 달러의 수입을 올렸지만 두 선수 모두 다치는 걸 꺼려해 얌전하게 싸우는 바람에 시합은 시시하게 끝이 났다. 내 코치인 존은 선수들이 버릇이 없고 거만해졌다고 말한다. "나라면 한동안 돈을 주지 않을 거예요. 배가 고파 봐야 한다니까."

그 시합을 봤느냐고? 두말하면 잔소리!

　나는 권투선수들의 입장 장면을 좋아한다. 케이블 채널 HBO를 틀자 선수들이 거들먹거리는 걸음걸이로 경기장 안으로 들어온다. 많은 경우 "시합을 준비합시다"라는 마이클 버퍼Michael Buffer의 낭랑한 목소리가 함께 한다. 그는 자신의 유명한 트레이드마크인 이 말을 한 자씩이나 길게 늘이며 끝으로 갈수록 점점 소리를 높인다. 방송에서 다른 누군가가 그 말을 쓰면 버퍼는 로열티를 받는다. 누군가 그 말을 승인 없이 사용했다는 사실을 서류로 입증할 수 있으면 보상금을 신청할 수도 있다.

　선수의 얼굴은 마치 고대의 미스터리에 둘러싸인 듯 가운의 후드 밑에 가려 거의 보이지 않는다. 선수는 때로는 걷고 때로는 제자리 뛰기로 워밍업을 하며 근육을 데운다. 때로는 전투에 들어가기 전에 마지막으로 자신의 영혼을 점검하듯 아래를 내려다보기도 한다. 가끔 링 위에 올라간 선수가 재빨리 빼내는 십자가 목걸이나 장신구의 번쩍임이 보인다. 사람들의 환호성과 외침 속에서 모든 시선이 선수에게 쏠리고, 조명이 시합장 안을 돌아다니며 번쩍인다. 코치진은 사도들의 무리처럼 선수 옆에 늘어서서 한 사람씩 포옹을 하고, 의기양양한 걸음으로 그를 싸고돌며 힘을 준다.

하지만 주인공은 팀이 아니라 선수 개인이다. 권투는 순응하지 않는 자, 부적격자, 정신분열적 성향을 지닌 자에게 딱 들어맞는 운동이다. 모든 권투 경기는 나르시시스트의 꿈이다. 자신을 비추는 거울이자 앞길을 가로막는 상대 선수와 함께 앞으로 자신이 만들어갈 드라마의 중심에 서 있으니 말이다.

공이 울리면 선수들은 자신들의 코너로 물러난다. 코치진은 그들의 영웅을 보살필 준비를 마치고 링 안으로 훌쩍 뛰어올라온다. 대개 최소한 세 사람이 한꺼번에 선수에게 달라붙어 얼굴에 바셀린을 바르고, 머리에 물을 붓고, 물병을 건네 물을 아주 조금 마시게 하고, 찢어진 상처를 치료하고, 다리미처럼 생긴 조그만 강철 조각으로 부어오른 뺨이나 눈을 누른다. '언스웰(unswell, 붓기 방지기)'이라고 불리는 이것은 1910년에 미국으로 건너온 러시아계 유대인 이민자 잭 골롬Jack Golomb이 설립한 에버라스트에서 구입할 수 있다. 다음번 공이 울리기까지 유예 상태인 선수는 경고를 퍼붓는 코치들의 어깨 너머를 응시한다. "오른손을 더 써! 저 녀석은 두려워할 것 없어! 뭐하는 거야? 우리가 얘기한 거 있잖아! 내가 한 말 잊지 마. 오른손을 쓰란 말이야! 이 시합은 아무것도 아니야, 저 녀석은 아무것도 아니라고! 챔피언은 너야. 힘내. 뭐 하는 거야? 그렇지, 지금 하는 대로만 해."

만약 코너맨들이 스페인 사람이나 러시아 사람, 라트비아 사람이라면? 문제없다. 그들의 말이 통역되어 나오니까. 모든 대화가 마이크를 통해 중계되므로 우리의 호기심은 이내 해결된다. "머리를 움직여! 밖으로 빼란 말이야! 알았어? 알았냐고? 긴장을 풀고 부드럽게. 하나, 둘, 셋, 이제 나가! 잽을 뻗어! 알았지? 상대가 널 기다리고 있어! 저놈의 펀치를 막아! 지금 잘하고 있어. 그러니까 네가 파고들 때마다 상대가 반응하는 거야. 못 빠져나가게 하란 말이야!"

나는 훈련의 일환으로 전에 보았던 권투 영화 몇 편을 다시 보았지만 내용을 보기 위해서만은 아니었다. 이제 나는 예전에 빨리감기로 넘어갔던 시합 장면을 천천히 되감아 보며 펀치와 움직임의 조합을 공부한다.

여자 권투 영화는 찾기가 어려웠다. 나는 〈밀리언 달러 베이비〉를 예전과 다른 시각으로 한 번 더 보았다. 영화에서 매기 피츠제럴드의 다리를 못 쓰게 만든 '푸른 곰' 빌리로 나온 이는 프로 권투선수인 루시아 리커Lucia Rijker였다. 암스테르담에서 태어나고 자란 리커는 자신이 영화 속에서 연기한 잔혹하고 악랄한 인물과는 180도 다른 불교신자로, 내가 본 가장 강하고 아름다운 여성 중 한 명이다. (흥미롭게도 빌리가 매기를 때리는 장면은 많은 사람에게 충격을 안겨 주었는데, 사실 그것은 정규 권투 시합에서는 절대 나올 수 없는 장면이다. 등을 돌린 선수에게 주먹을 날릴 수도 없거니와, 설령 그랬다 하더라도 그런 비겁한 선수는 다시는 시합에 나갈 수 없다.)

나는 비디오 가게의 먼지 쌓인 뒷선반에서 다큐멘터리 영화 〈샤도우박서〉를 찾았다. 영화는 남자들뿐인 캠프에서 훈련을 받는 리커를 보여준다. 리커는 자신이 분노를 안고 싸우거나 분노 때문에 싸우지 않는다고 말한다. 그리고 이렇게 덧붙인다. "내겐 해야 할 일이 있고, 시합은 내가 그 일을 하는 방식일 뿐이에요." 리커에게는 시합을 할 기회가 잘 생기지 않는다. 실력이 지나치게 뛰어나 어느 선수도 그녀와 싸우고 싶어 하지 않기 때문이다. 이것은 많은 여자 선수들이 공통적으로 겪는 문제로, 최고의 실력자와 시합을 하려는 선수들이 부족하다.

여자 선수들의 이야기에도 많지는 않으나 역경과 승리라는 요소는 분명히 존재한다. 무하마드 알리의 딸인 라일라 알리Laila Ali는 편안한 삶을 보장해주는 온갖 특권을 누렸을 것 같지만, 사실 그녀는 도둑질을 하고 싸움에 휘말리고 집에서는 가족들에게 무시당한다고 느꼈던 문제아로, 결국에는 소년원 신세까지 졌다. 오랫동안 그녀의 목표는 소박하게도 네일샵을 여는 것이었다. 하지만 그녀는 권투선수로 성공했고, 그 뒤로 그녀가 보여준 영웅의 행보는 우리의 마음을 사로잡기 시작했다.

라일라 알리는 권투의 '주고받기'와 '날아올 펀치에 대한 기대감'을 사랑한다고 말한다. "꿈에서 난 풋워크를 하는 발을 봐요. 무용과도 같은 그 움직임을." 그녀는 말한다. "난 공격과 방어의 섬세한 작용을 좋아해요. 잽이 날아가면 몸을 숙여 피하고, 상대가 전진하면 자리를 지키고, 상대가 물러설 때 기세를 잡는 그런 것 말이에요." 나는 그녀의 인생을 그린 다큐멘터리 영화 〈대디 걸Daddy's Girl〉을 보며 그녀의 강함과 아름다움에 매료당한다. 그녀는 여신이다. 라일라는 여자 교도소에 가서 자신보다 어린 여자들에게 자신의 자서전 《리치!Reach!》를 나누어주며 이렇게 말한다.

"자신의 꿈을 좇아가세요." 회의적이고 부루퉁한 여자들의 얼굴에 대고 그녀는 말한다. "두려워하지 마세요."

여자 권투는 1970년대에 프로 승인을 받았다. 오늘날에는 아마추어 선수들의 꾸준한 증가세와 함께 700명이 넘는 여자 프로 권투선수가 있으며, 2012년 런던 올림픽에서는 여자도 마침내 권투 시합에 나가 겨룰 수 있게 되었다. 그럼에도 여전히 여자 선수의 시합료는 남자보다 낮다. 남자 선수라면 하룻밤에 5천 달러를 벌 수 있는 시합이 여자 선수에게는 고작 1,200달러밖에 안 될 수 있다.

하지만 호위를 받으며 링에 올라오는 선수가 여자일 때면 나는 특별히 더 마음이 설렌다. 벽을 뚫고 들어가 남자들만의 클럽에 받아들여졌다는 의미이니까 말이다. 연기가 걷히면 셔츠를 찢으며 커다란 근육을 드러내는 헐크가 등장한다. 아니, 이 경우에는 가슴이라고 해야 할까.

"사실 권투 학생으로는 여자가 더 나아요." 한번은 훈련을 하다가 존이 이런 말을 한 적이 있다. "여자들은 남자들보다 더 귀를 기울여 듣거든요. 자기들한테 힘이 없다는 걸 알기 때문에 남자들보다 훨씬 더 지능적인 방식으로 권투에 접근하는 거죠. 한번은 콜로라도스프링스에서 열린 권투 관련 전시회에서 무슨 박사라는 권투 전문가가 나와서는 여자 권투선수의 장점에 대해 얘기한 적이 있는데…… 잔뜩 거들먹거리는 목소리로 이런 소리를 하는 거예요. '여자는 남자만큼 힘이 세지 않은 반면 권투는 매우 육체적인 운동이기 때문에 그에 맞게 훈련시켜야 한다'고 말이에요. 그러니까 여자들을 링 안에 넣어서 우선 '좀 굴려야' 한다고. 내가 말했죠. 그건 푸딩이 좋으냐 젤로가 좋으냐의 문제 같지 않으냐고 말이에요. 부스러기 없는 젤로가 더 치우기 편하다는 말과 뭐가 다르냐고. 그런 멍청한 소리는 처음 듣는다고 했죠. 그랬더니 그 작자가 자기 말은 그게 아니라 여자의 상체를 더 강화시켜야 한다는 뜻이었다고 하더군요. 내가 가르치는 여자들은 전부 권투를 잘해요. 그런데 그들에게는 남자와 다른 흥미로운 점이 있죠. 남자들은 상대의 글러브를 뚫고 펀치를 넣을 방법을 생각하는 반면, 여자들은 어떻게 하면 상대의 글러브를 피해서 펀치를 넣을까를 생각한다는 거예요."

바로 그랬다. 권투를 할 때 나는 존이 날 가로막고 있다는 것밖에 생각하지 못했다. 끊임없이. 나는 어떻게 하면 어퍼컷으로 그의 턱을 맞힐 수 있을지, 어떻게 해야 그의 오른팔 높이만큼 왼쪽 훅을 날려 그의 머리 옆을 맞힐 수 있을지 등등을 생각하며 그에 맞는 몸놀림의 조합을 머릿속에 그렸다. 한번은 먼 거리에서 보디블로를 시도한 적이 있었는데, 공격이 전혀 효과가 없었다. 주먹이 안까지 닿지 않았던 것이다. 그는 빨랐고, 강력했다. 어떻게 해야 보디블로를 맞힐 수 있을까?

"그 박사라는 작자가 또 다른 멍청한 소리를 한 것도 그 전시회에

서었어요." 존의 이야기가 이어졌다. "무게를 재는 모니터에 샌드백을 걸어 놓고 코치들이 정상급 권투선수들과 시범 경기를 하는 거였는데…… 나보고도 참여해 달라고 하더라고요. 그때 내 옆에는 나와 일한 적이 있는 나이 든 흑인 코치가 있었어요. 아주 훌륭한 권투 코치죠. 그가 소리쳤어요. '엉덩이를 실어!' 그러자 그 박사가 다시 끼어드는 거예요. 엉덩이를 돌리는 것과 펀치에 힘이 실리는 것의 상관관계를 보여주는 연구는 없다고 말이에요. 그러자 그 흑인 코치가 소리쳤죠. '멍청한 소리 집어치워요! 선수들을 몇 명이나 훈련시켜 보고 하는 소리요!' 그러니까 그제야 입을 다물더군요."

"거기다가 여자 몸은 무게 중심이 낮은 곳에 있어요." 존이 덧붙였다. "하체가 더 무겁죠. 그래서 여자의 엉덩이는 권투에 유리해요." 그는 곰발바닥 같은 펀치미트로 나의 하체를 가리켰다.

아아아아아, 그렇다. 권투를 하는 데는 나의 뇌뿐만 아니라 슬라브 핏줄인 나의 다리도 유용한 것이다. 드디어 나는 우주 속 나의 위치를 발견했다.

'권투 학생으로는 여자가 더 나아요.' 여자는 운동 신경이 떨어진다는 말과 함께 나는 남자가 여자보다 더 강하다는 말을 평생 들으며 살아왔다. '남자는 여자보다 강하고, 유대인은 스키를 타지 않는다.' 이런 믿음은 변함없이 계속 이어져 왔다. 존은 여자의 타고난 장점에 대해서는 아무 말도 하지 않았지만 여자가 권투를 더 잘 배운다고 했다.

여자는 생각이 너무 많고, 감정도 너무 많다는 말을 들어보았을 것이다. 여자 대통령 이야기가 나오면 늘 등장하는 레퍼토리였다. 사람들의 집단의식 속에는 여자는 믿음직스럽지 못하다는 생각이 여전히 자리 잡고 있었다. 하지만 존은 그 열정이 여자의 장점이라고 했다. 그리고 남자는 권투를 할 때 때리고 싶었던 불량배의 얼굴을 떠올리지만 여자는 누구의 얼굴도 떠올리지 않는다는 말도 했다. 대신 여자는 권투를 하면서 자신감이 상승하는 것을 경험한다. 이런 차이점은 내가 만나본 남녀 권투선수들을 통해서도 알 수 있었다.

한 여자는 권투로 인해 자신의 여성성을 더 많이 느끼게 되었다고 했다. 존과 함께 훈련하는 서른 살의 여성학 교사 수^{Sue}를 만났을 때, 그녀는 권투를 하면서 자신이 더 섹시하게 느껴졌으며 크고 볼륨감 넘치는 자신의 몸을 편하게 여기게 되었다고 말했다. 존과 킥복싱 훈련도 하는 그녀는 자신의 '짧고 무거운 다리'가 그의 어깨까지 올라가는 것을 즐긴다. '강해 보인다'는 이유로 검은색 권투붕대를 샀지만 그녀는 존을 때리거나 그와 스파링을 하고 싶어 하지는 않는다. 그녀에게 존은 '껴안아 주고 싶은 테디 베어' 같고, 오빠 같은 존재이기 때문이다. "존이 아버지 같으냐고요?" 그녀가 놀라며 물었다. "어떻게 그럴 수 있어요? 그렇게 나이가 많지도 않잖아요!" 그래서 그들은 펀치미트를 사이에 놓고 만난다.

권투 시합은 온갖 희망과 격려의 말과 훈련을 거쳐 광고와 프로모션에 이르기까지, 오랜 준비기간이 무색하게 눈 깜짝할 새에 끝날 수도 있다. 2007년에 열린 알폰소 고메즈Alfonso Gomez 대 '천둥주먹' 아투로 가티Arturo "Thunder" Gatti의 시합에서 가티는 2분 만에 다운을 당했다. 기자들은 순식간에 선수에게 몰려들어 지친 얼굴 앞에 마이크를 들이밀고 수많은 질문을 퍼붓는다. 선수들은 땀을 뚝뚝 흘리며 질문에 대답하려고 노력한다. 대부분 겸손하게 대답하지만 가끔 건방진 대답이 나오기도 한다. 패자도 질문을 받는다. "왜 그렇게 됐나요? 뭐가 문제였다고 생각합니까?"

이 시합의 가티처럼 KO를 당한 선수들은 종종 그 사실을 부인한다. "뭐라고요? 무슨 소리예요? 난 KO 당하지 않았어요! 무슨 말도 안 되는 소리를!"

존은 그들이 그런 반응을 보이는 것은 주먹을 맞고 나서 그야말로 아무것도 기억하지 못하기 때문이라고 말한다.

03.

나를

휘감고 있는

넝쿨

존과의 훈련이 네 번째에 접어들 즈음 나는 잠을 자면서 주먹을 휘두르기 시작했다. 어느 날 아침, 남편은 잠을 자는 동안 저절로 움직이고 있던 내 손을 붙잡았다. 내 손은 양쪽 다 앞뒤로 움직이고 있었다. 우리는 서로 손을 얽고 다시 잠이 들었지만 남편은 그럼에도 내 주먹이 여전히 움찔거리더라고 말했다. 그 일이 있은 지 얼마 지나지 않아 나는 50대 후반의 조앤을 만났는데, 그녀는 존과 2년 동안 권투 훈련을 하고 나자 남편이 머리를 매만져주려고 손을 살짝만 내밀어도 반사적으로 손이 올라가더라고 말했다.

"스콧은 당신이 권투 하는 걸 어떻게 생각하죠?" 한번은 존이 내게 물었다.

"음, 지지해주는 것 같아요…… 어디까지 갈 건지 궁금해하는 것 같기는 하지만."

　존은 자신이 가르치는 여학생들의 남자 가족이 늘 이해심이 많지는 않다는 사실을 정확히 인지하고 있었다. 스콧에 대해 물어본 이유도 아마 그래서였을 것이다. 하지만 나는 〈밀리언 달러 베이비〉의 매기 피츠제럴드와 달랐다. 인정을 받으려고 싸우는 것도 아니었고, 내 앞길을 가로막는 사람도 없었다. 내가 권투를 한다고 말하면 사람들은 놀라는 것 같았다. "당신이요?" 사람들은 되묻는다. '왜 그렇게 놀라세요?'라고 나는 묻고 싶었다. '내가 나이가 많아서요? 몸이 날렵하지 않아서요? 여자라서요?' 사람들은 남자가 주먹질에 필요한 공격성이나 열정을 보이는 것은 당연하다고 생각하면서, 그게 여자일 경우에는 파격적이라고 생각했다. 도대체 왜 여자가 주먹질을 하거나 맞고 싶어 하느냐고 말이다.

　아니, 어쩌면 전혀 다른 이유 때문이었을까?

　어쩌면 그들은 내 직업이 권투와 어울리지 않는다고 생각했는지도 모른다. '당신은 심리치료사잖아요.' 그들은 내가 이 직업을 선택했을 때 1950년대 공상과학 영화에 나오는 수조 속의 뇌처럼 육체적인 면은 완전히 배제당한 운명이었음을 상기시키듯이 나를 나무란다. '당신은 공격성을 보이면 안 되잖아요, 안 그래요? 공격성을 분석하고 승화시켜야 하는 게 당신 일 아닌가요?'

　맞는 말이다. 권투 글러브를 끼고 헤드기어를 쓰는 것만큼 자기 자신의 경쟁심, 분노, 지배욕과 대면하게 해주는 것은 없다. 나의 성향은 충격적이었다.

사람들은 내게 묻는다. 당신의 환자들은 아느냐고. 아는 환자들도 몇몇 있다. 권투를 배우면 자신의 육체적인 힘과 능력을 자각하는 데 도움이 될 거라고 말한 적이 있으니까 말이다. 심리치료사는 두 부류로 나뉜다. 우선 환자들이 심리치료사 자신들의 개인적인 면에 대해서는 아무것도 모른다고 생각하며 계속 그러한 행동 방식을 고수하려고 애쓰는 부류가 있다. 그들은 의견을 말하지도 않고, 자신이 어디로 휴가를 가는지도 말하지 않는다. 또 다른 부류는 이와는 정반대의 유형으로, 그들은 스스럼없이 자신을 개방하고 환자와 긴밀한 대화를 주고받는다. 이쯤 되면 내가 어느 쪽인지 짐작이 갈 것이다. 물론 미스터리를 고수하는 심리치료사가 환자에게 도움이 되는 치료사일 수도 있다. 하지만 그 상태는 오래가지 않는다. 그들의 얼굴과 마음에 세워놓은 벽에서 필연적으로 거리감이 드러나기 때문이다. 그들이 직접적이고 냉소적인 유머 감각을 구사하든 유머 감각이 전혀 없든, 사무실에 클레^{Paul Klee}의 그림과 정교한 사문석 조각품이 있든 먼지를 뒤집어쓴 자격증들만 비뚤게 걸려 있든, 재킷에 면바지 차림이든 헐렁한 모시옷에 큼직한 보석을 끼고 있든, 주차장에 '지구적으로 사고하고 지역적으로 행동하라'는 환경 스티커가 붙은 소형차가 세워져 있든 스키랙이 달린 신형 중형차가 세워져 있든, 상관없다.

권투를 하는 건 성적 소수자가 되는 것과 약간 비슷하다. 우리는 많은 사람이 이해하지 못하는 것에서 즐거움을 얻고, 사람들은 그런 이유로 우리를 판단하려 든다. 하지만 가끔 내가 권투 이야기를 하면 남녀를 막론하고 놀랄 만큼 많은 사람이 글러브를 낀 자신의 모습을 상상하기 시작한다. 표정을 보면 알 수 있다. 순진한 눈이 커지며 그들은 언젠가 에어로빅 수업에서 5분간 킥복싱을 해보았던 이야기를 하기 시작한다. 흥미를 느끼는 것이다. 그런 다음에는 호기심을 느끼고…… 그런 다음에는 거의 속삭이는 목소리로 묻는다. "그래, 어디서 권투를 배운다고요?"

렘닉의 말처럼 권투가 가난한 자들을 위한 운동이라면, 권투는 아일랜드, 이탈리아, 멕시코, 아프리카 흑인 등 소수 민족과 민족적 자존심에 관련된 운동이기도 하다. 조이스 캐럴 오츠는 자신의 저서 《권투 이야기On Boxing》에서 권투는 흑인 남자들의 이야기라고 말하지만, 그녀가 이 책을 쓴 때는 미국에 히스패닉계와 슬라브계가 유입되기 전이었다.

"존, 유대인 권투선수도 있었나요?" 나는 고든 자매의 권투 필름을 발견한 후 존에게 물었다.

"당연히 있었죠. 베니 레너드Benny Leonard, 앨 데이비스Al "Bummy" Davis, 애비 아텔Abe Attell, 바니 로스Barney Ross, 맥시 로젠블룸"Slapsie" Maxie Rosenbloom 등등. 1930년에는 유대인 챔피언이 여섯 명이나 있었어요. 아일랜드식 가명을 쓰는 선수들도 있었구요. 머시 캘러헌Mushy

Callahan처럼 말이에요. 라이트웰터급 챔피언이었는데, 진짜 이름은 모이시 슈나이어Moische Schneir였죠. 전부 아주 좋은 선수들이었어요. 그보다 더 거슬러 올라가면 영국의 대니얼 멘도자Daniel Mendoza라는 선수도 있고. 그는 맨주먹 선수였어요. 회고담까지 썼죠. 지금은 디미트리 뭐라는 선수가 있는데, 〈링Ring〉 잡지에 그에 관한 기사가 있어요. 그는 심지어 정통파 유대교도죠."

'와우.' 그 이름들을 듣고 있자니 정신이 없었다. 자라면서 뎀프시, 그라치아노, 알리, 타이슨, 프레이저, 포먼 같은 위대한 권투선수들의 이름은 들어봤지만, 마치 친척인 듯 익숙한 이름들을 들은 건 그때가 처음이었다. 강하고 거친 '유대인'이라니! '권투선수'라니!

"그런데 아일랜드식 가명은 왜 쓴 거죠?" 나는 물었다.

"왜일 거 같아요, 머리 좋은 선생님? 자기 민족에 대해서 아무것도 모르는군요?" 큰 소리로 펀치 이름을 외치며 내 주변을 맴돌던 그가 동작을 멈추고 날 빤히 쳐다보았다.

"아, 그러네요. 사회에 받아들여지려고 그런 거였군요." 나는 바보가 된 기분이 들었다.

나의 지식에는 이런 식으로 당황스러운 구멍들이 있다. 카드를 이용해 단어를 맞추는 트리비얼 퍼슈트 게임Trivial Pursuit에서 내가 가장 취약한 주제는 지리와 역사다. 나는 자주 학교로 돌아가고 싶다는 생각을 했다. 그것도 초등학교로. 그래서 세상의 기본적인 지식을 한 번 더 배울 기회를 얻을 수 있도록. 지도를 익히고 전쟁과 대수학을 배우고 문법을 더 완벽하게 익힐 수 있도록.

고향인 뉴어크에는 미국 최대 규모로 손꼽히는 항구가 있지만 나는 그런 사실을 전혀 몰랐다. 우리 가족은 육지에 둘러싸여, 거울에 비친 듯 모양이 똑같은 아파트에 살고 있었다. 조그만 방, 겨우 식탁이 들어가는 부엌, 리놀륨이 깔린 바닥, 원래부터 아파트에 있었다는 것 외에는 아무 의미도 없던 메주자가 걸린 현관.

　위케윅 구역은 브루클린에서 벗어난 유대인 2세, 3세들로 가득했지만, 공동체나 대가족에 대한 애정이 거의 없었던 우리 가족은 주로 방 네 개짜리 아파트 안에 틀어박혀 지냈다. 바깥세상과 가장 연고가 많은 사람은 그나마 출장을 다니던 아버지였다. 엄마의 형제자매들을 시골뜨기라 부르고 엄마의 과거를 헐뜯으며 그들로부터 엄마를 떼어낸 것도 아버지였다. 아마도 그렇게 잔인하게 뿌리를 뽑힌 탓에 엄마는 아파트 안이 가장 안전하다고 느끼며 거기서 벗어날 생각을 하지 않았는지도 모른다.

　나의 출신, 그러니까 나의 조상들이 무엇을 하는 누구였는지에 대한 이야기는 흐릿하고 분절된 상태로 현재와 유리되어 있었다. 사실을 파묻기 위한 어떤 음모가 진행된 건 아니었다. 다만 그 이야기들은 우리가 다른 평범한 사람들과 동화되는 데 엄청난 위협이 될 거라고 여겨졌다. 집단 수용소에 있었던 걸까? 유대인학살pogrom의 희생자인가? '오래전 일이다. 너무 끔찍한 일이지. 생각도 하지 마라. 할머니한테 물어봐 달라고 엄마한테 부탁하지도 말고. 두 사람 다 속상해할 거다.'

　부모님의 과거에는 미국 여러 도시의 이민자 공동체들의 풍경도 들어 있다. 사람들로 넘쳐나는 비좁은 공간, 복도에 있는 욕실들, 더러운 석탄 난로, 열악한 위생 상태—우리로서는 상상하기 힘들만큼 열악한 동네들이었다. 뉴욕의 빈민가에서는 도살장에 끌려가는 가축들이 아파트 바로 앞을 지나갔다. 많은 아이가 어쩔 수 없이 가게에 나가 일을 했고 일찍 죽는 경우가 많았으며, 그들의 부모는 악덕 공장에서 하루 열네 시간에서 열여섯 시간씩 고된 노동을 했다. 나는 유진 오닐이 쓴 《아이스맨 코메스The Iceman Cometh》라는 희곡의 제목을 들었을 때 아이스맨이 선사시대의 괴물을 가리키는 줄 알았다. 하지만 '아이스맨'은 1926년 당시 10센트에 쪼갠 얼음을 아파트까지 배달하는 얼음장수를 가리키는 말이었다. 거리는 노점상, 행상, 수레상들로 가득했고, 거기에 싸구려 아파트 안에 거주하던 생명체들까지 대부분 아파트 내부의 복잡함을 피해 거리로 나와 살았다.

　1920년대에 유대인 이민자와 그들의 아이들은 미국 주류 문화에 편입될 길을 찾고 있었다. 권투는 열악한 경제 상태를 벗어날 수 있는 몇 안 되는 방법 중 하나였다. '빠른 발과 빠른 손은 게토(원래는 법으로 정해놓은 유대인 거주 지역을 칭하던 말로, 현재는 일반적으로 빈민가를 지칭-옮긴이)에서 벗어나는 1등 티켓이다'라고 했다. 생존을 위해 몸부림치는 다른 이민자 그룹들과 마찬가지로 유대인 권투선수들도 식탁에

'고기와 감자'(우리 같은 경우에는 '양지머리 고기와 라트케(latkes, 유대인 식 감자전-옮긴이)'라고 해야 할까?)를 올리기 위해 싸웠다. 1929년에서 1931년까지 뉴욕 자이언츠의 에이스 쿼터백이었던 베니 프리드먼Benny Friedman처럼 스타급 풋볼 선수도 몇 명 있었다. 그는 러시아에서 이민 온 정통 유대교인 노동자의 아들이었다.

존의 말을 시작으로 호기심에 불이 붙은 나는 1910년에서 1940년 사이의 '전체 권투선수 가운데 3분의 1이 유대인'이었다는 사실을 알아냈다. 한때는 유대인들이 세 가지 타이틀을 모두 석권하기도 했다. 이는 비율적으로 대단한 수치로, 19세기 후반에서 20세기 초반까지 30년에 걸쳐 유럽에서 엄청난 수의 유대인 이주자가 몰려든 결과였다. 자신의 나라에서 스스로 도망을 쳤거나 쫓겨난 유대인들은 각 도시의 가장 가난하고 붐비는 게토에 둥지를 틀었다. 빈털터리에 영어도 할 줄 모르는 제일 큰 이민자 집단인 유대인들은 엘리스 아일랜드에 상륙한 다음 맨해튼의 로어이스트사이드로 옮겨갔다.

그러나 이들 이주 유대인들은 야물커(yarmulke, 유대교 정통파 남자 신도가 기도할 때 쓰는 테두리 없는 작은 모자-옮긴이)를 쓴 채로는 위협을 당하지 않고 뉴욕 거리를 걸을 수 없다는 사실과 또다시 반유대주의를 헤쳐나가야 한다는 현실에 경악했다. 사정이 이렇다 보니 이디시어 유의어 사전에 실린 '때리다'의 유사어 392개가 맞는 입장에서 점차 대항하는 법을 알게 되는 입장으로 진화해 나간다는 사실이 별로 놀랍지 않다.

역사적으로 유대인은 위협을 당하고, 쫓겨나고, 괴롭힘과 조롱을 당해온 탓에 우리 머릿속에서는 유대인의 강인함을 생각하기에 앞서 집단 수용소의 수척한 몸과 끔찍한 무력감, 굶주리고 죽임을 당하던 모습이 떠오른다.

1990년 폴 브레인즈Paul Breines는 '희생의 역사 대신 강인한 유대인의 역사를 일반적인 유대인의 역사 개론으로 제시하기 위해'《강인한 유대인Tough Jews》을 썼다. 계획적으로 파괴당한 고대 유대국가의 역사와 후에 일어난 홀로코스트는 유대인의 이미지를 '온유하고, 육체적으로 나약하고, 온순하며, 창백하게 웅크린 모습의 문화'로 만드는 데 한몫했다. 하지만 그는 '유대인이 태생적으로 혹은 종교적·민족적 본질 때문에 온순하거나 나약하다는 가정'은 잘못된 생각이라고 말한다.

나는 같은 질문을 수도 없이 들으며 자랐다. "왜 일어나 싸우지 않았어요? 숫자도 아주 많았는데." 마치 유대인 전체가 그들 자신의 파멸에 공조한 양 말이다. 그 질문은 나를 떠나지 않고 괴롭혔다. 그러다 나는 월터 라퀘르Walter Laqueur라는 학자의 말을 듣는 순간 연고를 바른 듯 그 쓰라림에서 다소 벗어날 수 있었다. 그는 말했다. '현재의 유리한 관점에서…… 목숨이 위태로울 만큼 극단적인 위험에 처했던 사람들의 행동을 판단하는 것은 비윤리적이고 야비하다고는 하지 않더라도 몰역사적인 처사이다'라고.

에드워드 즈윅 감독의 2009년 영화 〈디파이언스Defiance〉는 빨치산 레지스탕스 운동에 참가해 다른 유대인들의 목숨을 구한 용감한 유대인 비엘스키Bielski 형제의 이야기로, 극도의 무력감과 피해의식에 관한 이야기를 문화적으로 기록하려 했다는 점에서 상당히 매력적인 영화였다. 하지만 소위 유대인의 정체성에 대한 개념과 이미지는 끊임없이 한데 섞이고 있으며, 홀로코스트의 거대하고 복잡한 문제는 한 마디로 쉽게 단언될 수 없다.

강하든 소심하든, 책벌레든 활동적이든, 유대인 남자들은 어린 시절에 다칠까 무서우니 야구를 하지 말라는 주의를 받던 것을 기억하고 있다. 최근에 나는 전설의 권투선수 로키 마르시아노Rocky Marciano와 함께 '미국 권투개선 협회American Association for the Improvement of Boxing'를 창립한 스티븐 아쿤토Stephen Acunto에게 유대인 권투선수들이 권투에 어떤 기여를 했다고 생각하는지 물어보았다. "그들은 다치는 걸 원하지 않았어요. 그래서 방어가 최고였죠." 그는 잠시 말을 멈추었다. "그리고 물론 영리했고요."

〈복싱 다이제스트Boxing Digest〉의 전 편집장 행크 캐플런은 '유대인과 권투선수는 서로 상충되는 말인 듯하다'라고 썼다. 그도 유대인은 분쟁을 해결하는 데 주먹보다 유머와 두뇌를 사용하는 온순한 사람이라는 이미지를 갖고 있었다. 아마도 그는 내 아버지의 '살인 회사' 친구들을 생각하지 못했던 것 같지만, 어쨌든 그들은 대단히 극단적인 인물들이니 예외로 하는 게 맞을 것이다. 게다가 강탈, 살인, 억지를 훌륭하다고 할 수는 없으니 말이다.

링에 올라간 유대인 권투선수들은 유대인은 약골에 겁쟁이라는 고정관념과 싸우고 있었다. 챔피언인 베니 레너드의 어머니는 아들이 맨 처음 눈에 멍을 달고 들어왔을 때 그 모습을 보고 울었지만,

그가 첫 우승 상금을 가져오자 악덕 공장에서 일하는 것보다 낫다는 사실을 인정해야 했다. 이런 식으로 권투는 동유럽 유대인 이민자와 그들의 아이들이 미국의 주류 사회에 좀 더 가까워지는 데 공헌했다. 베니 레너드는 1917년 라이트급 세계 챔피언이 되어 1925년까지 타이틀을 유지했다. 버드 슐버그(Budd Schulberg, 미국의 시나리오 작가, TV 프로듀서, 소설가, 스포츠 기자-옮긴이)는 레너드를 보며 이렇게 말했다. "그가 트렁크에 달린 육각형 별을 과시하며 링에 올라가는 모습은 혹독한 시련을 겪은 어린 유대인 소년들의 코피와 찢어진 입술, 그들을 향한 비웃음에 대한 달콤한 복수를 기대하게 했다."

유명 권투선수인 바니 로스(본명은 베릴 라소프스키Beryl Rasofsky)가 시카고의 사우스사이드에 위치한 키드 하워드의 조그만 권투 도장에 처음 발을 들여 놓았을 때, 그는 영양실조로 비쩍 곯은 열다섯 살의 소년이었다. 유대인 권투선수들은 대개 시합에 나갈 때 트렁크에 당당하게 다윗의 별을 달았다. 바니 로스가 링에 들어갈 때는 '나의 유대 어머니My Yddishe Mama'라는 곡이 흘렀다.

권투의 황금 시대가 지속되는 동안 선수들의 활동량은 어마어마했다. 대부분 평균적으로 최소한 한 달에 한 번은 시합을 가졌다. 1년 동안 시합 횟수가 여섯 번에 미치지 못하는 현재의 프로 선수들과 비교해보면 얼마나 왕성한 활동량이었는지 알 수 있다.

더 많은 경제적 기회가 열리자 권투의 횃불은 아일랜드계, 이탈리아계, 아프리카계 흑인, 히스패닉계로 옮겨가기 시작했다. 권투는 민족별로 나뉘어 서로 겨루게 하기도 했지만 그만큼 소수 민족이 출

세할 드문 기회를 제공하기도 했다.

마지막 유대인 권투 챔피언은 1970년대 말에 라이트헤비급의 왕관을 거머쥔 '유대인 폭격기' 마이크 로스먼Mike Rossman이었다. 사실 마이크의 아버지는 이탈리아인이었지만 그는 어머니의 처녀적 성을 따랐다. 열일곱 살에 프로로 전향했으나 프로 선수가 되기에는 나이가 어린 탓에 불법적인 시합을 뛰어야 했던 그는 그럼에도 스물두 번의 시합을 연이어 이기는 괴력을 발휘했다.

21세기에 들어와서는, 클레즈머 밴드Klezmer band의 라이브 연주나 유대인 래퍼 마티샤후Matisyahu의 음악에 맞춰 스물다섯 살의 우크라이나 태생, 브루클린 출신의 드미트리 살리타Dmitry Salita가 링 안으로 성큼성큼 걸어 들어간다. 그는 패배 전적이 없는 정통 유대교도로, 루바비치 파Lubavitcher의 랍비와 공부를 하며 아무리 많은 돈을 주어도 안식일에는 시합을 하지 않는다. 어떻게 해서든 그는 이 모든 것을 잘 조화시켜 나간다.

드미트리는 이런 말을 한 적이 있다. "나는 다르다는 걸 즐겨요. 사람들은 유대인 녀석의 실력이 뛰어난 것에 놀라죠. 내가 싸울 줄 안다는 것에 말이에요. 전 이걸 칭찬이라고 생각합니다."

'다츠 보스 이스 도스Dat's vos is dos.' '바로 이것 때문이에요.'

할머니, 강인한 유대인의 이미지. 전 그걸 간절히 원했어요. 사실은 그런 강인함이 내내 존재하고 있었다는 걸 알지 못한 채로 말이에요. 폴란드에서 유대인학살을 피해 치에하누프(Ciechanow, 폴란드 중북동부에 위치한 주-옮긴이)에서 루실론 호를 타고 엘리스 아일랜드에 상륙했을 때, 할머니에게도 그런 강인함이 조금쯤 있었을 거예요. 스스로는 아주 강하다고 생각하지 못했을지라도 말이에요. 그때 할머니는 겨우 스물여덟 살이셨어요. 여덟 살이던 엄마와 엄마의 언니 에스더 이모까지 딸려 있었죠. 버려진 화약고 같은 엘리스 아일랜드에서 할머니는 침낭과 담요, 바구니에 아이들까지 데리고 다른 사람들을 따라갔어요. 여러 날 동안 1만 2천명의 입국이 처리되었죠. 할머니는 열을 지어 앉아 있는 이민국 직원들 앞에 섰고, 매정하고 수치스러운 신체검사를 견뎠어요. '노망'이라고 적힌 표시를 달고 있던 할머니의 시어머니는 지능 검사를 통과하지 못했지만 웬일인지 입국이 통과되었어요. 등록소에서 할머니는 마치 심판의 날에 이른 사람처럼 이름, 출생지, 목적지, 가진 돈의 액수, 그리고 감옥에 간 적이 있는지, 무정부주의자는 아닌지 질문을 받았어요. 할머니는 브루클린에서 온 친척들과 만났죠. 다른 많은 남자처럼 먼저 미국에 와 있던 할머니의 남편 이자도르도 만났을 거예요. 그리고 마침내, 지친 몸을 이끌고 구름까지 마천루가 치솟은, 천국처럼 보였을 맨해튼 섬으로 가는 페리에 올랐죠.

04.

날
받아
주세요

내가 나의 권투 코치를 발견한 건 미국 은퇴자 협회^American Association of Retired Persons, AARP의 소식지에 실린 기사 덕분이었다. 그런 소식지를 받는 입장이 되었다는 사실이 아직은 어색하던 때였다. 로큰롤을 사랑하는 문란한 아가씨였던 게 바로 어제였던 것 같은데 말이다.

1960년대에 나는 히피들의 모임에 나가거나 행위 예술을 보러 다녔고, 나의 첫 남자친구는 TV시리즈 〈도망자^The Fugitive〉를 보다가 내목에 진한 키스 마크를 남기며 자신은 언젠가 혁명에 가담할 거라고 말했다. 하지만 맙소사, 이제 나는 버스를 타고 할인점을 다니고 도서관에서 책을 빌리는 상냥한 노부인들 중의 한 명이 되어 있었다. 우리는 평범하고 그런대로 괜찮은 평균적인 사람들로 이루어진 거대한 군중의 일부였고, 나는 올가미에 걸려 획일적인 거대한 그물 속으로 들어가고 있었다.

그리고 우리는 모두 은퇴자 협회의 소식지를 받았다.

'두려움을 모르는 중년의 여자 권투선수들.' 1면 기사였다. 거기에 권투용 반바지에 스포츠 브래지어를 한 그들이 있었다. 손에 가죽 글러브를 끼고 행복하고 강인한 표정으로. 나는 들뜬 마음으로 그 기사를 훑었다. 그들은 우리 지역의 여자들로, 진짜 권투선수와 훈련을 하고 있었다. 그의 이름은 존이었다. 그는 여자에게 남자와 똑같은 권투 훈련을 시키고 있었다. 킥복싱도, 태보도 아닌, 진짜 권투였다. 여자들은 권투가 격렬한 운동이며 대단히 재미있다고 했다. 나도 부상을 당해 물리치료사를 찾았다가 글러브를 껴본 경험이 있던 터라 권투에 대해서는 조금 알고 있었다.

그런데 바로 내가 사는 곳에서 전직 권투선수가 그 마법 같은 운동을 가르치고 있었다니! 흔한 기회가 아니었다. 가까운 거리와 가능성은 거부하기 힘들만큼 유혹적이었다. 〈밀리언 달러 베이비〉에서 힐러리 스웽크가 자신을 '받아 달라'며 허름한 체육관에서 클린트 이스트우드를 못살게 굴던 모습이 떠올랐다. 다른 수많은 권투 영화 속 주인공들처럼 그녀가 연기한 매기 피츠제럴드에게도 성공이나 기쁨을 가져다줄 것이 전혀 없었다. 권투만이 그녀의 유일한 기회였다. 그녀는 절박했다. 나는? 나는 가난한 동네에서 살거나 학대를 당하지도 않았고, 구원이 필요하지도 않았다. 권투로 돈을 벌 것도 아니었다. 나의 문제는 외로움과 고립감이었다. 나는 활기를 느낄 수가 없었다. 오랫동안 미국은 젊음과 끝나지 않는 황홀한 연애를 하는 중이었고, 나는 시어빠지고 쓰고 말라비틀어진 존재가 되어 버린 기분이 들었다. 나는 먹잇감을 가늠해보는 늑대처럼 거울에 비친 내 알몸을 향해 조심스럽게 다가갔다. 식욕보다는 공포감에 눈을 게슴츠레 뜨고서……. 하지만 하루하루 주름이 가고 피부가 늘어질수록 나는 전신全身을 응시하지 않았다. 오직 몸 일부분에만 시선을 두었다. 샤워를 할 때면 나는 욕실 환풍기를 꺼 피어오른 증기로 거울 속 내 모습을 가렸다. 치약을 잡으러 팔을 뻗다가 팔 밑의 섬세한 곡선과 약간 들어간 허리가 흘끗 보이면 인상파 그림 속 관능적인 여인의 모습 같다고 생각했다.

나는 적어도 일주일에 한 번은 마치 사진 속으로 들어가기라도 할 것처럼 그 기사를 보며 다른 여자들과 함께 당당하게 서 있는 내 모습을 상상했다. 일생을 사는 동안 직접 들춰 보지 못하는 돌들이 많지만, 직접 집어 들어 유심히 들여다보고 만지고, 심지어는 동물이나 아기들이 그렇듯이 냄새도 약간 맡아 보고, 단지 느낌을 알아보기 위해 얼굴 옆에 대고 문질러 보는 돌들도 있다. 그런 돌들은 대개 우리의 정체성이나 타인이 생각하는 우리 자신의 모습과 일치하지 않는 경우가 많다. 그럼에도 그런 돌들과 마주쳤을 때 우리의 입에서는 웬일인지 생각하지 못했던 말들이 튀어나가고, 그 순간 우리는 갑자기 명확해진 욕구에 이끌려 예상 밖의 장소로 향한다. 그림을 그리지도 않으면서 그림 도구를 사고, 늦은 나이에 마라톤에 참가할 결심을 하고, 나비의 이동이나 보노보 침팬지의 양성적 성향 같은, 돈 안 되는 신비로운 주제를 공부하기 위해 다시 학교에 들어가는 일들은 우리가 직감을 따를 때 일어난다. 바로 이상하게 생긴 돌들을 집어 드는 순간이다.

나는 사진 속 여자들에게 연락을 해볼까 생각했지만 그렇게 하지 않았다. 결국 나는 '존'이라는 미지의 남자를 찾기로 했다. 나는 그를 '보스'라고 부르며, 그가 회의적이지만 대단히 자랑스러워하는 눈빛으로 지켜보는 가운데 열심히 스피드백(speedbag. 눈높이에 달아놓고 펀치 연습을 하는 도구. 스피드볼이라고도 한다—옮긴이)을 두드리는 내 모습을 상상했다.

일단 용기를 내기는 했으나 나는 한동안 열정을 억눌러야 했다. 존을 찾기가 쉽지 않았다. 나는 그가 일하는 핏월드의 프론트 아가씨가 의심스럽다는 듯 주저하며 알려준 휴대전화 번호로 전화를 걸어 서너 번 메시지를 남겼다. 혹시 내 목소리에서 노쇠함이 느껴졌던 걸까?

권투를 시작하려는 나의 계획은 나와 맞지 않는 별난 꿈인지도 몰랐다. 도대체 무슨 생각이란 말인가? 권투 코치라니! 나는 우리 집 개들이 열광적으로 뛰어노는 모습이나 보면서 남편과 느릿하게 숲속 산책이나 즐기는 게 마땅한 나이였다. 물살이 부드러운 강에서의 느리지만 황홀한 카약 여행으로 삶에 신선함을 더하면서 말이다. 권투는 아무리 뜯어봐도 장래성이 보이지 않았다. 나는 쉽게 포기해 버릴 수도 있었다. 어느 날 내 이메일 함에 들어온 낯선 주소의 메일을 발견하지 않았다면 말이다.

'안녕하세요? 저는 지금 파리에 있는데 2주 뒤에 돌아갈 예정입니다. 그때 전화를 주시면 직접 뵙고 권투 이야기를 나누어 보도록 하지요.'

파리? 권투 코치가 수입이 좋은 게 분명했다. 아니면 프랑스에서 큰 권투 시합이 진행 중이었던 걸까?

"권투 코치한테서 연락이 왔어!" 나는 흥분해서 스콧에게 말했다.

"오, 잘됐네." 남편이 말했다.

처음 체육관에 가입하는 회원에게 체육관은 마치 영업 미팅 장소처럼 느껴진다. 어딘지 섹시한 분위기가 흐르는 가운데 서로 환하게 웃으며 악수를 나누는. 하지만 핏월드에서는 그런 의례적인 몸짓이나 환영 인사가 전혀 없었고, 바로 그곳에서 나는 존을 만났다. 그가 자신의 권투 도장을 열기 전의 마지막 직장이었다.

나는 존이 당장 그 자리에서 나를 '테스트'해보고 싶어 할 경우에 대비해 끈으로 묶는 헐렁한 바지에 탱크톱, 러닝운동화로 운동에 적합한 차림을 하고 있었다. 무엇보다 빼놓을 수 없는 건 내 커다란 가슴이 현수교처럼 흔들리지 않게 잡아주는 스포츠 브래지어였다.

"존을 만나러 왔는데요." 직접 만나보니 나와 통화를 했던 '아가씨'는 연필로 눈썹을 가늘게 그려 넣은, 생각했던 것보다 훨씬 더 나이가 많은 여성으로, 우울증을 앓는 라스베이거스의 쇼걸 같은 인상이었다. 그녀는 흐물흐물해 보이는 에너지 바를 쌓는 중이었다.

"오, 당신이 비니군요. 존은 사무실에 있어요." 그녀는 체육관 가운데 자리 잡은 작은 방을 가리켰다.

사무실 문은 열려 있었다. 그는 배에 식스팩이 새겨진 키 크고 잘생긴 남자의 손에서 노란색 끈을 풀고 있었다. 그랬다. 나는 영화 속의 그 유명한 순간, 남자들의 이야기 속에 들어가 있었다. 물론 몇 가지 요소가 빠져 있기는 했다. 나는 탈출구를 찾는 도심의 굶주린 청춘이 아니었고, 사무실은 담배 연기로 가득 차 있지도 않았으며, 주위에는 아름다운 여자들도 없었다. 나는 그곳에서 유일한 여자였다. 운동 신경이라고는 눈곱만큼도 없으며, 은퇴자 협회의 소식지를 받는.

"맞아, 베이비." 존은 남자와 이야기 중이었다. "난 20년 동안 착하고 똑똑한 사람들에게 주먹질하는 법을 가르쳐왔지만, 그중에 미쳐나간 사람은 한 명도 없었네."

존은 누구에게나 '베이비'라고 불렀다.

나는 벽 쪽 자리를 찾아 두리번거렸다. 내가 그토록 찾아 헤매던 나의 코치는 마피아의 암살자처럼 목이 굵고 건장한 체격에 분위기가 거칠고 위압적이어서, 금방이라도 입막음용으로 두툼한 돈 봉투를 꺼내 들 것만 같았다. 엄마와 나는 아버지를 떠올리게 만드는 갱스터 영화를 자주 보았는데(아버지는 잘 나가는 성격파 배우처럼 보였다), 그중에서도 에드워드 G. 로빈슨이 맡는 역할은 전부 아버지를 떠올리게 했다. 억눌려 있고, 무뚝뚝하고, 화를 잘 내고, 자기 기분이 내키면 인심을 베풀기도 하는. 우리는 한 번도 '아빠다'라고 입밖에 내어 말하지 않았지만, 그 느낌은 말로 하지 않아도 충분히 공유되고 있었다. 영화를 보면서 엄마는 켄트(Kents, 담배 브랜드—옮긴이)를 피웠고, 나는 크랙커잭(Cracker Jacks, 팝콘과 땅콩에 설탕을 입혀 놓은 과자—옮긴이)을 먹었다.

나중에 나는 권투선수인 바니 로스의 사진을 보았는데, 그와 아버지와 에드워드 로빈슨은 생김새가 아주 비슷했다. 존의 사무실에 들어서는 순간 내 머릿속에서는 남자, 도박, 뇌물, 부주의한 손찌검, 수치심 같은, 내 아버지의 얼굴에 집약되어 있던 이미지들이 조합되고 있었다. 입에 물려 있던 축축한 시가까지. 그렇게 권투에는 구석구석 아버지를 상기시키는 희미한 빛들이 반짝이고 있었고, 나는 마냥 그 불빛을 따라갔다.

나의 아버지는 경마 중독이었고, 어둠의 인물도 몇몇 알고 있었다. 아버지와 바니 로스. 두 사람 모두 하얀 정장에 중절모를 삐딱하게 걸친 말쑥한 모습으로 찍은 사진이 있다. 무엇이든 할 준비가 되어 있다는 듯 자신감이 넘치고 약간 또라이 같아 보이는.

아버지는 사라토가 스프링스의 경마장에서 '좋은 시간'을 보낸 다음이면 위싱웰Wishing Well에서 가족들에게 값비싼 저녁을 사주었지만—거기서 나는 늘 셜리 템플 칵테일에 새우 칵테일과 램 촙lamb chop을 주문했다—우리 가족들 사이에서는 그가 도박으로 엄청난 손해를 보지 않았을까 하는 의심이 평생 동안 자리 잡고 있었다. 나는 아버지가 늘 입에 달고 다니던 '한탕 크게 걸리기만 하면……'이라는 말을 아직도 기억한다.

바니 로스는 권투를 하지 않을 때는 우승마를 맞추지 못하는 운 나쁜 도박사였지만 그는 경마를 사랑했다. 도박과 프로 권투가 서로 관련을 맺고 있으며, 권투에 오랫동안 조직범죄가 개입되어 있다는 것은 놀랄 사실도 아니다. 1892년에 챔피언에 도전한 존 L. 설리번 John L. Sullivan의 뒤에는 시카고 조직범죄단체 우두머리의 돈이 있었다. 권투에 개입하는 범죄는 때로 선수에게 시합을 '포기'하도록 종용하는 도박 신디케이트 형태를 띠기도 했다. 고의적으로 시합에서 지라고 요구하는 것이다. 파우스트적인 딜레마다. 1930년대 초의 권투 선수로 아버지가 좋아했던 프리모 카네라 Primo Canera는 미국 범죄 조합의 조종을 받았고, '성난 황소' 제이크 라모타 Jake La Motta는 범죄 단체의 동의 없이 타이틀 경기를 할 수 없게 되자 빌리 폭스 Billy Fox와의 시합을 포기했다. 1970년대, 80년대, 90년대까지 프로모터 돈 킹 Don King이 주최한 수많은 시합에는 늘 논쟁이 따랐는데, 그 역시 전과자였다.

아버지가 아는 '살인 회사의 지인들' 중에는 아마 벅시 시겔과 마이어 랜스키 Meyer Lansky도 포함되어 있었을 것이다. 이탈리아계 미국인 갱스터 찰스 '럭키' 루시아노와 시카고 아웃핏 Outfit의 전 보스이자 뉴욕 토박이인 알 카포네의 스승이었던 조니 토리오는 동맹관계였고, '살인 회사'는 '코사노스트라(la Cosa Nostra, 당시 마피아를 부르던 이름—옮긴이)'를 괴롭히는 모든 '문제'를 해결하기 위해 스물네 시간 대기하는 남자들의 모임이었다.

'살인 회사'는 원래 주로 브루클린의 브라운스빌 출신의 유대계 미국인 암살자들로 구성된 단체였다. 본부는 스톤 가와 서터 가의 소코니 주유소 옆 건물로, 멤버들은 이곳에서 일사불란하게 움직였다. 그들의 역할은 범죄 목격자나 돈을 잘 내지 않는 자들을 제거하는 것이었다. 대부분의 살인 계약을 맺는 것도 그들이었다. 시겔과 랜스키가 더 넓은 활동 무대로 떠난 뒤, '살인 회사'의 통제권은 루이스 '렙키' 부캘터와 지하 세계에서 '미치광이', '사형 집행인'으로 알려진 앨버트 아나스타샤에게 넘어갔다. 악명 높은 프랭키 카보Frankie Carbo는 렙키 밑에서 일을 하며 '권투의 제왕'으로 우뚝 섰다. 아나스타샤와 카보, 카보의 파트너인 마피오소 블링키 팔레르모Mafioso Blinky Palermo를 거치며 권투계를 접수한 마피아는 승률과 시합을 조작해 자신들이 운영하는 도박장에 도움을 주었다. 카보는 팔레르모와 함께 형을 확정 받고 감옥에 들어가던 1960년대까지 자신의 뉴욕 도박장들 가운데 권투 도박으로 가장 규모가 컸던 뉴욕 권투 도박장을 운영했다.

유대인 갱스터의 등장은 많은 사람에게 달갑지 않은 일이었으나, 그럼에도《강인한 유대인》에서 브레인즈가 한 말처럼 '유대인이 점차적으로 미국 사회에 통합되어 가는 데 의미심장한 역할을 했다'. 이는 아일랜드인과 이탈리아인들이 범죄를 통해 빈민촌에서 벗어나 힘을 쟁취할 수 있다면 유대인도 그럴 수 있다는 증거였다. 어빙 니츠버그Irving Knadles Nitzberg, 더치 슐츠, 벅시 시겔, '피의 사기꾼' 해리

호로비츠Harry Horowitz, '졸린 눈' 베니 페인Dopey Benny Fein, 아놀드 로스타인, 거라 샤피로Gurrah Shapiro와 같은 유대인 갱스터들의 이름은 유대인 권투선수의 이름을 들을 때처럼 내게 동족이라는 묘한 설렘을 불러 일으켰다.

"사람들은 소심함을 학습하는 것 같단 말이야." 존이 계속 남자에게 말했다. "모두 소심함이 자신의 길이라고 생각하지. 그들에게 소심함을 떨쳐내고 틀에서 벗어난 행동을 할 기회를 줄 때 얼마나 기분이 좋은지 몰라. 하지만 사람들은 소심하지 않은 자신의 모습에 처음에는 '이건 틀렸어'라고 생각하지."

소심함. 그 말은 나와 내 몸의 관계를 표현하는 것처럼 들렸다. 키 큰 남자가 존의 말에 감탄하듯 고개를 끄덕이더니, 마치 내가 보이지도 않는다는 듯이 내 곁을 지나 밖으로 나가 운동을 하기 시작했다. 나는 의자에 앉으라는 존의 손짓에 그의 맞은편으로 가서 앉았다. 그동안 그는 노란색 노트에 몇 가지 메모를 했다.

"그래, 어떤 점 때문에 권투에 관심을 갖게 되셨죠?" 아직 나와 눈을 마주치지 않은 채 존이 물었다.

나는 각종 서류와 권투 잡지 〈링〉, 포스트잇, 프랑스 혁명에 관한 책들이 한 무더기 쌓여 있는 복잡한 책상 위로 몸을 기울였다.

'프랑스 혁명이라. 그가 파리에 간 이유와 관계가 있을까?'

나는 〈밀리언 달러 베이비〉에서 힐러리 스웽크가 큰 이를 드러내며 클린트 이스트우드를 설득할 때처럼 열변을 토해내기 시작했다. 나는 한 번도 운동을 잘해본 적이 없는 사람인데, 다른 체육관의 트레이너인 제이콥을 만나 권투를 알게 되었으며, 이제는 권투를 아주 사랑하게 되었다는 이야기까지. 나는 강하다는 인상을 주기 위해, 아니, 적어도 강해질 잠재성이 있는 사람처럼 보이기 위해 나의 두려움이나 공포증, 부상당했던 이야기, 역량 부족에 대한 우려의 말은 꺼내지 않았다. 그렇지 않으면 그가 내게 시간을 내주지 않을 것 같았다. "뭔가 매력이 있더라고요……." 내 목소리가 잦아들었다. 존은 실제보다 훨씬 더 크고 우람한 존재처럼 보였고, 나는 작고 미성숙한 존재처럼 느껴졌다.

"그러니까요. 권투는 가장 위대한 비밀이자 최고의 운동이죠. 난 요가 쪽 사람들의 말을 믿지 않아요. 너무 갑갑하고 너무 내적이라서 말이죠. 그래, 머리 뒤로 다리를 늘릴 수 있다고 치자고요. 그게 무슨 별일이라고! 권투는 자신의 두려움과 맞서는 힘을 주지요. 하지만 나는 챔피언 감을 찾는 게 아니에요. 무슨 말이냐면, 권투를 즐기는 대상층을 넓혀가고 있다는 소립니다. 난 이 동네에서 꼭꼭 숨겨져 있던 비밀인데, 어떻게 잘도 찾아내셨군요." 그의 말은 아주 빨랐다.

"쉽지는 않았어요." 나는 웃었다.

"당신은 집요했고, 난 그게 마음에 들어요." 이제야 그는 나와 눈을 맞추며 자신의 의자에 등을 기댔다.

영화를 본 효과가 있었다. 어느 하나 빠짐없이.

그날 존은 나를 테스트하지 않았다. 대신 우리는 그 주에 있을 수업 일정을 잡았다. 내 차로 돌아갔을 때 나는 아직 내 스바루의 지붕에 카약 두 대가 얹혀 있었던 것을 깨닫고 기분이 좋아졌다. 그가 체육관 창문으로 그것을 보고 날 운동광으로 생각해줬으면 했다.

존은 내가 제이콥과 운동을 할 때 글러브 안에 끼던 장갑을 바라보았다. 쿠션을 넣어 주먹을 보호해주는 손가락 없는 장갑이었다.

"흠, 흥미롭군요." 그가 말했다. 사무실 한구석에는 그가 남자의 손을 감을 때 썼던 것과 같은 노란 권투붕대들이 여러 개 똬리 모양으로 감겨 있었다. 이 권투붕대에는 파란만장한 역사가 들어 있다. 권투붕대는 초기의 그리스 권투선수들이 손과 팔목을 보호하기 위해 감던 가느다란 가죽끈에서 유래했다. 후에 로마인들이 권투를 유혈 오락으로 만들면서는 더 두꺼운 가죽은 물론 금속 징을 박아 넣은 것까지 등장했다. 이것이 '세스터스(cestus, 손가락을 제외한 손과 팔목을 덮는 고대 전투용 장갑—옮긴이)'가 되었고, 이는 다시 '미르멕스(myrmex, 사지 찌르기齧)'라는 무시무시한 무기로 발전했다. 대개 로마 시대의 노예나 검투사들은 상대가 죽을 때까지 싸워야 했다.

내가 스포츠 용품점에서 파는 패드가 들어간 장비를 사용하는 것은 그날로 끝이 났다. 내게 로마 시대가 도래한 것이다!

"이리 와 보세요." 존이 말했다. "붕대를 감아줄게요."

나는 왼손을 내밀었다.

"아니, 오른손 먼저. 그건 내 징크스 같은 거예요."

그는 내 팔목에 기다란 노란색 붕대를 몇 번 감은 다음 손가락을 감기 시작했다. 붕대에 감기는 기분은 아주 멋졌다. 문득 정통 유대교 남자들이 테필린(teffilin, 경구가 적힌 양피지를 넣는 조그만 검정색 가죽상자로, 이마와 손에 가죽 끈으로 감는다-옮긴이)을 감는 모습이 떠올랐다. 그들은 기도를 올리기 위한 준비 단계로 신중히 의식을 치르듯 테필린을 감는다. 감는 행위 자체가 일종의 기도인지도 모른다. 그렇게 볼 때 나의 기도는 확실히 정통에서 어긋난 것으로, 오히려 샨다에 가까웠다.

"됐어요. 그럼 이제 기본 자세를 알려주죠. 내 옆에 서서 거울을 보세요."

'이럴 수가, 이렇게 큰 거울이라니.' 나는 내가 얼마나 꼴사납고 뚱뚱해 보이는지는 무시한 채 존이 하는 말에 집중하려 애썼다.

"잽은 가장 기본적이고 중요한 펀치예요." 존이 왼손으로 짧고 힘차게, 발사하듯 허공을 찌르며 말했다. "당신의 사정거리를 확보하고, 무엇이 기다리고 있는지 알아보는 펀치죠. 라이트 크로스(right cross, 상대의 레프트 펀칭 위를 가로지르는 카운트 블로우-옮긴이)를 위한 준비 단계이고 말이에요."

"라이트 잽을 말하는 건가요?"

"라이트 잽은 없어요. 무슨 소리예요?"

"아, 제 생각엔, 그러니까 다른 트레이너의 말로는……."

"그게 바로 전형적인 체육관 트레이너들의 문제라니까. 그 사람들은 권투에 대해서는 아무것도 몰라요." 존은 짜증이 난 듯 보였다.

"그 트레이너는 그렇지 않았어요……. 그는 늘 자신이 부족하다고 인정했으니까."

"운이 좋았군요. 좋은 사람을 만나서."

존은 흰색과 분홍색 글러브를 내밀며 내게 고르라고 했다.

"흰색요! 분홍색은 별로라서." 여름 캠프장에 있던 연못 가장자리의 얕은 물가에서 무릎을 긁히던 기억은 모두 사라지고, 갑자기 나는 선머슴이 되어 있었다.

존은 자신의 단단한 몸을 지지대 삼아 내 손에 글러브를 끼워주었다. "됐어요. 잽을 날려 보세요. 잽, 하나-둘. 잽. 잽. 잽. 어이, 짧게 끊어요!"

나는 허공으로 주먹을 밀었다.

"밀지 말고! 짧게! 엉덩이를 이용해요! 주먹에 몸을 실어서!" 그는 구석에 놓인 플라스틱 상자로 걸어가 위에 달린 색색의 버튼 중 하나를 눌렀다.

날카로운 소리가 체육관 안을 찢어 놓았고, 나는 쥐를 피하는 새침데기 아가씨처럼 그 자리에서 펄쩍 뛰어올랐다.

"이런, 난 권투 경험이 좀 있는 줄 알았죠." 그가 히죽거리며 고개를 저었다. 만약 권투 경험이 없는 줄 알았다면 그는 절대 나를 받지 않았을 것이다. 그랬다. 그것은 벨 소리였다. 시합 시작을 알리는 신호 소리.

"영어에는 권투에서 유래한 표현이 많죠." 존이 말했다. "비열한 행동을 뜻하는 로블로low blow, 반칙 행위를 뜻하는 벨트 아래 치기hitting below the belt, 불시의 공격을 뜻하는 서커 펀치sucker punch, 항복한다는 뜻으로 타월을 던진다고도 하고throw in the towel, 장갑을 벗는다고 하면 본격적으로 싸울 용의가 있다는 뜻이고the gloves are off, 자신의 능력치를 넘거나 모자라는 상대를 만났다는 의미로 계체량을 넘기거나 미치지 못한다는 표현도 쓰고punching above/below your weight, 최선을 다한다는 뜻으로 최고의 주먹을 날린다는 말도 있죠give it your best shot. 하지만 벨이 울려 살았다saved by the bell? 이건 모든 사람이 권투에서 나왔을 거라고 생각하지만 사실은 그렇지 않아요! 아주 오래전에 돈 많은 사람들을 묻을 때 끈을 같이 넣었던 데서 나온 말이죠. 사람들은 산채로 같이 묻힐까봐 겁을 먹었거든요. 그래서 아무도 모르게 살아 있을 경우에 그 끈을 당겨 거기에 연결된 종을 울리는 거예요. 엉뚱하고 복잡한 장치였죠."

"주위에 사람들이 없어서 벨 소리를 못 들으면요?" 내가 물었다.

존은 웃었고, 나는 잽을 연습했다. 잽은 자기 소개이고 악수이며, 동물이 새로운 상대의 항문 냄새를 맡는 것과 같은 탐색전이고, 펀치를 만들어가는 과정이다. 잽은 세일즈맨의 접근 카드이다. 잽으로 치지 못하면 어떤 것으로도 치지 못한다. 팔을 뻗어 단단한 왼손 주먹을 선보인 다음 끌어당긴다. 거칠게 지르지 말고 박아 넣듯이. 밀지 말고. '아버지는 늘 나의 잽이었을까?'

"하나, 둘!" 존이 소리쳤다. 우리는 원을 그리며 돌았다. 나는 땀이

나기 시작했다. 새로운 땀, 내 눈에서, 내 발에서 나오는 심오한 땀. 현기증이 났지만 나는 존의 얼굴 한가운데, 열세 번이나 부러졌던 코를 응시하며 몸을 가누려고 노력했다.

존은 내게 크로스cross를 가르쳐주었다. 몸 한쪽에 체중을 싣고 반대쪽 주먹을 수평으로 휘둘러 상대의 얼굴을 노려 치는 펀치다. 자신의 스타일과 어떤 게 편안한지에 따라 발을 회전축 삼아 몸을 돌리기도 한다. 이렇게 하면 주먹에 좀 더 힘을 실을 수 있다.

그런 다음 세 번째로 배운 펀치는 훅hook이었다. 중심근육(core muscle, 배, 등, 골반을 감싸는 근육—옮긴이)을 이용해 상체를 돌리며 90도나 90도에 가깝게 굽힌 팔을 상대에게 휘두르는 펀치다. 보통 머리 옆을 노린다. 나중에는 몸통, 특히 간에 넣는 훅을 배울 것이다. 정확히 들어가면 강한 남자도 무릎 꿇게 만들 수 있는 펀치다. 하지만 이 단계에서 사람의 몸을 이야기하는 건 적절하지 않았다. 내겐 펀치미트('포커스패드'라고도 하는)를 맞추는 게 우선이었다.

존은 물을 마시고 체육관 안을 걸어 다니며 기력을 회복할 수 있도록 짧은 휴식 시간을 주었다. 내 머리는 그가 준 온갖 정보와 지시 사항으로 소용돌이에 휩싸여 있었다. 나는 머릿속으로 그에게 배운 펀치들을 복습하려고 노력했다. 내가 배우는 게 빠르다고 그가 생각해주길 바랐다. 그게 나의 명백한 운동능력 부족이나 열악한 조건에 대한 보상이 될 것 같았다.

어쨌거나 다행히 우리의 수업은 끝이 났다. "이게 한 시간의 권투 훈련이에요." 존은 내 손에서 붕대를 푸는 동안 내 상태를 살피며 싱

굿 웃었다. 그러자 그가 이런 식으로 사람들을 골라낼 수도 있겠다는 생각이 들었다. '자, 그럼 이 중년 부인에게 한 시간의 권투 훈련이 어떤 맛인지 보여 줄까. 권투 생각이 싹 사라져 버리겠지.'

"멋져요! 정말 대단했어요." 내 심장은 오케스트라의 큰 북이었고 누군가 그것을 커다란 나무망치로 두드리고 있었다. 나는 거의 침을 질질 흘리다시피 하고 있었다. 도대체 나는 무슨 생각을 하고 있던 걸까?

"오늘 밤은 아기처럼 자게 될 거예요." 존이 말했다. "땅콩버터를 엄청나게 먹은 것처럼."

나는 후들거리는 다리로 그를 따라 사무실로 들어가 첫 번째 수업료로 지불할 수표를 썼다. 나는 떨리는 손으로 내 이름을 휘갈겼다. 서명은 2학년짜리 아이의 글씨처럼 구불구불 정신이 없었다.

"걱정하지 마세요. 좀 있으면 수표를 먼저 써 놓는 게 좋다는 걸 기억하게 될 테니까."

나는 떨리는 손으로 땀을 닦아내며 그의 말에 마음이 설렜다.

그러니까 두 번째 데이트도 있을 거란 말이죠?

전화를 주겠단 말이죠?

존이 회전의자에 등을 기대면서 나에게 말했다.

"신체 역학이 좋아요. 몸이 따로따로 놀지도 않고, 긴장을 풀면 힘도 좀 있고 말이죠. 잘 할 겁니다."

며칠 동안 나는 그 말에 실려 둥실둥실 날아다녔다.

그보다 더 중요한 건 보스가 날 받아주고 있다는 것이었다.

05.

아버지가

있는

풍경

나는 여섯 살이고, 아버지의 입에 늘 물려 있는 독한 냄새가 나는 시가에서 떨어지는 재를 피하며 아버지의 발치에 앉아 있다. 아버지가 주먹을 치켜들자 새끼손가락에 낀 커다란 루비 반지가 반짝인다. "젠장!" 아버지가 자신이 아끼는 노란색 가죽 클럽 의자에서 몸을 앞으로 내밀며 소리친다. 소파에는 징 단추들이 붙어 있어 아버지가 출장 중일 때면 나는 그곳을 껌으로 메운다. "저들에게 지옥을 보여 줘!"

나는 권투에 대해 아는 것도 없고 아버지가 누가 이기길 바라는지도 모르지만 그 TV프로그램 이름이 '질레트 배 금요일 밤의 권투 Gillette's Friday Night Fights'라는 건 안다(그전에 라디오에서 할 때는 '질레트 배 스포츠 퍼레이드Gillette Cavalcade of Sports'라는 제목이었다). 시합이 시작되면 텔레비전은 아버지의 성스러운 제단이 되고, 우리의 조그만 아파트 안의 다른 활동은 모두 중단된다.

아버지는 일요일마다 출장을 간다. 그는 우울하게 짐을 싸고, 엄마는 켄트 갑에서 담배를 한 개비 더 꺼내 불을 붙이며 그런 아버지를 불안하게 바라본다. 하지만 아버지는 금요일마다 집으로 돌아오고(2, 3주짜리 출장이 아니면), 엄마는 즉석 냉동 스테이크를 굽고 콩 통조림을 따고 식탁에 케첩을 내놓는다. 그러면 나는 이틀 정도 시간을 갖고 집안의 리듬과 엄마의 기분을 좌우하는 이 남자가 도대체 누구이고 뭐 하는 사람인지 알아내려고 노력한다. 그럴 기회를 가장 많이 제공해주는 것이 함께 텔레비전을 보는 일이다.

텔레비전. 아이다호 주의 필로 T. 판즈워스Philo T. Farnsworth라는 열네 살의 농장 소년이 전기와 연애를 했고, 그 연애의 결과가 텔레비전 발명이었다. 1928년에 〈샌프란시스코 크로니클San Francisco Chronicle〉지에서는 초기의 텔레비전 수상기를 '자주 번지고 흐릿해지는 푸르스름한 빛의 이상한 라인으로 이루어진 화상'이라고 묘사했다. 1950년대에 우리 가족이 퍼샤인 가에 몇 대 없던 텔레비전을 구입했을 즈음에는 디자인도 많이 개선되어 있었다. 화상은 흑백이었지만 황홀하기 그지없었다. 요즘처럼 벽난로 위에 걸린 50인치 컬러 플라스마 HD 화면을 보는 아이들은 우리가 얼마나 간절한 마음으로 못생긴 TV 한 대를 둘러싸고 앉아 리모컨도 없이 전원을 켜고 기계가 '워밍업' 되기를 기다렸는지, 끊임없이 협상을 해가면서 몇 개 안 되는 채널을 수동으로 일일이 바꿨는지 모를 것이다. '네가 바

꿔! 아니야, 네가 바꿔. 네가 더 가깝잖아!'

주로 성조기와 함께 등장하는 테스트 화면이 나오면 그때는 소중한 TV의 취침시간이었다. '인디언 머리 카드Indian Head Card'라고 불린 그 테스트 화면은 상단에 정식 머리장식을 쓴 인디언이 그려진 최첨단 타로 카드처럼 보였다.

"바실리오야! 카르멘이 저 녀석을 잡을 거다!" 아버지는 시가 꽁초를 어적어적 씹고, 나는 아버지를 올려다보며 길게 땋은 머리를 묶은 고무줄을 고쳐 맨다. 1957년 9월 23일, 카르멘 바실리오Carmen Basilio가 미들급 세계 챔피언인 슈가 레이 로빈슨Sugar Ray Robinson에게 도전하고 있다. 〈라이프〉 지의 커버에까지 실린 그 유명한 시합이다.

나는 아버지의 권투 사랑에 매혹 당한다. 아버지는 야구 경기, 특히 브루클린 다저스의 경기를 즐겨 보지만, 권투보다 더 아버지를 열광시키는 경기는 없다.

루머로 남은 아버지의 10대 시절 운동 실력은 오래된 트로피 같다. 벽장 속 담요와 스크랩북에 깔려 먼지를 뒤집어쓴 채 기억에서 사라진 트로피.

내게 권투는 끔찍해 보인다. 결점을 보완할 장점도 없이 폭력적이고 원시적이고 무섭기만 하다. 권투는 아버지와 많이 닮았고, 나는 아버지도 별로 좋아하지 않는다. 아버지는 늘 화를 낸다. 어린 나는 아버지의 우울함이 너무 무서워 그의 고투를 참아내지도, 공감하지도 못한다.

아버지의 부모님이 폴란드와 영국에서 이민을 와서 성공적인 제과점 체인을 일구었으나 대공황기에 모든 걸 잃었다는 건 당연히 내 관심 밖이다. 그가 공황기와 제2차 세계대전과 가족의 요구로 기자가 되지 못했다는 점도 관심 밖이다. 아버지가 회사를 세우기 위해 길 위에서 땀을 흘리면서도 이윤은 전혀 챙기지 못하는 동안, 해리 삼촌과 사촌인 조 클라인이 백만장자가 되어 병동을 지어 병원에 기부하고 컨트리클럽의 회원이 되고, 경주마를 사는 걸 지켜보았다는 것도 내 관심 밖이다. 자아실현이 막힌 비극적인 사람이라는 공감 대신 나는 그를 유치하고 이기적이고 성마른 사람이라고 생각한다. 나는 아버지의 속을 잘 알고 있다고.

반대로 나는 어느 누구보다 아버지의 신경을 거스른다. 사람들 말에 의하면 나는 요구가 많은 아이였다. 공주님 전화기, 기타, 나만의 텔레비전, 심지어는 스케이트를 타본 적도 없고 타지도 않을 거면서 부모님을 설득해 스케이트화를 얻어낸 적도 있다. 사이즈 4의 아름다운 스케이트화는 몇 년 동안 상자에 그대로 들어 있었다. 나는 손가락으로 날을 쓸며 끈을 묶었다 풀곤 했다. 내 강한 성격은 아버지의 화를 돋웠다. 아버지도 아마 내 속을 안다고 생각했을 테지만 나는 버릇이 없는 게 아니었다. 나는 절박했다. 나는 변화와 밝은 빛과 목표가 필요했다. 두려움으로 가득한 우리 가족의 기상도에 변화의 신호가 나타나길 바랐다.

내게 보이는 건 아버지의 움직이는 손이 전부다. 코로나 시가를 한 대 더 꺼내 불을 붙이고, 십자말풀이를 풀고, 뷰익. 램블러. 올즈모빌의 커다란 플라스틱 운전대를 돌리는 손(회사에서는 2년마다 아버지에게 새 차를 임대해주었다). 뒷자리에 앉은 우리 자매들은 시가 연기에 과장된 기침 소리를 낸다. "아빠를 사랑하면 시가도 사랑해줘야지!" 아버지는 그렇게 고함치곤 했다. 그의 손이 비듬을 터는 게 보인다. 그의 손이 거실에서 양말과 신발을 벗고, 우리가 진저리를 치는 가운데 자신의 건조한 발을 사정없이 긁는 게 보인다. "아빠! 그만 해요!" 우리는 애원했다. 그러면 아버지는 뿌루퉁하게 대꾸했다. "내가 어쩌길 바라는 거냐?"

그렇지 않을 때는 아버지는 '거기'라고 부르던 공장 본사의 책상에 앉아 있었다. "이번 주에는 출장 대신 거기로 출근할 거다"라고 아버지는 말하곤 했다. 어떨 때는 브루클린에 있는 공장에 나를 데려가기도 했는데, 나는 머리에 그물망을 두른 히스패닉계 일꾼들이 지켜보는 가운데 거대한 통 안에서 조그만 돋보기 안경이며 플라스틱 가위, 미니 인형 따위를 골라냈다. 그 장난감들은(질식의 위험이 대두되기 오래전이었다) 보기만 해도 이가 부서질 것 같은 사탕과 함께 '경품 상자'에 들어갔다.

1953년 해리와 조 클라인 부자는 2만 5천 달러에 사탕업체를 사들였다. 그들은 회사 이름을 '피닉스 캔디'라고 짓고 대서양 연안 도시 스타일의 소금물 사탕과 땅콩사탕, 핼러윈 캔디를 제조하기 시작했다. 1년에 아홉 달 가량 계절적으로만 회사를 운영하던 그들은 1962년에 한 가지 묘안을 냈다. 과자류 사업이 더 많은 이윤을 내므로 1년 내내 상품을 출하하면서 주문이 들어온 지 열흘 이내에 대금을 회수하면 안정된 수입을 확보할 수 있다는 것이었다. 그들은 조리하고 끓이는 시간을 줄이기 위해 진공 조리 장치를 사들여 솥을 대체했다. 그리고 1분에 10센트짜리 캔디바 150개를 생산할 수 있는 독일제 신형 기계를 들여와 '지금과 나중Now and Later'이라는 막대 캔디를 생산하기 시작했다. 그 기계는 제대로 설치가 안 돼 3년 동안 사용을 못 하다가 독일어를 할 줄 아는 조셉 슈타인이라는 공장장이 들어와 기계를 수리하면서 생산이 시작되었다. 나는 그를 기억한다.

아버지가 '지금 조금 먹고 나중을 위해 남겨둘 수 있기'를 바라는 사람들의 욕구를 바탕으로 사탕에 '지금과 나중'이라는 이름을 붙였을 때 나는 열한 살이었다. 아버지는 제품의 성공에서 나온 이윤을 조금도 나누어 받지 못했다. 우리 식탁에 먹을 것을 올릴 수 있었던 것은 가업 덕분이었지만 그로 인해 내 아버지는 불행했다. 아버지의 슬픔은 엄마까지 두렵고 불행하게 만드는 듯했다. 엄마는 아버지의 기분을 알아채려고 그의 얼굴을 조심스레 살폈다. 나는 아버지를 멀리 하려고 노력했다.

그럼에도 내게는 아직 기대감이 남아 있었다. 힘센 남자가 날 번쩍 안아 들어주길 바라는 마음이. 나는 많은 이야기를 들었지만 그럼에도 아버지가 한때는 전도유망한 잘생기고 매력적이고 강한 젊은이였다는 사실을 생각하지 못했다. 내 눈에 보이는 것은 과체중에 냄새나는 시가를 피워대고 엄마를 거칠게 대하며 일련의 의학 공포증과 치과 공포증(엄마도 마찬가지였다)을 갖고 있고, 친척인 직장 상사들에게 전혀 자기주장을 못 하는 아버지의 모습뿐이었다. 아버지는 자신이 《세일즈맨의 죽음》에 나오는 윌리 로먼 같다고 농담처럼 말하곤 했다.

하지만 아버지의 이야기 중에 마음에 드는 것도 있었다. 특히 죽고 싶을 만큼 날 창피하게 만들던 음탕한 농담이 아니라 아버지가 바첼 린지Vachel Lindsay의 〈콩고 강The Congo〉같은 긴 서사시를 암송할 때면 그랬다. '술 저장고의 뚱뚱한 검은 수사슴 / 휘청거리는 선술집의 왕들.' 우리는 그 시에 도사리고 있던 인종주의는 전혀 이해하지 못했다. 그저 아버지가 린지의 독창적인 운율을 생생하게 표현해내는 것이 좋았을 뿐이었다. '붐레이, 붐레이, 붐레이, 붐.' 역사상 가장 유명한 야구 시로 손꼽히는 어네스트 로렌스 테이어Ernest Lawrence Thayer의 〈마지막 타석의 케이시Casey at the Bat〉는 더 건전했다. '하지만 머드빌에는 기쁨이 없네. 위대한 케이시가 삼진을 당했으니.'

아버지는 자신도 삼진을 당했다고 생각했고, 우리에게 자주 그런 사실을 상기시켰다. 그는 예전에 보고 마음을 빼앗겼던 그림 이야기를 애잔한 목소리로 들려주곤 했다. 경마장에서 말들이 휴식을 취하러 돌아가는 대기실 근처의 울타리에 한 남자가 서 있는 그림이었다. 우리에게는 그의 뒷모습만이 얼핏 보일 뿐이다. 그의 큰 몸은 축 처져 있고, 발치에는 실패한 마권들이 흩어져 있다. 그림의 제목은 '낙오자'이다. 수잔 언니가 어린 시절 그림에 재능을 보였을 때 아버지는 말했다. "내게 그 그림을 그려다오, 알겠니? 언제 '낙오자'를 그려줄 거냐?" 아버지는 이런 말도 자주 했다. "나는 위대한 미국인의 이야기를 완성하지 못했지만, 이젠 우리 딸들한테 맡겨야지."

그렇게 내 평생의 곤경이 시작되었다. 나는 스스로 강해져야 했을까, 아니면 누군가 의지할 사람을 찾아야 했을까?

'딸들에게 아버지의 꿈을 실현하기 위해 노력하라고?'

나는 아버지의 독한 시가 연기가 싫었지만 아버지의 생일이 돌아오면 늘 애비의 담배 가게로 들어가 '정말 정말 좋고 비싼 시가 한 대'를 달라고 했다. "좋은 딸이구나." 애비는 내게 미소를 지으며 담배 저장 상자에서 '로미오 앤드 줄리엣'을 꺼냈다. 시가는 쾌락으로 이끄는 조그만 로켓 같은 긴 은제 통에 하나씩 포장되어 있었다. "잘 골랐구나." 나중에 아버지는 불을 붙이며 말하곤 했다. 시가 통은 내가 필통으로 가졌다.

최근에 나는 아홉 살 때 찍었던 사진 한 장을 발견했다. 우리 가족이 아버지의 출장에 동행했을 때였다. 가족 휴가는 늘 그런 식으로 시작되었다. 우리는 아버지의 출장 기간 내내 다양한 모텔에서 아버지가 돌아오길 기다리며 놀 거리가 없어도 재미있게 지내려고 최선을 다했다. 아버지가 브로커를 만나러 가면, 엄마는 내게 스크램블

에그, 베이컨, 토스트로 가득 찬 스티로폼 통을 다시 갖다 주었다. 엄마는 날 침대에서 먹게 해주고는, 담배를 피우며 아버지가 집 식탁에서 식사하는 모습을 지켜볼 때처럼 내가 먹는 모습을 지켜보았다. 칸이 질러진 스티로폼 통 속에서 미지근해진 음식들은 내가 먹어본 그 어떤 것보다 더 맛있었다.

수잔 언니는 은색 마커로 사진마다 '웹스터 모텔', '트레홀름 모텔' 등의 제목을 달아 앨범을 만들었다.

또 다른 사진은 우리가 플로리다 주, 세인트 오거스틴의 놀이 공원에 간 적이 있다는 사실을 말해준다. 서부 개척 시대를 재연해 놓은 곳이었다. 나는 반바지에 티셔츠를 입고 하얀 발목 양말에 베이지색 구두를 신고 있다. 나의 길고 숱 많은 머리카락은 뒤로 넘겨 한 가닥으로 묶여 있다. 나는 어색한 몸짓으로 카우보이 모자를 쓴 한 남자의 무릎에 앉으려 하고 있다. 배지가 희미하게 보이는 듯하다. 아마 보안관일 것이다. 그는 콘크리트 블록 더미와 야외 모닥불 터처럼 보이려고 가져다 놓은 난로 받침쇠 옆의 나무 벤치에 앉아 있다. 그는 두꺼운 데님 셔츠에 질긴 바지를 입고 부츠를 신었다. 코미디언 그루초 막스Groucho Marx처럼 까맣고 수북한 눈썹에, 커다랗게 뜬 눈은 놀란 듯 한 곳에 고정되어 있다. 그는 미소를 지으며 두 눈을 깜빡이는 법이 없다. 마네킹이기 때문이다. 나는 오른손을 그의 목에 감고 그의 딱딱한 어깨에 머리를 기대려 안간힘을 쓰고 있다.

그는 알 수 없는 재료로 만들어져 있고, 카우보이 모자에서는 말라빠진 페인트 파편이 떨어지고 있다. 그는 움직이지 못하는 한갓

전시물일 뿐이지만 그래도 나는 그에게 열을 올린다.

내가 서부 시대 놀이 공원에서 찍은 것과 짝을 이루는 사진이 한 장 있다. 그 속에서 엄마는 긴 베란다에 놓인 흔들의자에 앉아 있다. 아마도 우리가 뉴욕 주의 사라토가 스프링스에서 묵었던 하숙집들 중 한 곳일 것이다. 경마를 좋아한 아버지는 올버니에 있는 브로커를 만나러 출장을 가게 되면 휴가를 끼워 넣어 사라토가에서 한참을 머물렀다. 거기에는 '치킨 세이디'라는 사교성 좋은 흑인 여자가 닭 튀김과 레모네이드를 파는 우아하고 고색창연한 경마장이 있었다. 나는 경마장에 따라가지 않을 때면 트루먼 커포티Truman Capote의 단편 소설에 나오는 아이처럼 집 앞 베란다에 앉아 손으로 파리를 쫓으며 커다란 냉각기에서 꺼낸 병 콜라를 마셨다.

이 사진 속의 나는 서부시대 놀이 공원 사진에서보다 더 어리다. 여섯 살쯤 된 것 같다. 다른 아이들처럼 나도 병원놀이 장난감 세트를 갖고 있었다. 나는 목에 청진기를 걸고 고개를 외로 꼬고서, 친절하게도 내게 체온을 재게 해준 엄마를 골똘히 쳐다보고 있다. 엄마는 의사가 올 정도는 아니지만 출장에는 따라가지 않아도 될 만큼 미열이 나서 집에 있기를 바랐을 것이다. 나는 엄마가 어디가 아픈지 알아내려고 열심히 생각 중인 것처럼 보이지만, 내 짧은 병원 놀이 경력으로는 알아내기 매우 어려운 문제이다.

06.

뒤구르기와

수영

　나는 뉴저지 주, 뉴어크의 챈설러 애비뉴 스쿨 바닥에 깔린 파란 운동 매트 앞에 서 있다. 단단한 근육질의 카노위스 선생님이 점심 식사를 소화시키는 용처럼 내 위에서 양파 냄새나는 숨을 내뿜고 있다. "자, 시작! 너도 네 언니처럼 어설프게 할 테냐?" 언니가 체조 때문에 겪는 고통을 목격한 적은 없지만 밤에 내 맞은편 침대에서 언니가 우는 소리를 들은 적은 있었다. 나는 그 수치심이 언니의 사춘기 상처를 모아 놓은 백과사전에 들어 있으리라는 걸 알았다. 특히 그 선생님한테서 여러 번이나 뚱보 소리를 들었으니 말이다.

　원피스 체육복 밑에서 내 심장이 고동치고 있다. 나는 체육복 엉덩이를 잡아당긴다. 초등학교에서는 모든 게 키 순서로 진행된다. 키가 작은 나는 준비 시간이 거의 없다. "한 줄로 서거라!" 나는 다른 꼬맹이들과 앞자리로 간다. '할 수 있어. 난 언니랑 달라.' 나는 몸을 낮추고 고개를 밀어 넣는 거북이처럼 온 힘을 다해 머리와 목을 뒤로 바짝 젖힌다. 너무나 부자연스러운 동작이다. 목이 부러지거나 기절할 것만 같다. 불안한 상상이 한번 머릿속에 들어서자 나는 공황 상태에 이를 때까지 그 상상을 반복한다. 나는 서투르게 픽 쓰러지며 반쯤 구르고 만다.

"어설퍼!" 카노위스 선생님이 소리친다. "멍청이! 다음!" 내게는 자신이 즐겨 쓰는 '뚱보'라는 말을 하지 못한다. 어린 시절의 나는 말라깽이였으니까. 나는 어떻게 하면 창피를 면할 수 있을지 궁리하며 벽을 따라 늘어선 나무 벤치로 살금살금 걸어간다. 벤치 위에는 조그맣게 개켜 놓은 우리의 치마가 놓여 있고 밑에는 구두가 깔끔하게 들어가 있다.

나는 옆으로 재주넘기를 할 줄 아는 날렵한 여자 아이들을 부러운 눈길로 슬쩍슬쩍 훔쳐본다. 앞으로 인기 좋은 치어리더가 될 아이들이다. 이 아이들은 다른 행성에서 온 게 분명하다. 우아하고 운동 신경이 뛰어난 사람들만 사는 행성. 걱정이라고는 없을 것 같은.

물론 나도 스폴딩Spalding이라는 브랜드가 만든 분홍색 테니스공으로 페니히트(hit the penny, 나무 막대 위에 올려둔 동전을 동전으로 맞춰 떨어트리는 게임—옮긴이)나 스투프볼(stoopball, 야구와 비슷한 게임으로, 집 앞 계단에 공을 던져 튕겨 날아가는 공을 다른 한 사람이 수비한다—옮긴이) 같은 놀이를 하며 놀았지만, 땀이 날 정도의 활동량은 아니었다. 스폴딩 스포츠용품 회사는 알 수 없는 이유로 1970년도 말에 그 공을 시장에서 철수

시켰는데, 이제 그 공이 다시 출시되고 있다는 소식이 들렸다. 다시 한 번 내 손에 그 공을 들고 감촉을 느껴보고 싶다. 그 공에는 'A—내 이름은 앨리스A-My Name is Alice'(다리를 꼰 채로 공을 튕기며 각각의 알 파벳에 따라 두운을 맞춘 긴 시를 암송하는 게임이다)와 같은 시인을 위한 게임, 뛰어다니지 않고 가만히 서 있는 여자 아이를 위한 게임의 기억들이 들어 있다. 그게 나의 운동이었다.

"이번에는 포격놀이다!" 자신이 좋아하는 야만적인 게임 생각에 기분이 고무된 카노위스 선생님이 소리친다. 벤 스틸러는 이 게임을 소재로 코미디 영화 〈피구의 제왕〉을 제작해 그것을 피구dodgeball라고 불렀다. 하지만 나는 부위를 가리지 않고 상대를 맞추고 때리고 두들기는 것이 목적인 까닭에 인종 간의 긴장 관계를 표면으로 끄집어낼 정도로 혹독하게 변해버린 이 게임의 이름으로 '포격놀이'가 더 적절하다고 생각한다. 뉴어크 지역의 학교들은 다양한 인종으로 구성되어 있었는데, 위케윅 구역은 흑인과 유대인이 대부분이었다. 1950년대와 60년대 초의 분위기는 겉으로는 조화로워 보였으나 많은 카페테리아에서 볼 수 있는 차별적인 테이블 배치 때문에 긴장감도 감돌았다. 다른 인종들은 서로 거리를 유지했다. 시간이 흘러 내가 고등학생이던 1967년 인종 폭동 당시에는 탱크들이 거리를 오르내리기도 했다.

카노위스 선생님의 수업 시간에는 특히 흑인 여자 아이들이 백인 여자 아이들을 공으로 때려 맞추길 좋아한다. 피구 실력도 그들이 더 뛰어나다. 나는 키 큰 여자 아이가 던진 공에 배를 맞는다. 숨이 빠져나가 털썩 무릎을 꿇자 그 여자 아이가 웃는다. 나는 일어서려 하지만 일어나지 않는다. 벽 쪽 벤치에서 카노위스 선생님이 군대 조교처럼 팔짱을 끼고 소리친다. "일어나! 그만 일어나서 선 밖으로 나가거라!"

다음 체육시간이 든 날에 나는 집으로 점심을 먹으러 가서 엄마에게 칭얼댄다. "엄마, 몸이 안 좋아요." 학교는 오전반과 오후반으로 나뉘어 있는데, 나는 집이 학교 바로 뒤라 점심시간에 집으로 가서 점심을 먹을 수 있다. 나는 엄마에게 애원하기 시작한다. "열이 있으면 집에 있어도 좋아." 엄마는 절대 연기를 마시지는 않는다는 담배를 한 대 새로 꺼내 불을 붙이며 말하곤 했다.

엄마는 타고난 머리도 있었고 사회복지사가 되고 싶은 꿈도 있었지만, 전시에 공장에서 진공관 테스트하는 일을 한 후로 아버지가 일하는 걸 금지한 탓에 늘 집에 있었다. 딸들은 '하고 싶은 일은 무엇이든' 할 수 있지만 그의 아내는 반드시 집에 있어야 한다. 한 가지 이유가 더 있었다. 엄마에게는 광장공포증이 있었다. 내가 태어난 다음 날 엄마의 아버지인 이자도르 할아버지가 돌아가셨는데, 엄마의 신경쇠약은 그날부터 시작되었다. "엄마가 널 안는 걸 무서워했어." 내가 태어났을 때 열두 살이었던 큰언니 미키가 말했다. '그럼 누가 날 안아줬어?'라고 나는 묻고 싶었다. "널 떨어트릴까 봐서 말이야." 평생 동안 나는 그게 엄마의 불안감, 지독한 무력감 때문이었을 거라고 생각했지만, 사실 산후우울증을 앓는 여자는 대개 자신의 아기를 헤치고 싶어 한다. 하지만 불안감 때문에 날 안아주지 않았다고 생각하는 게 날 향한 공격성 때문이라고 생각하는 것보다 마음이 편했다. 그 시절에는 아무도 '산후우울증'이라는 말을 쓰지 않았고, '신경쇠약'이라는 말은 더더욱 금기시되었다. 어딘지 불가사의하고 끝장이라는 인상 때문이었을 것이다. 사람들은 견디면 좋아질 거라고 생각했다.

나의 부모님이 프로작(Prozac, 항우울제-옮긴이)의 도움을 받을 수 있었다면 얼마나 좋았을까. 하지만 프로작은 몇십 년 뒤에나 개발되었다. 엄마에게는 담당 정신과의사인 스턴 박사가 처방해준 밀타운 Miltown(발륨Valium과 같은 그 시대의 신경 안정제)이 있었지만, 한번은 내가 태어난 지 얼마 지나지 않아 전기 충격 요법을 받아보라는 제안을 받은 적도 있다고 했다(그 치료는 받지 않은 것으로 알고 있지만 받았는지 안 받았는지 확실한 증거는 없다).

엄마가 부엌에서 내게 줄 참치 샌드위치를 만드는 동안 나는 체온계를 욕실로 가지고 들어가 수도꼭지에 대고 뜨거운 물을 튼다. 그건 섬세한 작업이다. 너무 뜨거우면 무뚝뚝한 플랙스 박사님이 불려올 수 있고, 충분히 뜨겁지 않으면 위험한 체육시간이 날 기다리고 있으니까 말이다. 아버지의 부재로 외롭고 내가 함께 있어주어 행복한 엄마는 날 집에 머물게 해주고, 우리는 말없이 함께 회피의식을 시작한다.

우리는 거실의 파란색 꽃무늬 소파에 앉아 〈제네럴 호스피털General Hospital〉이라는 TV연속극을 보기 시작한다. 그런 다음에는 부모님의 방으로 들어가 두 개의 침대 중 한 곳으로 들어가 낮잠을 잔다. 엄마는 늘 피곤해 하며 침대에서 많은 시간을 보낸다. 나는 간혹 엄마의 코 고는 소리에 잠을 깨어 시계를 보고 두 시가 되었음을 안다. 우리의 이런 의식이 얼마나 이상한지는 한 번도 생각하지 않았다. 아이일 때는 집안에서 일어나는 일만이 세상 사건의 전부다. 두 시면 반친구들은 밧줄을 타거나 울퉁불퉁한 평행봉 위로 올라가고 있을 시간이지만, 나는 내가 수업을 얼마나 빠지고 있는지 생각하지 않으려 애쓰며, 내 몸의 일부를 엄마의 몸에 살짝 가져다 댄다. 엄마의 발에 내 발을 올리거나 엄마의 등에 손을 얹는 식이다. 엄마의 기분이 어떤지는 알 수 없다. 엄마는 늘 어딘가에 정신이 팔린 듯 멍해 보인다. 나는 한 번도 엄마가 화내는 모습을 본 적이 없다.

극심한 불안은 다음 날 아침 눈을 뜨는 순간부터 시작된다. 들킬까봐 무서워 담임선생님에게 사유서를 내는 것도 싫다. 내가 사유서 내용을 불러주면 엄마가 받아 적는다. '비니가 수업에 빠진 걸 용서해주세요. 인후염, 복통, 두통, 장염이 있어서(우리는 의심을 피하기 위해 병명을 돌아가며 바꿔 적었다) 집에 데리고 있는 게 최선의 방법이라고 생각했습니다.' 그때쯤이면 거짓말과 죄책감만으로 실제로 머리나 배가 아파온다.

'집에 데리고 있는 게 최선의 방법이라고 생각했습니다.' 이 절제

되고 우아한 문장은 원래 엄마가 생각해낸 말로, 사유서는 매번 이 말로 끝을 맺었다.

사유서가 너무 많이 쌓이자 무단결석을 지도하는 담당 교사가 우리 집을 찾아온다. 그 시절에는 그랬다. 교사는 엄마에게 내가 결석한 날이 기록된 서류를 내밀며 모두 체육이 든 날임을 지적한다. 내 범죄 인생에 낚싯바늘이 드리워지고, 나는 결국 잡히고 만다. 카노위스 선생님이 나의 통학로 한쪽 길모퉁이에서 미친개처럼 주위를 맴돌지만 다른 길은 없다.

아버지에게 말하는 것 외에는 다른 수가 없었다. 언니들과 나는 아버지가 식탁에서 고기가 너무 질기다고 벌컥 화를 내며 고래고래 소리를 지르거나 우리가 이해하지 못하는 어떤 일 때문에 엄마에게 화를 내는 모습을 겁에 질린 채 수도 없이 봐왔다. 한번은 25센트에 뉴스영화와 만화 그리고 극영화 두 편을 보여주는 리알토 극장의 토요일 낮 상영을 보러 갔을 때였다. 우리는 버트 랭카스터가 변덕스럽고 부패한 부흥회 선교사로 나오는 〈엘머 갠트리Elmer Gantry〉를 보는 중이었다. 갑자기 아버지가 자리에서 일어나더니 복도를 달려 내려가 시끄럽게 굴던 10대 소년의 멱살을 잡고 일으켜 세웠다. "입 닥쳐!" 아버지가 소리쳤고, 관중들은 "잘한다, 엘머, 잘한다!" 하고 소리쳤다. 우리의 몸은 점점 의자 밑으로 내려갔다.

어쩌면 아버지의 분노가 체육 선생님을 상대로 마침내 유익한 힘을 발휘할 수 있을 것 같았다. 언니와 나는 현기증이 날 정도로 좋아서 소리를 죽여 킥킥거렸다. 아버지가 체육 선생님을 만난다는 생각에 마음이 설레고 속이 울렁거렸다. 우리는 아버지가 정확히 무슨 말이나 행동을 했는지 알아내지 못했지만 우리는 다시는 뒤구르기를 하지 않아도 됐다.

카노위스 선생님은 계속해서 여학생 체육을 가르쳤다.

아버지는 출장을 다니며 사탕을 팔지 않을 때면 우리가 어디를 가든 차를 태워주었다. 픽앤페이 수퍼마켓, 밍Ming's 중국식당, 카츠먼 식육점, 할렘 캔디가게. 캔디가게에 가면 나는 에그 크림(egg cream, 우유가 들어간 탄산수─옮긴이)을 홀짝이며 《수퍼맨》과 《모던로맨스Modern Romance》 만화책을 샀다. 가끔 나는 여자 친구들과 머리를 한껏 부풀리고 기가 막히게 딱 달라붙는 바지를 입고서 남자 아이들의 눈길을 끌기 위해 이 학교 저 학교를 돌아다녔다. 그것도 운동이라면 운동이라고 할 수 있을 것이다. 하지만 육체적인 기쁨이란 내게 완전히 낯선 세상이었고, 오히려 몸은 수치와 고통의 원인인 경우가 더 많았다.

나는 엄마가 편두통으로 드러눕는 모습을 자주 보았는데, 아버지가 전 부인과 아들을 만나러 가는 일요일이면 특히 더 심했다. 나의 반쪽 오빠 개리는 브루클린에서 어머니인 로즈와 살고 있었다. 우리는 그를 보는 일이 거의 없었다. 개리의 존재는 혼돈에 싸여 있었다.

'걔 너희의 친오빠가 아니야.' 엄마는 우리에게 말하곤 했다. '엄마가 달라.' 하지만 엄마는 그 이상은 설명하길 꺼렸다. 나는 언니들에게 몇 번이나 물었다. "그럼 그 사람은 우리 의붓오빠야?" 아빠가 같아도 엄마가 달라서 친오빠가 되지 못한단 말인가? 그 문제는 대수학 문제만큼이나 내 골머리를 썩였고, 우리 집에서 이로 인해 인지부조화를 겪는 건 나뿐만이 아니었다. 그 이야기가 나오면 모두 그저 멍해보였다.

나는 부모님이 왜 수영을 하지 않는지 알지 못했다. 아버지는 해군 출신이었지만, 아마도 제2차 세계대전 때문에 수영실력이 현저히 쇠퇴해서 그랬는지도 모른다. 우리가 애틀랜틱시티나 코니아일랜드에 가는 건 주로 네이탄 가게의 핫도그를 사먹고 비디오 게임을 하기 위해서였다. 하지만 나는 여전히 물에 마음이 끌렸다. 물 공포증이 없는 사람을 알았다면 수영을 배웠을지도 모른다.

나는 나지와 캠프에 보내달라고 부모님을 설득했다. 밀실 같은 우리의 작은 아파트에서 너무나 탈출하고 싶었던 나는 우리 집에서 누구도 해보지 못한 일을 시도하고 있었다. 내 위의 언니 두 명은 누구도 잠을 자고 오는 캠프에 간 적이 없었다. 그것은 새로운 시작이었다. 부모님이 차로 야생의 자연이 펼쳐진 파크웨이를 따라 캠프까지 데려다 주었을 때 나는 내 인생이 활짝 열리는 느낌이 들었다. 호수 맞은편에는 남자 아이들의 캠프가 있었는데, 우리는 땀에 찬 그들의 손을 잡고 '지구의 천사Earth Angel'에 맞춰 춤을 추었다. 여자 아이들은 가장 좋은 모헤어 스웨터를 입었다. 금요일 밤이면 나는 당시의 최신 유행 패션이던 하얀 '치마바지'를 입고 묘하고 이국적인 히브리 노래를 불렀다.

캠프에서 나는 공작 활동, 게임, 식사에 아주 잘 적응했고, 같은 오두막을 쓰는 여자 아이들과도 친해졌다. 하지만 호수에서 수영 실력을 평가하던 첫날, 나는 나의 비밀과 두려운 대면식을 가졌다. 나를 쌩 하니 지나쳐 상급자 칸으로 가는 아이들과 달리 나는 내가 '올챙이'에 불과한 수영 초심자임을 정확히 알고 있었다. 시작이 불길했다. 캠프의 수영 선생님은 내 이름을 외우지 못했다. 내가 이름을 반복해서 말했을 때 그녀의 멍하던 얼굴은 절대 이해하지 못할 수학 방정식과 마주한 사람처럼 짜증스러운 표정으로 바뀌었다. "너무 어렵구나." 그녀는 무심하게 말했다. "널 B라고 부를게." 그렇게 그녀는 내 이름을 아예 부르지 않게 되었고, 그와 동시에 내가 수영을 배워야 한다는 사실도 그냥 넘어가 버리고 말았다.

수영 강습이 진행되는 동안 호수의 가장 얕은 곳에서 바닥에 무릎을 긁히며 서투르게 개헤엄을 치고 눈에 띄지 않게 숨어 있었다는 사실을 인정하는 게 자랑스럽지는 않다. 노력하지 않은 건 아니었다. 단지 나는 누구의 눈에도 띄지 않았고 수영 선생님과 다른 모든 이들은 그런 날 무시했을 뿐이었다.

하루는 누가 물속에 머리를 담그고 제일 오래 참는지 알아보는 시합이 열렸다. 나는 다른 여자 아이들이 물에 머리를 담갔다가 튀어나오는 모습을 말없이 바라보았다. 내 눈, 코, 입, 귀로 물이 들어가는 것을 상상할 수가 없었다! 끔찍하고 무서워 보였다. 그래서 나는 꼼짝없이 서서 눈에 뜨이지 않기를 기도하며 시합이 끝나기를 고통스럽게 기다렸다.

체육시간을 땡땡이치는 데 반쯤 성공한 전력이 있던 나는 이제 매일 마주해야 하는 수영의 공포를 피할 수 있는 구멍을 발견했다. 생리를 하는 사람은 수영 대신 보트를 탈 수 있었다. 나는 노가 달린 그 나룻배가 좋았다. 나는 안전하게 구명조끼를 입고 배에 앉아 벌로니 샌드위치를 먹고 포도 맛 쿨에이드를 마셨다. 한 5일째 연달아 생리가 있다는 핑계를 대고 나자 하루는 캠프 선생님이 가늘게 뜬 의심스러운 눈으로 날 쳐다보며 말했다. "또? 아니면 아직 안 끝난 거니?" 그 말을 떠올리면 나는 지금도 온몸이 싸늘하게 식는다. '또? 아니면 아직 안 끝난 거니?' 그건 강당에 모인 사람들 앞에 알몸으로 나타나거나, 앞니가 빠지거나, 다음 수업 장소가 어디인지 잊어버린 꿈과 비슷하다. 내가 뭐라고 대답했는지는 기억나지 않는다.

그 일이 있은 지 얼마 지나지 않아 부모님이 '방문의 날' 참석을 위해 캠프에 도착했다. 나는 부모님이 가져온 닭튀김 바구니를 들고서 수영시간의 딜레마를 고백하며 흐느꼈고, 아버지는 내게 수치심을 안겨준 수영 선생님과 다시 한 번 '대화'를 나누었다. 아마 '내 딸 좀 가만히 놔두시죠, 빌어먹을!' 정도의 이야기였으리라. 리무진을 타고 온 갱들에게 사랑하는 앨리스를 붙잡고 '앨리스는 아무 데도 가지 않는다!'라고 소리쳤던 아버지가 아니었던가. 그날부터 내게는 수영을 하라는 압력이 사라졌다. 거대한 안도감이 몰려들었지만, 죄책감과 수치심으로 인한 떨림도 있었다.

캠프를 마치고 집으로 돌아갔을 때 나는 코카콜라와 익숙한 위안거리들이 절실했다. 텔레비전으로 향하던 나는 새장이 사라진 것을 알고 깜짝 놀랐다. 내가 없는 동안 우리 집 앵무새 니키가 죽었는데 부모님이 그 사실을 내게 알려주지 않았던 것이다. "우린 널 보호해주고 싶었다." 울고 있는 내게 부모님은 말했다.

뒤구르기, 치과 가기, 수영하기, 새의 죽음, 부모님의 이전 결혼과 이혼에 대한 진실, 개리에 대한 정보, 모든 게 다 '너무하다'고 느껴졌고, 검은 망토가 날 휘감고 있는 것 같았다. 18살 때 작은언니 수잔은 날 커피숍에 앉혀놓고 공모하듯 털어놓았다. "아빠는 로즈와 먼저 결혼을 했고, 둘 사이에 개리가 생겼어. 엄마는 다른 남자와 결혼한 상태였고 말이야." '결혼? 엄마가 결혼을 한 적이 있다고? 어떻게 그럴 수가 있지?' 마치 아버지를 만나기 전에는 엄마에게 인생이 없었던 것처럼 그런 생각이 들었다.

"그게 다가 아니야." 언니는 말했다. "엄마와 아빠가 서로를 만나 사랑에 빠졌는데, 엄마의 남편이 누구였는지 알아?" 나는 움찔 몸을 떨었다. "로즈의 오빠인 윌리였어!"

나는 구역질이 일었다. 그만큼 충격적인 소식이었다. 부모님은 한 남매와 서로 결혼한 상태에서 만나 사랑에 빠졌고, 그 일은 브루클린에서 엄청난 스캔들을 일으켰을 것이다. 그래서 뉴저지 주로 도망친 것이었다. 그들은 실제로 함께 살고 있었다. 그야말로 '샨다'였다. 후에 나는 큰언니 미키가 엄마의 첫 남편인 윌리 월렌스키의 딸이었기 때문에 아빠가 입양해야 했다는 사실을 알게 되었다.

나는 다시 학교로 돌아가야 할 것 같다…… 초등학교로. 누가 이렇게 엄청난 감정과 수치와 두려움이 얽힌 복잡한 계산을 이해할 수 있겠는가? 처음으로 돌아가 더 많은 실재적 사실을 파악해내지 않는다면 말이다.

운동과는 거리가 먼 어린 시절을 보냈지만 나는 읽기, 쓰기에서 두각을 나타냈고, 재치와 거만한 독선으로 나의 강력한 여성 롤모델이 되었던 영화배우 조앤 크로퍼드와 베티 데이비스의 흉내도 곧잘 냈다. 그들의 가는 허리는 무시하려고 애썼다. 엄마와 언니들은 매일같이 슬라브계 여성 특유의 체형에 점점 다가가고 있었고, 내 미래 역시 그럴 것 같았다.

그럼에도 동경심은 남아 있었다. 나는 좀 더 활동적인 아이가 되는 환상을 포기할 수 없었다. 나는 우리 집 옆 놀이터가 내다보이는 서재의 블라인드 사이로 여자 아이들이 소프트볼을 하며 노는 모습을 서글픈 눈으로 지켜보았다. 나도 빨리 달리고, 공을 세게 때리고, 귀여운 유니폼을 입고 싶었다. 그 여자 아이들은 내가 모르는 삶의 이면을 알고 있을 것 같았다. 나는 불안한 느낌 없이 편안하게 공간을 휘젓고 다니고 싶었다. 후에 고등학교에 들어갔을 때 나는 강하고 만족을 모를 만큼 운동에 목말라하는 자신의 몸을 묘사해 놓은 시몬 드 보부아르의 일기를 읽었다. 그녀는 하이킹을 엄청나게 다니며 그림 속 풍경 같은 프랑스 시골의 벤치에 앉아 조그만 봉투에 싸들고 다니던 자두를 음미했다.

우리 가족이 아버지의 출장을 따라갈 때면 나는 차 뒷좌석에 앉아 수영장이 딸린 모텔에 묵자고 애원했다. 마치 오하이오나 펜실베이니아 주의 어느 외진 곳에서 아무도 보지 않을 때 숨겨져 있던 수영 본능을 찾아내 수영을 할 수 있게 되기나 할 것처럼 말이다. 그즈음 큰언니는 집을 떠나 뉴욕 대학에서 임상 심리학을 공부하고 있었고, 작은언니는 수영장에 전혀 관심이 없었다(후에 언니는 정신과 육체가 분리되어 있다는 데카르트의 개념에 이의를 제기하는 철학자가 되었다). 그래서 나는 손이 미치지 않는 세탁기 안에서 자신이 사랑하는 담요가 빙글빙글 돌아가는 것을 지켜보는 라이너스(Linus, 스누피와 찰리 브라운이 나오는 만화 〈피너츠Peanuts〉에서 항상 담요를 들고 다니는 인물─옮긴이)처럼 혼자서 그 외롭고 이상한 농성을 시작했다. 수영장이 딸린 모텔을 찾아 끝없이 돌아다니다 밤이 늦으면 아버지는 새삼 무뚝뚝한 동작으로 시가를 눌러 끄며 말했다. "저기, 저 모텔에 빈방 표시가 있구나." "하지만 아빠, 수영장이 없잖아요!" 나는 하루도 수영 훈련을 빼먹을 수는 없다는 듯이 칭얼거렸다. 아버지는 자신의 긴

부재에 대한 죄책감 때문이었는지 수영을 하지 않는 우리 가족에게 수영장이 필요하다는 나의 환상에 동참했다. 아버지는 다른 모텔을 찾아 차를 몰았고, 차 안에는 절망과 피로가 쌓여갔다. 수영장 딸린 모텔을 찾으면 나는 모텔에 머무르는 동안 딱 한 번 수영장에 들어가, 물이 얕은 가장자리에서 행복에 겨운 비명소리와 웃음소리를 흘리며 물장구를 치거나 튜브를 타고 떠다니며 부모님에게 고마워했다. 그걸 증명할 사진도 있다.

'제발, 제발, 수영장이 있기를!'

신체활동에 대한 부모님의 두려움과 나의 지적 능력을 개발해주라는 선생님들의 격려, 그리고 방패막이가 되어준 아버지의 분노에 찬 항의에 힘입어(아버지의 그 같은 행동을 비난할 수 없는 것이, 지금 같은 세상에서는 우리가 겪었던 체육 선생님이나 수영 선생님들은 절대 용납되지 않을 것이다) 나는 내 몸과 내 몸에 잠재된 긍정적인 힘에 대해 그다지 심각하게 생각하지 않았다.

큰언니가 마침내 수영을 배운 건 쉰 살이 되어서였다. "봤어?" 언니는 자신이 평영으로 수영장을 가로지르는 모습을 지켜본 내게 들뜬 목소리로 말했다. "우리가 얼마나 잘 뜨는지 봤어?" 나는 자랑스러움과 외경심을 느꼈지만, 언니가 말한 '우리'란 인간 일반을 가리키는 게 아니라 우리 세 자매, 우리 집안 사람들임을 알고 있었다. 그러자 이 세상에서 살아가기에 우리의 몸은 지나치게 뚱뚱하며, 그나마 허벅지가 두꺼운 슬라브계 여성 가운데 우리가 물에 가라앉지 않는 소수에 속한다는 생각이 더욱 강해졌다.

많은 세월이 흘러 내 몸의 힘을 찾아내 권투를 시작하고 챔피언들의 삶을 공부하던 중 나는 심장을 종류별로 구분해 놓은 무하마드 알리의 시를 읽었다. 불을 통해 바뀌는 철의 심장, 찬란한 이미지를 얻기 위해 태양의 영광이 필요한 금의 심장, '열기 앞에서 녹아내리는 겁 많은 밀랍 심장'. '바람에 연처럼 날리는 종이 심장'도 있다. '강한 줄이 지탱해주는 한 통제가 가능한 종이 심장. 하지만 바람이 없으면 종이 심장은 떨어진다.'

유리병 같았던 우리의 작은 뉴어크 아파트에는 내 등을 밀어 몸을 움직이게 해줄 바람이 없었다. 그 기상도는 수십 년 후에야 마침내 변했다. 과거의 아버지는 몇 번이고 날 링에서 끌어냈으나 존은 계속해서 날 링 안으로 밀어 넣었다. 그리고 그 기회는 내가 우리 집 뒤뜰에서 넘어진 사건을 계기로 찾아왔다.

07.

희열의

드라마

성경 이야기처럼 시작하자면, 존 이전에는 제이콥이 있었다. 내가 제이콥을 만난 건 발목과 발이 부러지는 부상을 당했을 때였는데, 나는 강하고 쓸 만한 권투 제자로 보이고 싶은 마음에 존에게 그 부상 이야기를 하지 않았다.

존이 날 받아주기 몇 년 전 어느 날 아침, 나는 산만하고 몽롱한 상태로 새 모이 캔을 들고 바깥 발코니로 나갔다. 뒤뜰의 새 모이통으로 가던 나는 갑자기 지하 세계에서 뻗어 나온 헤르메스의 손에 발을 붙잡혀 잔디 위로 내동댕이쳐진 듯 온몸으로 넘어졌다. 마치 어떻게든 쓸 수 있는 손이 전혀 없는 사람처럼 무기력하게. 내 비명소리는 지상의 것이 아니었다. 아아아아악! 금속 파편의 쨍그랑 거리는 소리 같은 끔찍한 비명소리가 만화 속 대사처럼 쏟아져 나왔다.

이것이 권투의 시작이었다. 나는 권투 안으로 넘어지듯 들어갔다고 할 수 있다. 토요일 아침이었고, 집에는 우리가 키우는 작은 하바네즈 종인 그리펀과 사빈을 제외하고는 나뿐이었다. 남편인 스콧은 재직 중인 주류 유통회사에 재고 조사를 도우러 나가고 없었다.

뒤뜰에서 그 사고가 일어나던 무렵, 나는 당황스럽게도 다시 젊어지고 싶어 하는 중년의 여자가 되어가던 중이었다. 남편이 10살 연하라는 사실도 한 가지 이유였는데, 나는 그 사실에 관심을 보이는 사람들에게 거리낌 없이 그렇다고 말하는 편이었다. 대안代案 라디오 방송국에서 음악 프로그램을 제작하는 일도 젊은 기분을 느끼는 데 도움이 되었다. 사실 그곳은 내가 스콧을 만난 곳이었다. 당시 남편은 자신의 제작 파트너인 켄과 함께 WPKN(코네티컷 주, 브리지포트의 비상업 라디오 방송국−옮긴이)의 기금마련을 위해 〈트윈 픽스〉를 패러디한 스팟 광고 시리즈를 완성한 참이었다. 음향 효과와 독창적인 음악으로 가득한 그 인상적인 광고로 인해 스콧은 '20세기를 후회 없이 떠나보내는 법'이라는 현대적인 고전 음악 정규 프로그램을 맡았다. 내가 진행하는 '미니 세상'이라는 음악 프로그램은 인디 록과 일렉트로니카를 비롯해 각종 기발한 음악과 낭독, 인터뷰, 영장류에 관한 나의 관심사로 구성되어 있었다.

우리 집과 직장은 문화적인 혜택과 슬픔을 동시에 안겨주는 대학가 근처다. 저명한 교수들의 강의와 수준 높은 서점들이 있고 멋진 콘서트들이 벌어지지만, 늘 젊고 낙천적인 사람들에 둘러싸인 환경은 내게 익숙하고도 괴로운 '부러움'이라는 나쁜 습관을 불러일으킨다. 학생들의 미래와 신선함과 유리한 점들에 대한 부러움.

나는 말하고 웃으며 상담에 참여하므로 소극적인 심리치료사는 아니지만, 사람들이 자신과 대면하도록 만드는 정신적 산파 역할을 하다보면 가끔 나 자신이 사라지고 있다는 기분을 느끼는 경우가 있다. 하루는 작은 커피숍의 창문에 비친 내 모습을 보려고 시선을 들었다가 아무것도 비치지 않은 텅 빈 유리창을 본 적이 있었다. 아마도 각도 때문이었을 테지만 그럼에도 '이제 나는 진정으로 보이지 않는 존재가 되었는가'라는 생각이 들었다. 반영이 비치지 않는 것은 뱀파이어가 아니었던가?

문제는 또 있었다. 나는 거친 10대 시절을 낭만화시키는 시기를 보내고 있었다. 내 마음속에는 열여섯 살의 내 모습이 흑백 영상으로 남아 있었다. 그것은 사진 속 모습이기도 했다. 그 속에서 나는 중간 가르마를 탄 긴 머리를 늘어뜨린 채 블랙진에 검정 민소매 티 차림으로 목에는 사진을 넣는 펜던트 목걸이를 걸고 서 있다. 맨발에 굽 없는 구두를 신고 나무에 기대서서 현명하고 모든 걸 다 아는 척 미소 띤 입에 담배를 물고서. 내 목에는 버몬트 주의 고다드 대학에 가고 없는, 첫 남자친구에게서 빌린 상자 모양의 커다란 카메라가 긴 가죽끈에 걸려 있다. 목걸이 안에 들어 있는 건 그의 사진이다. 두어 달 후 그는 나의 몇몇 친구와 함께 1960년대의 급진적 활동 조직인 '웨더맨the Weathermen'에 가입했다. 그 시절의 모든 행사는 의미와 열정과 셰익스피어적인 연극에 대적하는 진지함으로 가득 차 있었다(우리는 그렇게 생각했다). 수년 뒤 구글 검색으로 다시 만나게 된 재회의 자리에서 내 어린 시절의 사랑은 '웨더맨'의 경험이 대단히 실망스러웠다고 말했다. 조직은 커플을 갈라놓았고, 책과 소지품을 가져갔으며, 의식을 고취시키기 위해 모두에게 환각제를 먹이고 그룹 섹스를 하게 했다. 농담이 아니었다. 조직은 그에게 경찰서에 돌을 던지라는 지시도 했다. 그는 조직에서 빠져나가기 위해 전화로 아버지를 불러 밤을 틈타 도망쳤다.

과거의 실체가 어떠했건 나는 여전히 노화에 대처해야 했고, 이를 위해 한 가지 방법을 개발했다. 거울과 멀리 떨어져서 적어도 목 위로는 젊은 시절과 똑같아 보이는 척하는 것이었다. 이 방법은 내 또래나 나보다 나이가 많은 사람들과 있을 때 가장 효과가 좋았다. 굵게 주름진 목이든 하얗게 새어가는 머리카락이든, 나는 그들의 노화의 징후에 집중하며 안타까움을 느낄 수 있었다. 나의 날도 언젠가는 오겠지만, 당시의 나는 젊지는 않으나 늙지도 않은 모습으로 스틱스 강(Styx river, 그리스 신화에 나오는 이승과 저승 사이에 있는 강-옮긴이) 너머로 인도되어 가고 있었다. 우리는 부고문을 읽으며 우리의 남은 시간을 측정한다. 여든에 죽었다고? 아흔에? 됐어. 난 한참 멀었어.

한두 달에 한 번씩 찾아가는 헤어디자이너를 향한 나의 절망적인 애원도 '제발 고루해보이는 스타일은 피해줘요!'로 바뀌었다. 노화에 대한 두려움은 공포증이 되어 있었다. 상처에 연고를 바르듯 머리에 젤을 바르며 더 이상 '아가씨'라고 부르지 않는 주유소 직원과 가게 점원들의 발언으로 인한 충격을 가라앉힌다.

'아가씨'에서 '부인'으로 변하는 과정은 키우는 개가 나이 들어가는 것을 보는 것처럼 서서히 일어난다. 점차 늘어지는 턱밑 살, 점점이 늘어나는 흰 머리카락, 문가에서의 머뭇거림, 거침없이 들판을 달리던 시절을 떠올리듯 이따금씩 나타나는 우울한 눈길은 갑자기 생기지 않는다. 그 모든 것은 조금씩 진행된다. 어느 날 귀엽던 강아지는 열네 살이 되고, 우리는 사고를 수습하며 내려놓는 연습을 한다는 얼얼한 마음으로 강아지의 머리를 쓰다듬고 있는 것이다. '부인'이라는 호칭은 나를 고인 물속으로 더 깊숙이 밀어 넣어, 나도 모르는 사이에 고모, 할머니, 그밖의 다른 무성화無性花된 존재들 속에 섞여 들어가게 했다.

나는 비명을 지르고 싶었다. '이봐요, 내 가죽 재킷이 보이지 않아요? 팔팔한 걸음걸이와 자신만만한 미소는요?' 하지만 그건 변명이었다. 나는 활기도 생명력도 느끼지 못했다. 현실의 어떤 공동체와도 이어져 있다는 기분이 들지 않았다. 아이가 없으면 앞으로 나아갈 곳과 해야 할 일에 관한 지도가 더 흐릿하고 불분명하다. 부모님은 돌아가셨고, 우리 자매는 내가 완전히 이해하지 못하는 이유들로 친척들과 소원해졌다. 마치 모두가 죽어버린 것처럼. 우리는 엄마의 형제자매들과도, 아버지 쪽 가족들과도 접촉이 없었다.

사고가 있던 날, 나는 주기적으로 꾸는 조그만 아기들의 꿈을 꾸고 난 뒤라 마음이 심란한 상태였다. 아마 그 아기들은 내게 '생겼을지도 모를' 존재들이었을 것이다. 하지만 나는 늘 엄마가 된다는 생각이 요원하게 느껴졌다. 모성은 위험했다. 자신의 정체성을 잃고 다른 이들의 손길에 의지하게 만드는 깊고 어두운 우물 속으로 내려보낼 수 있으므로. 나는 내 유전자를 전하고 싶지 않았다.

친절한 사회복지사는 그게 얼마나 비극적인 생각인지 날 설득하려 애썼다. "아이가 있는 사람들을 보세요. 아이를 낳고 나면 유전자 같은 건 생각나지도 않는다고요!" 하지만 나는 확신이 들지 않았다. 혹시 아이가 없는 혹은 아이로부터 자유로운 생활에 좀 더 편안한 기분이 들 때면 나는 이렇게 말한다. 내가 아이를 낳지 않는 건 양육이 사람됨에 관해 내가 한 번도 가져본 적이 없는 일률적인 이론을 갖도록 요구하기 때문이라고. 아니면 아이 때문에 어쩔 수 없이 일률적인 이론을 만들어내게 되든지. 어느 쪽이든 아이가 있으면 나는 인생의 정수를 만끽할 수 없을 테고, 할로윈 같은 명절 풍속을 즐기지도 못할 것이며, 공공장소에서 아이에게 예의나 지리에 관해 내가 아는 것들을 설명해야 할 것이라고 말이다. 하지만 나는 그 말 속에 씁쓸한 감정이 깃들어 있음을 안다.

내가 순수한 슬픔을 느끼는 건 그 꿈들을 꿀 때였다. 내가 위험으로부터 구해낸 아기들을 소중히 품에 안고 아무 노력 없이 완전하게 그들을 이해하는 그런 꿈을 꿀 때. 하지만 꿈 밖의 나는 아이들의 울음소리를 조금도 견디지 못했다. 특히 부모들에게 스트레스를 안기고 걸음마쟁이들에게 가끔 짜증을 부리게도 만드는 수퍼마켓을 걸어 다닐 때는 더 그랬다. 내게 아이들의 울음소리는 모든 아이가 고통을 받고 있는데 부모가 아무 반응도 하지 않고 있다는 증거처럼 느껴졌다. 그것이 아마도 산후우울증에 걸렸던 엄마에 대한 기억 때문이리라는 걸 알고 있었지만 나의 느낌은 달라지지 않았다.

한편, 바닥에 넘어져 흙을 움켜쥔 나는 육체와 분리된 듯한 묘한 다리 통증을 느꼈다. 온몸에서 서서히 끈질기게 땀이 배어 나오기 시작했다. 사고가 하루만 더 일찍 일어났어도 내 비명소리는 이웃 농장에서 배나무를 다듬으며 '드 드드드 다 다' 경쾌한 억양으로 잡담을 나누던 포르투갈 인부들의 귀에 들렸을 텐데. 그들은 위로 갈수록 좁아지는 과수원 사다리를 던져 놓고 언덕을 올라와 강한 팔로 날 안아 들었을 테고, 나는 쩍 벌어진 털북숭이 맨다리는 개의치 않고 구조되기만을 바랐을 것이다. 하지만 그 인부들은 토요일이면 일을 쉬고 자신들이 사는 비좁은 막사를 청소했다.

맙소사, 내가 왜 땅에 엎어져 있는 거야? 나는 손으로 주위를 더듬다 날 그 지경으로 만든 원인을 발견했다. 땅이 패여 잔디 한 덩이가 헐겁게 들뜬 곳이 있었다. 그건 구멍이라고 할 수도 없었다. 이제 잔디는 사방으로 흩어져 있었다. 나는 잔디를 움켜쥐고 패인 곳에 다시 올려놓았다. 마치 넘어진 몸으로 할 수 있는 일은 땅을 가지런히 만드는 것이라는 듯이. 원초적인 본능이 내게 몸을 움직이라고 명령했다. 나는 전투 병사처럼 몸을 질질 끌고서 발코니로 기어 올라가 팔을 휘둘러 난간을 잡고 몸을 일으켜 세웠다. 졸도를 막기 위해 몸은 낮춘 채였다. 기다가 한 발로 뛰다가 벽 잡기를 반복한 후에야 나는 부엌으로 들어가 냉장고 옆 바닥에 스르르 주저앉았다. 얼음이 필요하다는 걸 알고 있었으므로 계획적으로 정한 자리였다. 집을 샀을 때는 냉동칸이 밑에 달려 이상해보이던 냉장고가 이제는 고맙기 그지없었다. 나는 냉동 깍지콩 주머니를 꺼내 발목에 올려놓고 정말로 기절을 하면 어떻게 하나 고민했다. 어떻게 했는지는 모르겠지만 나는 간신히 전화기를 집어 들었다.

스콧은 술 창고에 들어가 있던 터라 연락이 잘 되지 않아서 나는 켄터키에서 학생들을 가르치며 사는 작은언니 수잔에게 전화를 걸었다. 우리는 많은 의학적 미스터리를 함께 겪으며 서로를 위로했는데, 즉각적인 의학적 치료보다 직접 고안해낸 처치에 의지하는 경우가 다반사였다. 언니는 발목을 삔 것이라고 진단하고 얼음과 애드빌(Advil. 진통제-옮긴이)을 처방했다. 하지만 애드빌은 아득히 높은 부엌 찬장 안에 있었고, 슬프게도 나는 전혀 걸을 준비가 되어 있지 않았다. 나는 냉동 깍지콩 주머니를 발목에 두르고 의식을 잃지 않으려고 언니의 목소리에 귀를 기울였다. "나도 그런 적이 있어." 언니가 말했다. 편두통으로 인한 시력 저하, 위장 증상, 현기증, 귀 막힘, 발진, 잘 낫지 않는 요로 감염. 내가 무슨 일을 겪든 그것은 언니에게도 일어난 적이 있는 일이었다.

나는 찬장을 쳐다보았다. 군인들은 끔찍한 전쟁터에서 부상 입은 다리를 이끌고 안전한 곳으로 이동해 서로를 돕는데, 부엌 찬장 속 진통제 병을 꺼내는 일쯤이야. 나는 셔츠 주머니에 냉동 깍지콩 주머니를 넣고 거실 소파로 기어 올라간 다음, 쿠션을 다리 밑에 받히고 냉동 깍지콩을 다시 올렸다.

발목과 발에 조그만 포크와 나이프가 시시각각 돌아가며 톱질을 하는 것처럼 계속해서 새로운 곳이 욱신거렸다. 애드빌을 먹은 게 그 정도였다. 아무도 오지 않았고, 집에는 나와 꼴불견인 나의 몸뚱이뿐이었다. '없으면 안 되는 배낭 같은 몸뚱이.'

발코니의 미닫이문으로 나뭇잎들이 휘몰아쳤다. 통증은 낫지 않고 심해져 가고 있었다. 다행히 스콧이 서둘러 집으로 돌아왔다. 우리는 계속해서 언니의 치료 방법을 썼지만 다음 날 아침 통증은 극에 달해 있었다.

그 후 나는 발목과 발 골절이라는 진단을 받았고 끔찍한 통증을 겪었으며, 깁스를 하는 바람에 8주 동안 몸을 움직이지 못했다. 그동안 나는 글을 썼고, 스콧은 내게 초밥을 사다주고 샤워를 할 때면 깁스에 비닐 봉지를 씌워 고무줄로 묶어주었다. 그 꼴이 추위와 습기를 물리치려 애쓰는 노숙자와 다를 바 없었다. 나는 줄어든 책임감에 말랑해진 마음으로 멀리 있는 친구들과 전화로 길고 느긋한 대화를 나누었다. 솔직히 말하면 나는 일을 하러 가지 않아도 되는 게 좋았다. 나는 욕실 세면대 앞에서 느긋하게 시간을 보내고, 수도꼭지를 구석구석 꼼꼼하게 닦거나 보석을 정리하는 것과 같은 사소한 일들을 하며 몸을 움직일 수 없는 상태를 점점 더 즐겼다. 나는 등을 대고 누워 입을 벌린 채로 깊은 잠을 잤다. 휴가와 같은 잠, 긴 낮잠을 잤다. 깁스를 한 불편한 상태로 잠을 잘 잘 수 있는 내 능력이 감탄스러울 정도였다. 옷을 입지 않아도, 온종일 아래위가 짝짝인 잠

옷을 입고 지내도 누가 뭐라 하겠는가? 나는 독서, 글쓰기, TV 시청 등 오직 나의 욕망에 따라 하루하루를 지냈다. 그리핀과 사빈이 자기들의 자리인 내 발치에서 깁스 위에 머리를 올려놓고 날 올려다보았다. 턱밑에 닿는 깁스가 도자기통처럼 서늘하고 단단하게 느껴졌을 것이다.

"뒤뜰의 구멍 메우는 거 잊지 마." 나는 침대에 누워 스콧에게 말했다.

"알았어, 알았어."

살아오는 동안 부러진 뼈가 정말로 치유되는지 확신할 만한 경험은 없었지만 나는 평생 처음 당한 골절을 극복했다. 나는 나중에 이야깃거리가 될 만한 극적인 스키 사고나 암벽등반 사고를 겪은 적이 없었다. 영국의 젊은 권투 챔피언 수잔나 워너Suszannah Warner가 권투를 알게 된 것도 부상 때문이었다. 그녀는 축구 시합 도중에 부상 빈도가 높기로 악명 높은 전방 십자인대가 심하게 찢어지는 사고를 당했는데, 재활 치료를 하는 동안 무릎에 무리가 가지 않는 운동을 찾다가 권투를 선택했다. 내 다리는 어느 동물이 파놓은 굴에 빠졌다 부러진 것이었고.

사실 나도 턱에 두 바늘 꿰맨 흉터가 있다. 아홉 살이던 어느 욤 키푸르 날, 체온계 수치가 너무 높게 올라가면 집으로 왕진을 오고, 볼거리, 수두 같은 전형적인 어린이 질병을 봐주던 무뚝뚝한 의사 플랙스 박사님은 가장 중요한 성축일에 유대 예배당으로 가던 도중 우리 부모님에게서 전화를 받아 화가 나 있었다.

"꿰매는 건 싫어요, 알았죠?" 나는 올즈모빌의 뒷좌석에서 한 손으로는 피 묻은 행주를 턱밑에 대고, 다른 한 손으로는 큰언니의 손을 꼭 붙들고서 가죽 시트에 떨어지는 핏방울을 보며 애원했다. 대학을 다니던 언니는 집에 다니러 온 참이었다.

"당연하지." 부모님은 거기에 자신들의 목숨이 걸리기라도 한 듯 날 달랬다. "네 턱의 벌어진 상처는 특수 밴드만 붙이면 돼. 플랙스 박사님 진료실에 있을 거야." 그 시절에는 그런 순간에 아이들에게 거짓말을 하는 경우가 흔했고 유용하기도 했다. 큰언니는 한 번은 생일 파티에 가는 거라는 말에 옷을 차려입고 따라나갔다가 편도선 제거 수술을 하러 병원으로 끌려간 적도 있었다. 병원 사람들은 엘리베이터 안에서 소리를 지르는 언니를 꼭 붙들고 있어야 했다.

그날 밤 나는 신심 깊은 할머니가 이디시어로 내게 자전거를 타지 말라고 하던 훈계에도(당시 할머니는 브루클린에서 우리가 세 들어 살던 2가구 아파트 위의 작은 다락방 아파트로 들어와 살고 있었다) 할머니의 흔들리는 머리와 경고의 몸짓을 무시했다. 그것은 할머니의 걱정이었다. 속죄와 기도의 날인 욤 키푸르는 최고의 성축일이지만 그날을 지키는 건 다른 사람의 몫이었고 나는 그런 구세계의 두려움에서 벗어나고 싶었다. 오래전 한 친구가 내게 다음과 같은 재미있는 구절이 적힌 배지를 준 적이 있었다. '이건 무슨 새로운 지옥인가?' 이 새로운 나라에서 껑충대며 뛰어노는 아이들을 보는 할머니의 심정도 바로 그랬을 것이다. 'Voos far a meshigas iz doos?(이게 무슨 미친 짓이냐?)' 할머니는 그렇게 외쳤을 것이다.

나는 자전거를 탐으로써 집 밖으로 나갈 수 있었고, 비록 퍼샤인 가와 버겐 가에서 말끔하게 잘 포장된 바닷가 도로인 양 딴 데 정신을 팔아가며 천천히 자전거를 타기는 했지만 그것은 내 유일한 운동이었다. 하지만 그 일요일 밤, 나는 실험하듯 언덕을 달려 내려가다 그만 버려진 머리핀에 자전거 앞바퀴가 걸리는 사고를 당했다. 나는 자전거 핸들 위로 날아가 콘크리트 바닥에 떨어졌다. '할머니 말이 맞았어. 벌을 받은 거야.' 나는 턱이 갈라졌고, 쏟아지는 피의 양으로 미루어 짐작하건대 응급실에 가야 할 것 같았지만 온 세상의 병원에서 온갖 충격을 겪어본 사람처럼 놀란 부모님을 향해 '병원은 싫어!' 하고 울부짖었다. 그것이 플랙스 박사님이 욤 키푸르 날 예배당에 지각을 하게 된 이유였다. 체육 선생님에게 전화해서 날 봐달라고 할 수도 있었겠지만, 참을성 없고 아이를 잘 다룰 줄 모르는 건 두 사람 다 비슷했다. 플랙스 박사님도 우리 학교의 잔혹한 체육 선생님처럼 콧대가 눌린 코를 갖고 있었다. 나는 성장기에 조지 스콧(George C. Scott, 영화배우, 〈패튼 대전차군단〉에서 패튼 장군 역으로 아카데미상 남우주연상 수상−옮긴이)을 복제한 듯 눌린 코를 가진 무리에게 괴롭힘을 당하고 있었다.

진료실로 들어가는 우리를 맞이하며 투덜거리던 플랙스 박사님은 마취약도 없이 내 턱을 두 바늘 꿰맸다. 나는 소리를 지르지 않으려고 노력했다. 부모님이 대기실에서 초조하게 기다리는 동안 편도가 제거된 언니가 내 옆에 서서 손을 잡아주었다. 처치를 끝낸 후 플랙스 박사님은 갑자기 다정한 마음이 들었던지 내가 남자 열 명을 합처 놓은 것만큼 강인하다고 감탄하듯 말했다. 아니, 용감하다고 했던가? 어쩌면 나는 그 많은 두려움에도 권투계 사람들이 말하는 '마음'이라는 자질을 약간이나마 갖고 있었는지도 모른다. 적어도 그렇기를 바랐다.

내 어린 시절에는 권위적이고 잔혹한 남자 어른이 한 명 더 있었다. 치과의사인 크레이그 박사님이었다. 그는 책상에 놓인 유리병에서 조그만 장난감들을 꺼내 건네주기도 했지만(나는 특히 조그만 욕조와 플라스틱 핫도그에 눈독을 들였다) 엄격하고 참을성이 없었다. 너무 오래전이라 노보카인(novocaiane, 치과용 국부마취제—옮긴이)이 없었기 때문이었을까? 아니면 마취제 쓰는 걸 자제했기 때문이었을까? 나는 그가 드릴을 들이밀 때마다 움찔거렸다.

"소란 피우지 마라, 비니, 소란 피우지 마." 박사님은 그렇게 경고했다.

간호사가 다리에서 깁스를 떼어낼 때 나는 울고 말았다. 여전히 약간 부어 있는 가여운 내 발이 보였다. 살갗이 얼룩덜룩해지고 발가락들이 한데 붙은 발은 낯설고 연약해보였다.

"다시 깁스를 씌웠으면 좋겠어요? 눈물 닦으세요, 의사 선생님이 들어오실 거예요." 간호사는 내게 화장지를 던져주며 나무랐다. 이

정형외과는 환자를 대하는 태도가 좋지 않았다. 의과 대학을 다닌 축구 선수 출신의 의사는 나와 눈을 마주치지 않았다. 처음 그 병원을 찾았을 때 어린 시절 의료 종사자들과 갖지 못했던 관계가 그리웠던 나는 의사에게 운동하던 시절이 그립지 않으냐고 물었다.

"아, 좋은 시절이었죠." 그는 슬픈 듯이 말하며, 진통제 옥시코돈 Oxycodone을 복용하는 건 웃기는 짓이라고 주장했다.

"그 정도 통증은 아무것도 아니에요." 그는 진료실 맞은편의 인체 골격 차트를 바라보며 말했다. 축구 구장의 피와 땀, 찢어진 인대를 떠올리는 게 분명했다.

그렇게 나는 밤에 벗어놓을 수 있는 보조기 착용 단계로 나아갔고, 곧이어 물리 치료를 받는 단계로 넘어갔다. 나는 색색의 긴 고무 밴드로 운동을 하고 온·냉 치료를 받고, 마지막에는 내 요청에 의해 수중 치료를 받았다.

'다음 모텔에는 수영장이 있게 해주세요.' 나의 소원은 포기를 몰랐다.

영화 〈수퍼맨〉의 주인공 크리스토퍼 리브스가 가끔 치료를 받으러 오는(그런 날 밤이면 수영장은 다른 회원들에게 문을 닫았다) 게일로드 재활센터의 온수 수영장에서 나는 마치 운동 선수가 된 듯한 기분이 들었다. 내 주위에는 온통 노인과 장애인들이었는데, 그들은 어둡고 불길한 하늘 같은 하지정맥류가 생긴 다리로 물속을 느릿하게 걸어 다니기 시작했다. 적어도 한 시간에 한 번씩 휠체어를 탄 사람이 오렌지색 플라스틱 시트에 앉혀진 채 기중기로 들어 올려져 물속으로 들어왔다. 재활센터에서 본 대부분의 휠체어 이용자들은 밀가루처럼 창백했다. 그들의 분홍색 발은 부어 있거나 한쪽 방향으로 틀어져, 잉여 부속물처럼 슬프게 보였다. 센터 종사자들은 조심스럽게 그들을 물속에 내려놓은 다음 마지막으로 알 수 없는 의식을 치르듯 물을 뿌렸다. 어떤 이들은 사고를 당했고, 어떤 이들은 뇌졸중을 앓고 있었으며 또 어떤 이들은 선천성 기형이었다.

그 무리 속에서 나는 올림픽 선수나 마찬가지였다.

물리 치료로 발목과 발이 상당히 회복된 후 나는 더 많은 힘과 자신감을 얻도록 도와줄 개인 트레이너를 찾아 동네 체육관으로 향했다. 그 어느 때보다 발목을 강하게 만들고 싶었다……. 안녕의 밤으로 고이 들어가고 싶지는 않았다.

우리 동네의 발리 체육관 벽에는 개인 지도를 해주는, 열성적이고 부러워 죽고 싶을 만큼 젊은 자격증 소유자들의 사진이 빼곡히 붙어 있었다. '제이콥'이 내 눈길을 붙잡았다. 제일 먼저 그의 환한 미소가 눈에 들어왔고, 무엇보다 내 마음을 사로잡은 건 노인들을 가르친 경험이 있다는 그의 약력이었다. 그는 한두 가지 자격증만 더 갖춰도 물리치료사가 될 수 있을 것 같았다. 무엇보다 그는 '고통 없이는 얻는 것도 없다'는 짜증나는 슬로건을 내세우지 않을 것 같았고,

다른 트레이너들보다 심폐소생술에 대한 준비도 더 잘 되어 있는 것 같아 마음이 놓였다.

그와 함께 운동을 한 첫 6개월은 그다지 인상적이지 않았다. 그는 참을성 있게 내게 균형 운동을 시켰다. 나를 커다란 공에 앉혀 윗몸 일으키기를 시키고, 계속해서 몸을 움직이게 하려고 노력했다. 우리는 부러졌던 발목을 '안 좋은 발'이라 부르며 조심스럽게 스트레칭시켰다.

신실한 가톨릭 신자인 그는 어느 날 내게 신을 믿느냐고 물었다. 나는 영국 작가 줄리언 반스의 회고록 《무서워할 것은 없다Nothing to be Frightened》에 나오는 '신은 믿지 않지만 신이 그립다'라는 말이 떠올랐지만, "모르겠어요. 뭔가 알면 좋겠다는 생각은 해요"라고 말했다. 그때부터 우리는 옆을 지나가는 건장한 남자들과 빨대로 비타민 강화 음료를 마시는 젊은 여자들 사이에서 운동을 하며 간간이 우주의 미스터리에 관한 사사로운 토론을 이어나갔다.

제이콥은 초등학교 시절 독재자 같던 체육 선생님에 대한 기분 좋은 해독제 같은 인물이었다. 그는 친절하고 협조적이었으며 편견이 없었다. 그럼에도 나는 체육관에 가는 시간을 고대해 본 적이 없었다. 그러던 어느 날 나는 권투 글러브와 펀치미트가 들어 있는 철제 바구니를 발견했다. 바로 내가 이상한 돌을 집어올린 순간이었다. 나는 제이콥에게 우리도 권투를 할 수 있느냐고 물었다. 제이콥은 눈을 반짝였다. "권투를 가르쳐 달라는 말씀이시죠? 할 수 있어요. 워크숍에도 다녀왔거든요."

그는 철제 바구니를 뒤져 12온스짜리 검은색 글러브 한 쌍을 골라 내 손에 끼워주고는 손목에 달린 찍찍이를 단단히 채워주었다. 권투 글러브를 처음 끼었을 때의 느낌은 꽤 무겁다는 것이었다.

권투가 주는 활기는 즉각적이었다. 나는 더 많은 땀을 흘렸고 어느 때보다 더 많이 움직였다. 제이콥이 늦을 때면 글러브와 펀치미트를 집어 들고 체육관 중앙으로 나가 우리가 운동할 공간을 확보했다. 윗몸일으키기, 균형 잡기, 웨이트 트레이닝은 점점 사라졌고 우리는 오직 권투만 했다. 운동 시간이 기다려지기 시작했다. 다음 몇 개월 동안 나의 안 좋은 다리는 점점 더 강해졌다. 그럼에도 나는 여전히 걱정스러웠고, 뻣뻣함이 완전히 사라질까 의문이었다.

우리는 킥복싱까지 조금 했다. 제이콥이 몸 앞으로 패드를 씌운 보호대를 잡고 있으면 나는 앞으로 나가 발로 그를 찼다. "히야!" 〈보난자〉에서 가축 떼를 모는 카우보이처럼 나는 소리쳤다. 그는 내게 라운드하우스 킥(roundhouse kick, 반원 돌려차기—옮긴이)도 가르쳐주었다. 나는 그와 나란히 몸을 낮춰 웅크려 앉았다가 몸을 돌려 바깥쪽 다리로 제이콥이 든 작은 보호대를 때렸다. 나는 기민하고 강한 사람인 양 열심히 생소한 자세를 취하는 내 몸에 놀라지 않을 수 없었다. 권투로 인해 나는 내 몸의 이중성을 경험하기 시작했다. 튼튼하고 열정적이며 불평하지 않는 훈련 시의 몸과 살이 쪄서 수동적이고 일상적인 통증에 시달리는 운동 시간 외의 몸.

가끔 나보다 훨씬 젊은 여자 한두 명이 글러브를 끼고 트레이너의 펀치미트를 두드리는 모습이 보이기도 했지만, 그럼에도 권투를 하는 여자의 모습은 대단히 예외적이었으므로 어느 순간부터 체육관의 다른 트레이너들이 나를 알아보고 고개를 끄덕여 인사를 건네기 시작했다. 어느 날은 등이 넓은 가죽 벨트를 찬 나이 든 남자가 한동안 내가 권투를 하는 모습을 보다가 "와! 저분을 화나게 하면 안 되겠는데요"라고 말한 적도 있었다.

몇 달 후 제이콥은 자신이 할 수 있는 건 거기까지라며, 운동에서 가장 큰 희열은 자신의 힘을 느끼는 것인데 이제부터는 내게 진짜 권투 코치가 필요할지도 모르겠다고 말했다. '코치?' 나는 늘 몸매에 매달려 살지는 못하는 사람이었다. 내가 코치와 뭘 한단 말인가?

권투를 한 지 한두 달쯤 지나자 남편인 스콧은 내게 질문을 하기 시작했다.

"저기, 그거 어디까지 할 거야?"

"무슨 말이야?" 나는 순진한 목소리로 물었다.

"그러니까, 권투가 좋은 운동이란 건 알지만, 어디까지 할 거냔 말이지. 링에 서고 싶은 거야?"

나는 대답하지 못했다. 나는 어디까지 하고 싶은 걸까? 아니, 그보다 더 중요한 질문은 이 나이에 내가 어디까지 할 수 있느냐였다.

08.

헤비급을
위한
진혼곡

존이 날 받아주기 전, 내가 제이콥과 함께 체육관에서 권투를 하던 몇 달 동안 남편은 삶의 정체기를 겪고 있었다. 그는 카드와 주사위로 하는 테이블 야구게임에 빠져 있었다. 특정 연도에 있었던 특정 팀들의 실제 시합을 재현해 스스로가 감독이 되어 결과를 바꾸어놓을 수 있는 게임이었다. 그는 이 게임을 하지 않을 때면 예전 레드삭스 시합의 재방송을 시청했다.

스콧이 어린 시절 이야기를 들려주었을 때 나는 노먼 록웰(Norman Rockwel, 미국의 화가이며 삽화가. 미국 중산층의 생활모습을 친근하고 인상적으로 묘사한 작품들로 유명하다-옮긴이)의 그림이 떠올랐다. 담황색 머리카락의 어린 소년과 그의 머리카락을 헝클어트리는 누이들과 과일이 든 젤로를 먹으러 들어오라고 그들을 부르는 엄마가 나오는 그림.

나의 가족이 소파에 들러붙어 무릎 위에 음식을 올려놓고 카드놀이를 하는 동안, 앵글로 색슨족 개신교인 스콧의 가족은 수영을 하고 테니스와 탁구를 쳤다. 나의 아버지가 의자에 눌어붙어 TV 권투 시합을 즐기는 동안, 스콧의 아버지는 잔디를 깎고 낡은 자동차를 고치거나 발코니를 만들었다. 스콧의 여동생은 테니스 전체 장학금을 받고 하트퍼드 대학에 들어갔다. 스콧이 어린 시절을 보낸 매사추세츠 주, 서드베리의 집에는 경사진 뒤뜰 아래쪽에 크고 평평한 진짜 운동장이 있어서 야구, 축구, 미식축구 시즌이면 이웃집 아이들이 모여들었다. 집에서 길 하나 떨어진 곳에는 연못이 있어서 여름이면 황소개구리를 잡고, 겨울에는 스케이트를 탔다. 스콧은 어린이 야구단에서 야구도 했다. 그는 5학년일 때 이사를 간 뉴욕 주, 하트퍼드에서 야구를 했고, 그다음으로 이사를 간 코네티컷 주의 트럼벌에서는 그의 아버지가 여러 팀을 맡아 지도했다. 스콧은 원반으로 하는 미식축구 시합에서 긴 패스를 잘 잡아내 '영웅'이라는 별명을 얻었다.

물론, 남편의 이런 빛나는 운동 신경은 결국 소멸되었고, 최근 들어 그는 자신의 야구 경력을 다시 일구기 위해 회사 소프트볼팀에 가입했다. 나는 치어리더팀을 꾸릴 생각을 할 정도로 매우 기뻤다. 우리는 함께 나가 야구 바지와 스파이크 슈즈를 구입했다. 하지만 영광의 시절은 다시 오지 않았다. 남편은 야구장에 도착해서 자신의 야구 바지가 한 사이즈 작다는 사실을 깨달았고, 어둑한 새벽빛 속에서 꺼내 신은 양말은 분홍색임이 드러났다(내가 빨간색 스웨터와 같이 세탁을 한 탓이었다). 남편은 팀원들과 구경꾼들의 웃음소리를 이겨내고 타석에 들어가 안타를 쳤다. 공은 외야로 굴러갔고, 기분 좋게 1루로 달려가던 그는 햄스트링(허벅지 뒷 근육—옮긴이) 부상을 당했다. 그보다 더 큰 멍은 본 적이 없었다. 마치 다리 뒤쪽에 까맣게 탄 커다란 토스트를 한 장 붙여 놓은 것 같았다. 남편은 몇 차례 경기를 거른 뒤 다시 팀에 복귀했지만, 이번에는 반대쪽 다리에 햄스트링 부상을 입었고, 그게 끝이었다.

체육관에서 운동을 마친 뒤 들뜨고 자랑스러운 마음으로 집으로 돌아간 어느 날 밤, 나는 스콧의 혼다가 차고에 서 있는 모습을 보고 화가 치밀어 올랐다. 그날 밤 남편은 동네 밴드의 연주를 들으러 가기로 되어 있었는데 가지 않은 게 분명했다. 남편이 최근 들어 집에서 너무 많은 시간을 보내고 있던 터라 나는 그 외출에 많은 기대를 걸고 있었다. 레드 삭스 같은 영원한 약팀을 지켜보는 재미와 야구 보드게임을 좌지우지하며 얻는 만족감이 얼마나 대단한지는 익히 아는 바지만 나는 우리 부부의 약간 고립적인 성향이 걱정스러웠다. 그보다 몇 년 전에 스콧은 창조성의 공백기를 깨고 나와 스탠드업 코미디를 짜서 뉴잉글랜드 극장에서 공연을 했다. 그의 코미디는 엄청난 성공을 거두었고, 나는 테이프에 녹음된 관중들의 웃음소리를 들을 수 있었다. 스콧은 이야기를 들려주고 사람들을 웃기는 재능이 있었다. 모두가 그에게 코미디를 더 하라고 격려했지만 그의 다음 공연은 그다지 신통한 반응을 얻지 못했다.

나는 집에 들어가지 않고 길 아래 소방서 주차장으로 차를 몰았다. 오랫동안의 결혼 생활에서 배운 게 한 가지 있다면 나 자신으로부터 배우자를 보호해야 할 때가 있다는 것이었다. 내가 사용하는 방법은 미리 전화를 하는 것이었다. '미리 알려두고 싶어서 전화했어. 오늘 끔찍한 하루를 보내서 기분이 너무 안 좋아. 그러니 내가 화를 내더라도 당신 때문이 아니란 걸 알아줘.' 휴대전화가 있어서 얼마나 다행이던지.

이번에는 끔찍한 하루를 보낸 건 아니었지만 차고에 얌전히 틀어박힌 남편의 차는 지난 야구 게임을 돌려보며 지낼 긴 겨울을 예고하는 것이나 마찬가지였다.

나는 번호를 눌렀지만 '여보세요'라는 소리조차 나오지 않았다.

"안녕, 허니." 다정한 남편은 늘 나를 '허니'라고 불렀다.

나의 침묵은 절망의 수렁이 되어가고 있었다.

"왜 집에 있어?" 나는 내뱉듯이 물었다.

"무슨 소리야, 왜 콘서트에 가지 않았냐는 말이야?"

"그래. 간다고 했잖아."

"그냥 좀…… 피곤해서."

부부나 가족이 내뱉는 말에는 얼마나 많은 정보가 똘똘 뭉쳐져 있는지 모른다. 그리고 그 말들은 이전의 대화, 다른 사람, 실망, 두려움, 의미심장한 말 한 마디, 몸짓 하나와 밀접한 관련을 맺고 있다. 아무것도 모르는 제삼자에게는 호의적으로 들릴 수 있는 대화에도 마치 해럴드 핀터^{Harold Pinter}의 희곡 속 대사처럼, 서로의 범죄에 대한 비밀을 알고 바깥세상으로 나가지 못하게 막고는 있으나 복수를 위해 언제든 수단과 방법을 가리지 않고 꺼낼 수 있음을 비추는 온갖 불길한 징후와 음영이 담겨 있다.

"무슨 일이야? 전에도 이야기했잖아! 당신은 이번 주 내내 야구 게임이나 하면서 집에 있었다고."

"그게 편하니까……."

"그래, 하지만 그러다가 무감각해지고 있잖아. 아니, 나한텐 권투라도 있지. 각자의 일이 있어야 관계도 발전하는 거란 말이야." (이건 부부관계에 대한 대단히 현대적인 개념이었다.) "당신이 걱정돼서 그래."

싸움은 그런 식으로 진행되었다. 남편이 방어하면 나는 공격하고, 내가 누그러지면 남편이 두서없는 말을 늘어놓았다.

주말 동안 집안 분위기는 긴장감으로 가득했다. 나는 강박적으로 청소를 했고, 남편은 서재에서 기타를 쳤다. 우리는 서로의 주위를 빙빙 돌았다. 싸움—그렇게 부를 수 있다면—의 진짜 이유가 무엇인지 점점 불분명해졌다.

그러던 어느 날 밤 남편이 말했다. "예일대에서 하는 상황극 워크숍에 나갈 거야."

나는 마음이 부풀었다. 정체된 것들이 다시 움직이고 있었다.

며칠이 지난 어느 날 밤 그가 말했다. "시민 극단에서 오디션을 볼 거야."

와우. 상황이 아주 빨리 변하고 있었다. "그래? 무슨 작품인데?"

"〈헤비급을 위한 진혼곡Requiem for a Heavyweight〉."

"와. 정말 좋은 연극이지. 어릴 때 봤어. 당신은 무슨 역할을 할 건데? 맙소사! 게다가 권투와 관련 있는 작품이잖아!"

나이 든 권투선수가 말년에 분장을 하고 도끼를 휘두르며 링에 오르는 치욕을 당하는 〈헤비급을 위한 진혼곡〉은 내가 본 슬픈 이야기 중 하나였다. 그 영화는 늘 날 울게 만들었는데, 극단적이기는 해도 권투선수의 불행과 패배를 보며 내가 아버지를 떠올렸을 거라는 건 짐작이 갈 것이다.

이 연극은 사람을 유혹하는 부패에 관한 이야기이기도 하다. 마피아에게 빚을 진 선수의 매니저는 자신의 선수가 시합에서 일부러 져주기를 바란다. 파우스트적인 딜레마 상황이다.

"모르겠어. 도서관에서 대본을 빌리긴 했는데. 그게 로드 스털링Rod Sterling 작품이란 건 알고 있었어? 어쨌든 조그만 의사 역할이 있기는 해. 아니면 무대 뒤에서 기술 스태프로 일할 수도 있고."

로드 스털링. 나는 〈헤비급을 위한 진혼곡〉이 그의 작품인지 알지 못했다. 그가 극본을 쓴 〈환상특급Twilight Zone〉은 어린 시절 절대 놓치지 않고 보던 프로였다. 언니들과 나는 으스스한 처음 몇 장면만 보고도 그게 무슨 편의 어떤 이야기인지 알아맞힐 수 있었다.

"정말이지 좋은 작품이라니까! 와, 진짜 멋져." 아직 존을 만나기 전이어서 진짜 권투 훈련을 받고 있지는 않았지만, 기분 좋은 우연이 아닐 수 없었다.

2주 뒤, 우리는 매사추세츠 주에 있는 스콧의 큰누나 집에 갈 준비를 하고 있었다. 색색의 벽지에 천장 몰딩, 가을 분위기가 물씬 풍기는 탁자 위 꽃장식, 컴퓨터와 엑스박스(마이크로소프트 사가 개발한 가정용 비디오 게임기—옮긴이) 시대에 아이를 키우는 집에서 흔히 볼 수 있는 각종 잡동사니가 널려 있고, 악기와 악보들로 가득 찬—나의 어린 시절과 아주 다른 밝고 건전한 환경의 집이었다.

집을 나서기 전날 밤, 시민 극단의 감독이 전화를 걸어와 스콧에게 〈헤비급을 위한 진혼곡〉의 주인공인 권투선수, 마운틴 매클린톡 역할을 제의했다. 우리의 여행길은 이 새로운 도전에 대한 설렘으로 가득 찼다. 식스팩을 요구하는 문화적인 압박에 저항하는 나의 다정하고 명철한 남편이 말주변 없는 짐승남 역할을 하다니.

우리가 제일 처음 한 일은 찾을 수 있는 모든 버전의 〈헤비급을 위한 진혼곡〉을 빌리는 것이었다. 거기에는 초창기 TV시절에 표준으로 자리 잡고 있던 생방송 드라마 시리즈로, 잭 팰랜스가 마운틴 역할을 했던 〈플레이하우스 90Playhouse 90〉도 들어 있었다. 진혼곡은 1956년 에미상을 휩쓸며 최우수 감독상, 최우수 극본상, 최우수 남우주연상을 포함해 후보에 오른 모든 분야에서 상을 수상했다. 〈플레이하우스 90〉은 〈헤비급을 위한 진혼곡〉을 통해 명성을 쌓았다.

다음으로는 앤서니 퀸이 주인공을 맡은 영화가 있었다. 퀸이 남부 출신으로는 보이지 않았기 때문에 작가들은 마운틴의 출신배경을 바꾸어야 했다. 퀸은 뉴어크 출신의 유대인 라이트헤비급 선수 애비 바인^{Abie Bain}의 손상된 목소리를 모델로 숨 가쁘게 툴툴거리는 말투를 설정했다. 거기에 찌그러진 귀, 부은 뺨, 가짜 이가 더해져 그는 지친 권투선수로 변신했다. 사실 나의 아버지에게 적합한 역할은 마운틴의 매니저로, 삶의 현실에 고통 받지만 자신의 젊은 권투선수에 대한 사랑으로 가득 찬("우린 14년을 함께 했어!"), 큰 덩치에 멜빵을 맨 사내, 메이시였을 것이다. 메이시는 자신의 조수이자 마운틴의 트레이너인 아미가 "1인치만 더 짧아지면 코에 불이 붙을 거예요!"라고 말할 만큼 짧아질 때까지 시가를 피웠다. 〈헤비급을 위한 진혼곡〉은 남자들의 관계에 관한 극이기도 했다. 메이시는 마운틴에게 연민을 갖게 된 젊은 여성 사회복지사 그레이스가 전화로 다른 분야의 일자리 면접을 제안했다는 사실을 중간에서 일부러 전하지 않아 그들의 관계를 가로막는다.

몇 주 동안 나는 온갖 방식으로 스콧의 준비를 도왔다. 우리는 함께 '대사 연습'을 했다. 나는 수많은 장면 속의 온갖 인물을 맡아 남편이 자신의 역할을 연습할 수 있도록 했다. 남편은 테네시 주 억양을 쉽게 터득했다. 우리는 권투 가운과 신발과 트렁크를 샀고, 중고품 가게에서 1950년대의 셔츠와 회색 바지를 구입했다. 어느 날 남편은 수염을 모두 밀고 콘택트렌즈를 껴야겠다고 선언했다. 권투선수는 안경을 낄 수 없으니 말이다. 아, 그리고 굽슬굽슬한 길고 사랑스러운 머리카락 또한 잘라야 했다. 모두 1950년대 스타일을 따르기 위해서였다. 인터넷에서 찾아본 권투선수들의 모습을 참고해서.

면도의 날이 왔다. 남편은 욕실 세면대 위에 잘린 수염을 받을 신문을 펼쳐놓았다. 나는 〈퀴어 아이Queer Eye for the Straight Guy〉(각 분야의 전문가 게이 남자들 다섯 명이 일반 남자들을 멋지게 변신시켜주는 프로그램—옮긴이)의 사이트를 참고해 괜찮은 면도날과 자극 없는 면도 크림을 사다주었다. 말끔히 면도를 하고 나서 입과 턱 주위의 표정이 드러나자 남편의 얼굴에서 소년 같은 열정이 살아났다. 남편의 얼굴은 숨김없이 훤히 드러나 있었다. 그 풍성해진 표정에 "당신이 날 얼마나 사랑하는지 몰랐어"라는 말이 절로 나왔다. 남편을 똑바로 바라보는 게 수줍어 나는 게이샤처럼 고개를 숙였다.

나는 매끈해진 그의 얼굴을 손으로 감싸고 황홀한 듯 바라보았다. 흥미로웠다. 나는 그의 뺨에 내 뺨을 비볐고, 우리는 서로 가볍게 입술을 스쳤다.

다음은 머리를 자를 차례였고, 그런 다음에는 복고풍의 옷을 찾아야 했다. 4주간의 리허설이 끝난 어느 날 밤, 남편은 무대 소도구와 옷을 모아 놓고 '마운틴'의 패션쇼를 했다. 나는 스콧이 집 거실로 성큼성큼 걸어 들어와 근엄하고 육중하게 움직이는 모습을 놀란 눈으로 바라보았다. 마운틴이 된 스콧은 팔을 더 낮게 흔들었다. 남편은 1950년대 스타일의 셔츠 덕분에 덩치가 더 커 보였다.

"배신자." 남편은 소리쳤다. "당신은 배신자야, 메이시! 이 더럽고 비열한 놈!…… 이 더러운 세월 동안 난 당신을 위해 싸웠어…… 맨손으로 아무 링에나 올라가 식칼을 든 놈과 싸웠어도 이처럼 아프지는 않았을 거야."

나는 내 아버지처럼 덩치 크고 위협적인 남자인 척 몸을 일으켜 절망적으로 애원했다(그에게는 돈이 필요하다). "날 위해 해줘, 응? 날 위해서!"

남편이 말했다. "여기서 내가 트레이너 아미를 쳐, 그러니까 우발적으로 말이야. 메이시를 치려고 하는데 아미가 끼어들거든."

"정말로 칠 거야?"

'사람을 칠 줄이나 알아?'

"아니, 하지만 그럴듯하게 보이게 해야지."

"제이콥한테 개인 수업을 받도록 주선해볼게. 프로 권투선수는 아니지만 자세나 주먹을 날리는 법은 확실히 가르칠 수 있을 거야."

"어이, 그거 좋은 생각이군." 스콧은 섀도복싱(shadowboxing, 상대 선수가 있다고 가정하고 공격과 방어 등의 기술을 혼자서 연습하는 일―옮긴이)을 하고 앞뒤로 뛰면서 말했다.

물론 스콧을 가르칠 사람을 선택하면 존이 더 나을 수 있었겠지만 그는 아직 내 삶에 등장하기 전이었고, 후에 존이 우리 부부가 함께 권투를 할 수 있도록 방어 동작을 몇 가지 가르쳐주겠다고 했을 때는 스콧이 전혀 관심을 보이지 않았다.

나는 권투선수가 되어가고 있었고, 남편은 권투선수 연기를 하고 있었다. '동시성'이라는 말이 있다. 서로 관계가 없는 두 가지 이상의 사건이 마치 의미심장하고 중요한 틀을 형성하듯 동시에 발생하는 것을 말한다. 이는 늦은 밤의 수많은 대화를 지배하는 주제이며 영적인 사유의 단골 소재다. 인생은 서로 관계없는 사건의 연속으로 이루어지는가 아니면 그보다 더 큰 무엇인가?

내가 아는 한 가지는 내가 집어든 이상하게 생긴 돌이 스스로 호수로 날아가 튀어 오름을 멈추려 하지 않았다는 것이다.

09.

이상한

경험

스콧의 연기는 환상적이었다. 나는 그가 무대로 걸어 나오는 모습을 지켜보며 흥분을 감추지 못했다. 내 옆에 앉은 스콧의 친구 켄은 무대로 나온 마운틴이 시합을 하다 다쳐서 피를 흘리며 "아파, 메이시, 아파!" 하고 울부짖자 내 손을 꼭 쥐었다. 마운틴이 된 스콧은 취한 장면, 애정 장면, 그리고 다른 매니저의 팔을 거칠게 움켜잡는, 내가 가장 좋아하는 장면을 연기했다. 상냥한 남편에게서 그런 확신과 힘을 한 번도 본 적이 없던 터라 나는 그 모습에 가슴이 설렜다.

공연이 끝난 후 뒤풀이 모임에서 사람들은 스콧의 연기에 건배를 하며 축하를 했고, 다음에도 그가 연극에 출연해주면 좋겠다는 희망을 표현했다.

편안한 숲과 같은 그의 수염이 돌아왔다.

가끔 마운틴이 그리워지면, 나는 스콧에게 테네시 억양으로 대사를 몇 줄 말해달라고 애원한다.

존과의 수업은 계속 이어져 나는 잽, 라이트 크로스, 레프트 훅, 보디 훅, 레프트 어퍼컷, 라이트 어퍼컷, 슬리핑(slipping, 얼굴이나 상체를 옆으로 이동시켜 상대의 펀치를 피하는 방어 기술-옮긴이), 위빙(weaving, 상체를 좌우로 흔들어 상대의 공격을 피하는 기술-옮긴이)과 같은 방어 기술, 페인팅feinting이라 불리는 속이는 동작을 연마했다. 펀치를 날릴 것처럼 하다가 다른 펀치로 상대를 놀라게 하는 기술이다. 속임수 동작은 대단히 만족스러웠다.

나는 수업 시간을 기다리기가 힘들었다. 권투를 하지 않을 때는 초조하고 약간 기분이 가라앉았고, 권투를 하면 그날 남은 하루가 더 즐거웠다. 권투 수업을 마치면 가끔 팔이 무겁게 느껴졌다. 다리도 피곤했고 가끔 등이 아플 때도 있었다. 하지만 그만둬야겠다는 생각은 한 번도 들지 않았고, 얼마 지나자 운동 뒤에 생기는 통증은 사라졌다. 적어도 처음에는 그랬다.

"전용 글러브를 장만해야겠어요." 어느 날 존이 말했다.

그 말을 신호로 새로운 국면이 전개되었다. 나 자신이 아주 대단하게 느껴지기 시작했다. 나는 강하고 빠른 사람이 된 기분을 느끼며 행복한 무지無知 상태로 숲 속을 산책했다. 필요하다면 상대를 덮칠 준비가 되어 있는 동물처럼. 호수 근처에서 혼자 있는 남자를 발견하면 나는 생각했다. '내가 저 남자를 제압할 수 있을까? 어디서부터 시작하지? 무슨 펀치를 쓰지?' 은행에서 줄을 서 있을 때나 식료품점에서 카트를 밀고 다닐 때나, 나는 사람들을 품평하고 다녔다. 터무니없는 행동이었을 뿐만 아니라 내게는 그런 환상을 뒷받침할 만한 어떤 것도 없었는데 말이다.

몇 달 뒤 메리던의 허버드 파크에서 열린 골든글러브(Golden Glove, 미국의 아마추어 권투 경기—옮긴이) 토너먼트에서 나는 그런 일에 아주 익숙한 양 시합을 기다리는 해병대 선수에게 농담을 던졌다.

"어디 출신이에요?" 나는 쾌활하게 물었다.

"케냐요." 그가 앞을 응시하며 대답했다.

"아, 그렇군요. 나는 여덟 달 동안 링 아나운서에게 훈련을 받고 있어요." 나는 존을 가리키며 말했다. 다른 말로 하자면 '나도 권투인'이라는 뜻이었다. 그는 날 얼마나 멍청하게 봤을까?

"이봐요! 좀 비켜서 줄래요?" 누군가의 어머니가 링에 선 아들을 보지 못해 소리친다. 가짜인 내가 길을 막고 있었기 때문이다.

그러던 어느 날 낯선 사람과의 충돌에서 내가 한 행동에 놀라는 일이 있었다. 그날 나는 지역 도서관에서 상영하는 인디 뮤직에 관한 영화를 보러 해안 도시인 밀포드로 차를 몰고 갔다. 아침에 존과 권투 훈련을 한 뒤였고 훈련은 대단히 만족스러웠다. 존은 몇 번씩이나 "좋아요, 잘했어요", "점점 강해지고 있어요"라고 말했다. 몸은 가뿐하고 기분은 좋았다. 날씨까지 화창하고 서늘해서 완벽한 날이었다. 영화가 조금 지루한 관계로 일찍 자리를 뜬 나는 가족 단위의 관람객과 풍선, 야외 음악이 가득한 환경 박람회를 보게 되었다. 박람회 구경을 마친 후에는 내가 좋아하는 카페로 갔다. 하지만 지독한 주차난이 나를 기다리고 있었다. 그러다 고급 의상실이 늘어선 거리에서 좁은 공간이 하나 눈에 들어왔다. 커다란 SUV 차량이 떡하니 공간을 하나 이상 차지하고 있었지만 내 스바루가 들어갈 수는 있을 것 같았다. 뉴욕 시에서 오래 산 덕분에 나는 내 평행 주차 기술에 자부심을 갖고 있다. 뒤차의 범퍼에 살짝 부딪혔을 수도 있지만 그건 그야말로 살짝 닿기만 한 것에 불과했다. 몇 번의 핸들 조작 끝에 나는 그 좁은 공간 안에 차를 끼워 넣었다.

그때 옷 가게에서 한 여자와 아이가 뛰쳐나왔다.

"이봐요! 뭐 하는 거예요? 이러면 내가 못 나가잖아요." 여자는 애초에 문제를 일으켜 내가 차를 주차하는 데 엄청난 노력을 하게 만든 내 앞의 커다란 차를 가리켰다.

"그쪽에서 공간을 두 개 다 차지했잖아요." 내가 말했다.

"그렇다 쳐도 그렇죠." 여자가 비웃듯이 말했다. "난 나가야 해요. 5분만 기다리세요. 나올 테니까."

'그렇다 쳐도 그렇죠'라니. 그 말은 기분 나쁠 정도로 당당하게 들렸다. 하지만 어쩌랴, 나는 여자가 차를 뺄 때 도와줄 수 있도록 내 차로 돌아가 여자가 나오기를 기다렸다.

마침내 여자가 나와 내게 기분 나쁜 시선을 던지고는 차를 빼서

나갔다. 내가 차이 티 라테|chai tea latte와 샐러드 생각으로 행복한 마음으로 차에서 내릴 때였다. 남자 두 명이 내 뒤에 주차되어 있던 자신들의 차로 다가갔다.

그때 또 다른 여자가 같은 가게에서 유모차를 끌고 나타났다.

"저 사람이 당신 차를 쳤어요! 저 여자가 당신 차를 쳤다고요! 우리가 다 봤어요!"

밀포드 동네는 분노하고 흥분이 지나친 엄마들의 온상인가? 남자들은 갑자기 화를 내며 내 앞으로 불쑥 다가섰다.

"이봐요! 우리 차를 엄청 긁어놨잖아."

범퍼를 보기도 전이었다.

"잠시만요. 일단 한번 보죠." 나는 말했다. 아무리 봐도 먼지나 실오라기의 8분의 1인치쯤 되는 크기의 희미한 홈 정도일 뿐, 긁힌 자국이라고는 전혀 보이지 않았다.

"봐! 봐!" 남자들은 그야말로 펄쩍펄쩍 뛰고 있었다. "엄청나게 긁혔잖아!"

그들은 근처의 스톤브리지 레스토랑 앤드 바에서 나온 것 같았다. 더 이성을 잃고 화를 내는 쪽은 술인지 약인지에 취해 있었다. 나중에 알게 되었지만 그도 운전을 했다.

"차량 정보를 받아야겠어요!" 그들은 소리쳤다.

"알았어요. 가져올게요." 나는 면허증과 차량 등록증을 그들에게 보여주었다. 기분 좋게 시작했던 하루가 낯선 사람들과의 기분 나쁜 사건으로 끝나다니 슬프기 짝이 없었다.

"당신들 것도 주세요." 내가 말했다. 그들은 보조석 사물함, 햇빛 가리개, 시트 아래를 뒤지고서도 차량 정보를 찾지 못하자 갑자기 온순해졌다.

"렌트카예요." 그중 한 명이 말했다.

"아, 그럼 긁힌 자국이 25센트 동전보다 작을 때는 책임을 묻지 않아도 돼요. 나도 차를 빌려본 적이 있어서 알아요." 여전히 긁힌 자국은 보이지 않는다고 생각했지만 나는 그들을 진정시킬 중요한 정보를 알게 되어 대단히 기뻤다.

그들은 부끄러운 듯 기세가 누그러지기 시작했다. 분위기가 반전되고 있었다. 그들은 내 손바닥 위에 있었다. '난 전용 권투 글러브를 갖게 될 사람이란 말이야.' 그런데 운전자가 참을 수 없었는지 내게 한 마디를 던졌다.

"그런데 저 공간에는 도대체 어떻게 들어가셨나?"

"왜 그렇게 시비조예요?" 내가 말했다. 제이콥에게 권투를 가르쳐 달라고 말했을 때처럼 나도 모르게 튀어나간 말이었지만 그렇다고 완전히 악의가 없지는 않았다.

"와, 지금 나보고 시비 건다고 했어요?" 남자가 도발하듯 말했다.

지금일까? 나는 생각했다. 폭력 사태가 일어나는 걸까? 어쩌면 나는 그들이 면허증도 없으면서 내 차량 정보를 요구하던 순간에 경찰을 불러야 했는지도 몰랐다.

"맞아요! 난 그쪽에 잘 협조하고 있었어요. 당신들이 날 이런 식으로 대할 필요는 없다고요."

또다시 분위기가 변했다. 내가 전체 기상도에 쐐기를 박은 듯했다. 남자들은 물러섰고, 나는 재차 그들에게 렌트카 업체에서 벌금을 물리지 않을 거라고 안심시켰다.

허리를 굽혀 이제 운전석으로 들어간 운전자와 눈높이가 같아지자 남자의 눈동자가 풀린 게 보였다. 경찰을 부르면 체포될 수도 있을 것 같았다.

"그럼 조심하세요. 인생은 짧아요." 나는 말했다.

"뭐, 그쪽도 조심하쇼." 운전자가 말했다. 그가 다시 흥분할 것 같았지만 나는 더 이상 문제 삼지 않았다.

몸이 떨렸다. 훤한 길거리는 고사하고 모르는 사람에게 그런 식으로 말한 건 처음이었다. 그럼에도 나는 전혀 두렵지 않았고 내가 100퍼센트 정당하다고 느꼈으며 매우 당당했다. 정말 이상한 경험이었다.

나는 카페 근처의 공원 벤치에 앉아 친구인 크리스틴에게 전화를 걸었다. 크리스틴은 인생이라는 컨베이어 벨트 위에서 느리지만 능숙하게 움직이며 살아가는 친구로, 요거트를 만드는 법과 불을 피우는 법을 알고 있었고, 명쾌한 결론이 난 상황과 사람에 대해서도 비판적인 눈길을 보낼 줄 알았다. 우리는 20년이 넘는 지기였다. 크리스틴은 영리하고 불손했다. 오랫동안 거친 참전 용사들을 봐온 덕에 힘든 환자를 다룰 때면 단호하게 대처했다. 나른하게 새로 배운 골프 자세를 취하며 '우리 같은 중년은 말이야'라는 말을 자주 하는 그녀는 나이를 먹어 청춘의 예측불가성에서 벗어나고 싶어 했고, 고

속도로 같은 인생에서 넋 놓고 지내다 수많은 출구를 놓쳐버린 나를 기꺼이 일깨워주었다.

나는 주차장에서 일어난 충돌에 대해 그녀가 "잘했어!"라고 말해 줄 거라고 기대했다.

"어떻게 된 거야?" 그녀가 물었다.

"모르겠어, 그냥 더 이상 참고 싶지가 않아."

"글쎄……. 넌 모욕적인 말을 함으로써 그 사람들과 같은 수준으로 떨어진 거야."

빌어먹을, 그녀는 이해하지 못했다. 나는 변하고 있는데. 나는 어느 누구도 때리지 않았지만 그럼에도 그녀의 말을 계기로 아마추어든 프로든 권투를 하는 사람들 사이에 '나는 싸우고 싶고 너도 그게 마음에 들 것이다'라는 느낌이 어떤 식으로 공유되고 이해되는지 되새겨보게 되었다. 권투 바깥세상에서 내가 일상적으로 의지할 수 있는 한 가지 질문은 '왜 나는 싸우고 싶은가?'일 것이다.

그날 밤 나는 존에게 전화를 걸어 그 이야기를 들려주었다.

"난 당신이 자랑스러워." 내 코치가 말했다. "그 사람들이 당신을 공격했고, 당신은 자신을 지켰잖아. 그 사람들이 멍청한 짓을 했고 변명의 여지는 없어. 잘했어."

몇 해 전에 나는 갱년기 증상을 완화하기 위해 퍼즐 조각만한 테스토스테론 패치를 잠깐 붙이고 다닌 적이 있었다. 수잔 언니는 그것 때문에 공격성이 상승한 거라고 단언했다. 당시 나는 일을 마치고 집으로 돌아가 차가운 맥주를 따놓고 언니에게 전화를 걸어 뭔가에 대해 불평을 하곤 했다.

갱년기와 그에 대한 치료는 오래전에 끝났지만, 내가 만약 윗몸일으키기만 하고 권투를 시작하지 않았다면 아마도 주차장 사건의 장면은 달라졌을 것이다.

"여자를 많이 가르치고 있으니까 물어보는 건데 말이에요." 나는 다음번 훈련 시간에 존에게 물었다. "우리 같은 중년 여자들이 그런 기분을 느끼게 되는 시기가 있나요……? 그러니까……."

"자신이 누군지 생각하게 되는 시기 말이에요? 다른 사람들을 다르게 보는 시기?"

"바로 그거예요. 요즘 내가 어떻게 되어 가는 거지……라는 생각이 들거든요. 정말 혼란스러워요."

우리는 레프트 어퍼컷을 연습하며 천적들처럼 서로의 주위를 빙빙 돈다. 내게 힘이 없는 것 같아 절망스럽다. 주먹을 뻗지만 절도가 없어 이도 저도 아니다. 갑자기 내게서 커다란 트림 소리가 튀어나간다.

존이 웃는다. "괜찮아요. 여기서는 격식을 차리지 않아도 되니까. 몸에서는 소리도 나고 냄새도 나고 피도 나는 거죠……."

"알았어요. 그럼 이제 곧 양동이에다 침도 뱉을게요."

"어이, 난 선수들이 링에서 토하게 만든 적도 있다고요."

"그런데 도대체 왜 링이라고 부르는 거예요? 사각형이잖아요!" 나는 물었다.

"아, 그건 몇백 년 전에는 모래 위에 원을 그려놓고 그 안에서 싸웠기 때문이에요. 그러다 세월이 흘러 맨주먹으로 권투를 하던 시절(맨주먹으로 경기를 하던 1700~1890년경으로 베어너클bare-knuckle 시대라고 불린다—옮긴이)에 와서 원 안에 로프를 매기 시작했죠."

체육관의 바벨 구역에서 쾅 하고 기구를 바닥에 내려놓는 소리와 함께 낮고 만족스러운 남자의 신음소리가 들린다.

존의 신음소리는 눈을 표현하는 에스키모의 말처럼 다양하고 복잡하다. 내가 잘 때렸을 때 나오는 기쁨의 신음소리, 내가 겁을 먹고 허우적거릴 때 '이게 도대체 뭐야!'라는 의미의 신음소리, 감탄의 신음소리, 만족의 신음소리, 내가 정말 멍청한 짓을 했을 때 실망스런 입가를 찡그리고는 파리를 때려잡는 것처럼 '아니지이이이!'하고 터져 나오는 신음소리.

"짧게 끊어쳐야죠! 그건 섹시하지 않아요! 허우적거리고 있잖아요!" 나는 펀치미트를 '탁' 친 다음 다리를 중심축 삼아 상체를 이리저리 피한다. 존은 절대 숨이 차는 법 없이 계속 훈련을 진행한다.

"됐어요, 잠깐 알려줄 게 있어요. 크로스 전에 팔을 뒤로 움직이면 내 눈에 다 보이게 돼요. 그러면 당신은 라커룸에 가서야 정신을 차리는 신세가 되는 거죠. 술집에서 싸우는 사람들 본 적 있어요? 마치 공을 던질 것처럼 오른손을 높이 쳐들죠. 멀리서도 다 보이게 말이에요. 그게 눈에 보이면 당신은 이미 진 거예요. 팔을 몸에 바짝 붙여요. 그렇지, 베이비. 바로 그거예요."

라커룸에서 정신을 차리다니. 이 얼마나 이상한 말인가. 마치 내가 앞으로 시합에 나가게 될 테니 그런 상황이 발생하지 않게 조심해야 한다는 것처럼 말이다. 나는 술집 싸움도 TV나 영화에서밖에 본 적이 없었다.

"그거 알아요, 존?" 3분간의 라운드를 10회 마친 다음 나는 말한다. "당신 덕분에 오랫동안 알지 못했던 몸의 기쁨을 알게 됐어요." 이번에도 그 말은 나도 모르게 튀어나갔다. 땀과 체육관과 운동의 열정으로 말보따리가 풀린 것처럼 점점 더 그런 일이 많아지고 있었다. 모르는 남자가 내 손에 붕대를 감아주는 행위부터 배우고 발전하고 잘 보이기 위해 분투하다 내 몸이 토해내는 모든 걸 받아주는 것까지, 권투는 아주 친밀한 운동이었다.

"조심해요." 그가 웃는다. "그건 내 여자친구가 하는 말이라고요."

아, 저런 자신감이라니.

그날 나는 존과 같은 자신감을 갖게 되면 어떤 기분일지 생각하며 체육관을 나섰다. 여자의 자신감은 주로 육체적인 매력에 의존하는 반면 남자가 사람을 끌어당기는 매력은 수없이 많을 수 있다. 존은 아도니스 같은 미남은 아니었지만 여자들은 그의 솔직함과 남성다움, 건방진 태도, 유머에 이끌렸다.

최근에 존은 내게 권투선수 바니 로스에 관한 책을 빌려주었다. 그에게도 이런 매력들이 있었다. 《인디펜던스 대로로 돌아가다Back on Independence Boulevard》에서 그는 '나는 내가 제일 잘났다고 생각했다'라고 적었다(인디펜던스 대로는 유대인들의 거주지인 시카고, 맥스웰가의 서쪽으로, 특히 1930년대에 성공한 유대인들이 거주하던 부자 동네였다). 바니는 날 어떻게 생각하고, 나는 또 그에게 무슨 말을 할 수 있을까? 나는 그런 자신감을 갖고 싶었다. 나는 스바루의 시동을 걸며 바니가 보조석에 앉아 나를 바라보는 상상을 했다.

"우리 어디 가는 거죠, 베이비?" 그의 목소리는 약간 허스키했다.

나는 바니를 돌아보았다. '폭군 베릴', '한 방의 라조프스키', 1933년부터 1938년까지 라이트웨이트급 세계 챔피언, 주니어 웰터급 챔피언, 웰터급 챔피언을 섭렵한 선수. 챔피언에게 이런 말을 해도 될지 모르겠지만 그는 사랑스러웠다. 전쟁 전 두꺼운 터틀넥 스웨터를 말쑥하게 입고 좁은 벽에 기댄 젊은 시절 사진 속의 내 아버지처럼 그도 굵고 무성한 눈썹에 개구진 미소와 매끈하게 뒤로 넘긴 물결치는 검은 머리카락을 갖고 있었다.

"바니, 정말 당신이라니, 믿어지지 않아요." 나는 수줍음과 도발하고 싶은 마음을 동시에 느끼며 말했다.

그가 씩 하고 웃자 윗니의 벌어진 틈 사이로 햇빛이 지나갔다. "당신 아버지가 말을 좋아했다구요? 당신이 말하는 걸 들었어요. 내가 어쩌다 경마에 빠지게 됐는지 알아요? 가수 알 졸슨Al Jolson! 그가 날 시카고의 앨링턴 파크로 데려갔죠."

그는 내 아버지가 그랬듯이 불만 많은 까마귀 소리처럼 시카고를 '치─커고'라고 발음했다.

"하지만 난 한 번도 우승마를 맞추지 못했어요. 한동안 그리고 나니까 졸슨 씨는 내가 옆에 있는 것조차 싫어했죠. 가까이 오지 말라더군요! 저주를 옮기고 싶지 않다고. 그래도 도박장에서는 날 좋아했어요. 당신 아버지는 어땠나요?"

"아버지도 별로 성적이 좋지 않았어요. 조금 따더라도 저녁 외식에 다 쓰셨죠."

"마음에 드는 양반이네! 당신은 행운아였군요."

"그랬던 것 같아요." 나는 음식을 밀어내며 노려보던 아버지를 떠올리며 중얼거렸다. 나는 차를 돌려 포스트 로드로 들어가는 데 정신을 집중하고 있었다.

"어이! 기운 내요, 왜 그래요? 무슨 문제라도 있어요? 내가 이야기 하나 해줄까요? 지금은 돌아가셨지만 내 아버지 이치크Itchik가 미국에 왔을 때 그는 빈털터리였어요……. 사람들은 아버지를 이자도르라고 불렀죠. 좀 더 미국식에 가깝게……."

"우리 외할아버지의 이름도 이자도르였어요! 친할아버지 이름은 바니였고요. 내 이름이 그 할아버지의 이름을 따서 지은 거예요."

내 이름을 '비니'라고 지은 건 아버지가 옛 영화들에서 허세끼 있는 금발의 여주인공으로 나왔던 비니 반즈Binnie Barnes라는 여배우를 좋아했기 때문이라고 들었다. 세월이 흘러 후에 아버지가 비행기에서 그 여배우를 만났을 때 그녀는 8×10 크기의 반짝이는 사진에 '비니가 비니에게—이건 내게 행운을 가져다준 이름이었어요'라고 적어주었다. 다정한 얼굴의 노부인이 파라솔 밑에서 날 향해 미소를 짓는다. 몇 년 전 그 얼굴은 〈뉴욕타임스〉지의 부고란에서 날 바라보고 있었다.

내 이름에는 다른 사연도 있었다. 비니라는 이름은 내가 태어나기 오래전에 세상을 떠난 아버지의 아버지를 기리기 위한 것이기도 했다. 할아버지의 이름은 바니였다. "네가 사내아이였다면 우린 네 이름을 베니Benny라고 지었을 거다." 네가 사내아이였다면. 그래서 부모님은 비니보다 베니라는 이름을 먼저 지어놓았다. 두 언니가 태어난 뒤였으므로 아들을 원했을 것이다. 부모님은 아들을 기다리며 이름을 지어놓고 모든 걸 준비해 놓고 있었다.

"거봐요. 우린 가족이나 마찬가지군요. 벌써 기분이 좋아지고 있죠?" 그는 흰색 중절모를 벗어 그 위에 앉은 먼지 몇 점을 털어냈다. "베니. 그건 특별한 이름이에요. 베니 레너드 때문이죠. 그를 잊지 말아요. 그가 우리에게 모든 걸 주었으니까."

나는 계속 운전을 했고 그는 자신의 이야기를 이어나갔다. 브라일 크림(Brylcreem, 포마드 상표-옮긴이)의 기름진 냄새가 내 차에 스며들었다. 바니는 '조금만 써도 좋아요'라는 오랜 광고 문구를 믿지 않는 것 같았다. 그 검은 머리카락에 한 통을 다 바른 게 분명했다.

"말했듯이 아버지는 아무것도 가진 게 없었어요. 손수레 말고는. 어머니는 폴란드 출신이셨죠. 지금은 돌아가셨지만."

"우리 어머니도 그쪽 유대 마을 출신이에요." 나는 말했다.

"비밀로 해주죠. 아니, 이건 농담이에요. 우리 가족은 내가 두 살 때 기차를 타고 시카고로 갔어요. 어머니의 삼촌이 거기서 가게를 하셨거든요. 얼마나 대단한 곳이던지. 그 냄새며 소리며 수많은 사람하며. 우린 가진 게 별로 없었지만 난 그 활기가 좋았어요. 무슨 말인지 알겠어요? 게다가 안식일에만 나오던 촐른트(cholont. 유대인 전통 스튜─옮긴이)처럼 맛있는 건 없었죠. 어머니의 손은 감자 껍질을 벗기느라 벌개졌지만. 하지만 내가 말하고 싶은 건 그게 아니에요. 당신이 당신의 아버지와 살인 회사 깡패들 얘길 하는 걸 들었는데 나도 거기에 휘말린 적이 있었어요. 우리의 행동이 문제였는데, 우린 그저 동네에서…… 보통 아이들처럼…… 우리끼리 돌아다니고 있었을 뿐이었어요. 그러다 부딪힌 거죠. 갱들하고!" 그는 양복 주머니에 손을 넣어 끝을 금색으로 물들인 이쑤시개를 꺼냈다.

"저도 그렇게 돌아다녔어요. 뉴어크에서. 하지만 전 남자 아이들을 찾고 있었죠." 나는 소심하게 말했다.

"내 경우는 거칠었어요. 그들은 우릴 '유대놈들'이라고 불렀죠. '더러운 유대 자식들을 죽여'라는 말부터 온갖 소리를 다 들었어요. 수영장에서 수영을 못하게 해서 우린 그들과 싸움박질을 했죠. 그러다 집에 들어가면 랍비인 아버지는 내 멍을 보고 아홉 갈래로 나뉜 가죽 채찍을 꺼내 들었어요……. 난 집에서 더 심하게 맞았어요. 그래서 도둑질에 도박에 나쁜 짓은 다 하고 다녔죠. 길거리에서 싸움도 하고."

"전 그런 경험이 없어요, 바니. 그래서 제가 왜 권투를 하는지 모르겠어요. 하지만 당신은 ……." 포스트 로드가 자주 그렇듯이 각종 체인 상점들과 식당으로 들어가려는 차들이 몰려 길이 막히고 있었다. 바니의 말에 집중하기가 어려운 상황이었다. 나는 이름에 대해 계속 생각했다. 베니, 바니, 비니. 이상했다.

"당신이 심리학자라는 걸 알아요. 그래서 내가 권투를 시작한 이유에 흥미가 있을지 모르겠다고 생각했어요. 내 앞에는 형제가 네 명 더 있었는데 전부 죽었죠. 나도 별로 건강하지 않았어요. 천식이 있었죠. 아버지는 랍비였어요. 탈무드 학자 말이에요. 로어이스트사이드에서 활동을 시작했지만 성공하지 못했죠. 우린 시카고의 웨스트사이드에 가족이 있었어요. 난 생선가게 위의 빈민 아파트에서 살았죠. 방이 두 개도 채 못 되는 아파트였어요. 수백 가구가 욕조 한 개를 같이 쓴다는 게 상상이 가요? 어쨌든 아버지는 길 건너편에 식료품 가게를 열었어요. 난 히브리어 선생님이 될 줄 알았죠. 그게 아버지의 꿈이었으니까. 난 별로 말썽을 피우지 않았어요. 그 일이 있기 전까지는……." 그는 말을 멈추고 바지 주머니에서 실크 손수건을 꺼냈다. B와 R이 합쳐진 문양이 짙은 빨간색으로 새겨져 있었다.

나는 무슨 이야기가 나올지 알고 있었다. 읽은 적이 있었다.

"처음에는 총성이 들렸어요. 그런 다음 아버지의 비명소리를 들었죠. 그때 난 열네 살이었어요. 가게에 강도가 쳐들어온 거였죠. 복면 강도가. 그들은 계산대에서 돈을 전부 꺼낸 다음…… 아버지에게 총을 쐈어요……. 난 바닥에 쓰러진 아버지를 봤죠. 피가 흘렀어요. 그놈들에게 살해당한 거죠. 그 후로 어머니는…… 예전 같지 않았어요. 사람들은 어머니를 병원에 입원시켰어요. 난 어머니를 위해 할 수 있는 게 아무것도 없었죠. 나와 동생 모리는 사촌인 헨리의 집으로 갔다가 온갖 곳을 전전하고 다녔어요…… 고아원 말이에요. 난 그때 그 자리에서 주먹을 움켜쥐고 그놈들을 없애버리겠다고 맹세했어요. 그거 알아요? 난 그 덕분에 더 강한 파이터가 됐어요. 난 시합을 할 때마다 그때 그 장면을 떠올리면서 아버지를 죽인 살인자들이 고통스러운 비명을 지를 때까지 주먹을 휘둘렀어요."

"어쩜 그런 잔인무도한 범죄를." 내가 그의 어깨로 손을 뻗자 그의 손이 반사적으로 올라와 내 손을 붙들었다.

"아야!" 나는 몸을 움츠렸다.

"미안해요. 그때의 기억을 떠올리면 다시 그때로 돌아가 버려서. 당신의 선한 의도는 알아요. 이런, 오늘 이거 장난이 아니네, 안 그래요? 난 그저 당신에게 이 말을 해주고 싶었을 뿐이에요. 당신은 똑똑한 사람이라고."

나는 화제를 바꾸고 싶었다. "그건 사실인가요? 당신과 알 카포네에 관한 이야기 말이에요."

"그게 전환점이었죠! 카포네와 난 친했어요. 그는 내가 어떻게 살았고, 우리 가족에게 무슨 일이 있었는지 다 알았죠. 그래요, 그는 무자비한 사람이었지만 나한테는 친절했어요. 사실 내가 그를 위해 일을 좀 하기도 했지만 그가 얼마나 친절했냐면, 나한테 다 집어치우고 마피아를 떠나라면서 돈을 줬어요. 고집을 꺾지 않았죠. 그는 내가 그렇게 살기를 바라지 않았어요."

나는 바니가 어린 시절의 충격적인 경험을 털어놓은 뒤 기분이 나아지고 있다는 것을 알 수 있었다. 그는 이쑤시개를 엄지와 검지 사이에 끼워 퉁기고 있었다.

"한동안 나는 유대적인 것들을 전부 손에서 놓고 지냈어요. 알다시피 그전에는 히브리어를 가르쳤는데 말이죠. 하지만 더 이상은 할 수가 없었어요. 난 하느님이 없다고 생각했어요. 하루에 세 번 카디시를 암송했지만 그건 아버지를 위해서였죠. 하지만 다음 해에는 권투만 했어요. 그래도 엄마는 내가 뭘 하는지 알 수가 없었죠. 내 진짜 이름이 뭔지 알아요?"

"베릴이잖아요, 그렇죠?" 내가 조심스럽게 말했다.

"맞았어요! 베릴 라조프스키. 난 내가 권투를 한다는 걸 어머니가 모르게 이름을 숨겨야 했기 때문에 바니 로스라는 이름을 지었어요. 머시 캘러헌 같이 웃기는 이름은 아니죠. 우리는 어머니들한테 우리가 권투를 한다는 사실을 알릴 수가 없었어요." 로스가 말했다.

"와, 전 머시가 반유대주의를 피하려고 아일랜드식 이름을 쓴 줄 알았어요." 내가 말했다.

"그렇지 않아요. 반유대주의가 없었다는 말이 아니라, 어머니 때문이었어요. 하지만 우리 엄마는 알아내고 말았죠. 끔찍한 기분이었을 거예요. 그것 때문에 난…… 말썽꾸러기 아들이 되고 말았죠. 하지만 권투는 내 인생의 구원자였어요. 내가 쓴 글이 있는데, 잠깐 기다려 봐요." 그는 양복 안주머니를 뒤져 냅킨을 꺼냈다.

"읽어 볼게요. '오래지 않아 나는 내 가슴이 넓어지고, 손이 단단해지고, 몸이 강인해지고, 정신이 더 예리해지는 것을 느낄 수 있었다.'"

"아름다운 글이네요. 정말 마음에 들어요. 나도 정신이 더 예리해지는 기분이 들어요." 나는 말했다.

"어쨌든, 난 이제 가봐야겠어요." 바니가 모자를 매만지며 말했다. "당신하고는 온종일이라도 같이 이야기를 할 수 있겠어요. 이야기를 잘 들어줘서. 하지만 그로싱어에 가봐야 해서 말이에요. 내 훈련장을 만들어줬거든요. 거기에 가본 적 있어요? 뉴욕 주의 펀데일에 있는데. 거기엔 없는 게 없어요. 러니언(Damon Runyon, 미국의 신문기자이자 뮤지컬 〈아가씨와 건달들〉의 원작을 쓴 작가—편집자)이 거기에 관한 기사를 쓰러 온다더군요. 그들 모두가 날 보고 있을 거예요. 말하자면 난 그 모든 것의 중심이라고 할 수 있죠. 당신도 언제 한번 꼭 가 봐요. 그런데 정말 걱정이에요. 독일에서 유대인들에게 일어난 문제에 관한 기사를 읽었거든요. 유대인들의 사업을 보이콧한다면서요. 정말 무서운 일이에요. 당신 생각은 어때요? 이 히틀러라는 자가 무슨 일을 벌일 것 같아요?"

나는 그가 술을 한잔 하러 갈지도 모른다고 생각하며 제이콥 말리에 차를 세우고 그를 내려주었다. 그는 술을 좋아했고, 아직 훈련을 시작하기 전이었다.

"모르겠어요, 바니." 우리는 서로를 바라보았다. 수북한 눈썹이 조금 내려와 그의 다부진 얼굴이 걱정스러워 보였다. "시합 잘 해요!" 나는 차문을 닫는 그에게 소리쳤다.

"잘 가요, 비니." 그가 뒷걸음을 치며 말했다. "베니를 잊지 말아요. 그는 진정한 과학자였어요. 놈들이 아버지한테 총을 쐈을 때 난 열네 살인가 그랬는데 그때가 1923년 7월이었어요. 베니 레너드가 류 텐들러Lew Tendler와 싸운 지 몇 달 뒤였죠. 어쨌든 같이 이야기하게 돼서 정말 즐거웠어요."

그런 다음 '폭군 베릴'은 식당 밖에서 주머니에 손을 찌르고 발꿈치에 의지해 몸을 앞뒤로 끄덕거리며 메뉴를 보고 있었다. 날 선 주름이 잡힌 백바지는 차에 앉은 적이라고는 없었던 듯이 여전히 빳빳했다.

바니 로스의 시합이 있기 열하루 전, 조지 워싱턴의 생일을 축하하기 위해 매디슨 스퀘어가든에서 열린 집회에서 스와스티카(swastika, 독일 나치당을 상징하는 만자卍字─옮긴이)를 단 사람들 2천 명이 커다란 검정 부츠를 신은 발을 들어 올리며 행진을 했다. 그들은 '지크 하일!(Sieg Heil, 승리 만세라는 뜻의 나치 구호─옮긴이)'을 외쳤다.

그로싱어 훈련 캠프에서 베릴 라조프스키는 독일로부터 끊임없이 들어오는 안 좋은 기사들을 읽었다. 후에 그는 그 일 덕분에 '우리 민족을 대표해서 싸우는 것처럼' 시합에 임하자는 결심이 강해졌다고 적었다.

바니는 라이트급 권투선수로 커다란 성공을 거두었다. 그의 시합은 한동안 수많은 관중을 불러들이며 엄청난 수입을 올렸으며, 그가 수많은 유명인과 가까워지는 기회를 제공했다. 그는 야구선수 행크 그린버그Hank Greenberg와 함께 미국에서 가장 존경 받는 유대인 운동선수로 꼽히기도 한다. 그는 1938년, 32세의 나이로 권투계에서 은퇴하고 진주만 공격이 발생하자 육군에 들어갔다. 그리고 과달카날 Guadalcanal 전투에서 일본군 습격으로부터 전우를 구출하던 도중 심각한 부상을 입었다. 그는 이 영웅적인 행동으로 은성 훈장을 받았다.

어쩌면 그가 가장 크게 공헌한 점은 궁극적으로 정치 활동에서 나왔다고 할 수 있을 것이다. 그는 '유대인 유럽 탈출을 위한 비상 위원회'의 유명한 지지자였다. 그는 홀로코스트에 대한 연합군의 무관심을 거침없이 비판했고 위원회의 활동을 도왔다. 유대인 프로 권투선수들의 유산은 종종 권투 링의 로프 바깥까지 확장되었다.

어린 시절의 충격적인 상실감을 극복하지는 못했을지라도 바니는 자신의 육체적·감정적 고통을 스스로 치유하기 위해 많은 시간을 보낸 게 분명했다. 그는 마침내 자신의 약물 중독 문제를 이겨냈다. 1948년의 위대한 권투 영화 〈파이트 복서〉는 바니 로스의 삶을 그리기 위해 배우 존 가필드(그도 권투를 했다)가 의뢰하여 만들어졌다. 하지만 할리우드의 제작자들은 바니 로스의 오점인 중독 문제를 우려해 그 영화에서 자세한 내용을 감추었다. 그래도 우리는 그 이야기 속에서 그를 느낄 수 있다. 캐머런 미첼이 바니 로스 역을 맡은 1957년작 〈멍키 온 마이 백Monkey On My Back〉은 온전히 그의 중독에 관한 영화였다. 로스는 그 영화를 싫어했다고 하는데 왜 그랬는지 이유를 알 것 같았다. 영화는 로스의 힘들었던 어린 시절 이야기는 전혀 없이 이상할 정도로 지루한 내용으로 점철되어 있다. 권투 선수 바니, 낙천적이고 고집 센 도박사 바니, 길고 지루한 전쟁 이야기, 모르핀에 중독된 바니.

바니 로스는 〈헤비급을 위한 진혼곡〉에 작은 역으로 출연했다. '게토의 자랑'이었던 바니 로스는 고향인 시카고에서 쉰일곱의 나이로 숨을 거두었다. 그의 첫 아내의 이름은 펄 시겔. 시겔은 내 어머니의 처녀적 성이었다.

남자들이 번들거리지 않는 머릿결을 선호하기 시작한 1960년대에 들어와 브라일 크림은 인기를 잃었다.

10.

나와

다른

여자

심리치료사를 찾는 사람들은 대기실에서 다른 환자와 맞닥뜨리는 운명의 날이 오기 전까지 이 세상에서 자신이 유일한 환자가 아닐까 하고 생각할 수 있다. 혹은 문틈으로 나지막이 새어 나오는 앞 환자의 말을 들으려고 귀를 쫑긋 세우기도 한다. 저들의 이야기가 더 흥미롭지는 않은지, 더 심하지는 않은지, 더 특별하지는 않은지 궁금해 하면서. 그리고 그들이 밖으로 나오면 해를 똑바로 쳐다보지 못하듯 그들의 눈을 쳐다보지 못한다. 나는 존에게 권투를 배우며 세상에서 나만이 그의 유일한 학생이라는 기분이 들었다. 다른 학생들도 나와 같은 기분을 느낄까?

내가 제일 처음 만난 나의 권투 동기는 제니였다. 체육관에 도착했을 때 생기 넘치는 조그마한 여자가 존의 사무실에서 걸어 나오고 있었다. 존이 우리를 서로에게 소개해주었다. 그녀는 2년째 그에게 권투를 배우는 제자로, 두 사람은 방금 스파링을 마친 참이었다. 그렇다는 건 두 사람이 헤드기어(headgear, 머리 보호를 위해 쓰는 헬멧—옮긴이)를 쓰고 글러브를 끼고서 서로 치고받았다는 소리였다. 그 말을 듣기가 무섭게 나는 부러움과 함께 경쟁심이 솟아올랐다. 스파링을 하다니. 나는 아직 못하는데.

"혹시 남자를 때릴 기회가 생기면 말이에요." 제니가 가방을 싸며 음모를 꾸미듯 말했다. "때리세요! 아주 세게."

"제니도 오늘 스파링에서 그랬어요!" 존이 소리쳤다. "아, 그리고 잠깐만 기다려 줘요. 전화할 데가 몇 곳 있어서요." 그가 덧붙였다.

"전 수양딸이에요." 제니가 내 옆 의자를 빼내 앉으며 말했다. "그래서 타고난 싸움꾼이 됐죠. 거기다 수양어머니는 조울증이 있었어요. 어머니가 화가 나면 난 매를 맞았죠."

나는 제니의 스타일에 재빨리 적응했다. 그녀는 개방적이고 열정적이고 가식이 없었다. 소통을 갈구하는 열정과 굶주림이 담긴 눈은 내게 고정되어 있었다. 내 시선이 그녀의 목에 걸린 조그만 십자가 목걸이로 향했다.

"맞아요. 전 평화를 사랑하고 정 많고 신앙심 깊은 기독교인이에요. 그리고 권투도 사랑하죠!"

"어릴 때도 늘 활발하고 운동을 잘 했어요?" 내가 물었다.

"오, 그럼요! 암벽 등반에 자전거, 롤러스케이팅, 달리기, 야구, 축구, 역도, 재즈댄스까지. 발레도 해 봤지만 못한다고 쫓겨났어요. 재주가 없다나 뭐라나. 차 좀 드실래요? 차는 정말 좋은 것 같아요!" 그녀는 벌떡 일어나 온수기의 버튼을 눌렀다.

"난 나중에 스타벅스에서 차이 티 라테를 마실 거예요." 나는 말했다. 그건 의식처럼 행하는 나의 습관이었다.

"와, 그것만으로도 500칼로리인데!" 그녀가 자르듯이 말했다.

금지, 경고, 박탈. 내가 체육관에서 절대 듣고 싶지 않은 종류의 말들이었다.

"하지만 권투를 하고 있으니까 괜찮아요." 그녀가 덧붙였다.

"전 간질 환자예요." 그녀가 불쑥 말했다. "의사들은 제가 세상과 단절된 채 지내길 바랐죠. 선생님들은 제가 운동을 하지 않기를 바랐고요. 하지만 전 다 했어요. 하나도 빼놓지 않고."

그녀의 말을 제대로 들은 건지 믿을 수가 없었다. 난 발목 걱정이나 하고 있었는데? 제니는 내가 놀란 걸 알아차린 듯했다.

"정말이에요. 다섯 살 때 진단을 받았죠. 엄마가 욕조 안에서 날 때렸을 때 첫 발작을 일으켰다가 머리를 부딪치고 정신을 잃었어요. 세 살 때였죠. 고열이 날 때도 발작이 일어나요. 고통이 제 발작의 원인이죠. 사람들은 내가 열두 살이 될 때까지 엄마가 절 때린다는 걸 전혀 몰랐어요. 추수감사절에 엄마가 가족들 앞에서 날 내동댕이치기 전까지는."

"저런." 나는 그보다 더 지적이고 정확한 말이 생각나지 않았다. "그런데 권투를 하면서…… 무섭지 않아요?

"발작이 일어날까 봐요? 글쎄요, 하지만 얼마만한 고통이 오는지 알면 그 고통을 통제할 수 있어요. 받아들일 수 있죠. 존과 권투를 하다보면 그에게 맞을 수도 있어요. 하지만 고통을 받아들이도록 몸이 잘 준비되어 있을수록 고통 자극이 뇌까지 이르는 속도를 더 효과적으로 통제할 수 있어요. 발작은 자극이 하나의 신경 세포에서 다른 신경 세포로 옮겨갈 때 일어나죠. 자극이 너무 빨리 이동하면 신경 세포들이 다시 연결될 때까지 발작이 일어나는 거예요."

온수기에서 삐-하는 신호가 울렸고, 나는 그녀가 바구니에서 칼로리가 없는 캐모마일 티백을 고르는 동안 그녀에게 들은 간질 정보를 취합해보려 했다.

"사실 저한테 가라테와 무용을 배우게 한 건 수양아버지였어요. 아동 성도착자였는데, 직접 수업료를 내주면서 말이에요! 선생님이나 코치가 한 명인 단체 종목에는 들어갈 수 없었어요. 그리고 열세 살부터 스무 살까지는 발작이 없었죠!" 그녀는 소리치듯 말했다.

"하느님이 제게 쉴 시간을 주셨던 거죠."

"그래서 이젠 괜찮아요?" 나는 조심스럽게 물었다.

"아뇨. 스물한 살 때 다시 전면적으로 시작됐어요. 6개월 동안 발작이 세 번 일어났죠. 사람들 많은 데서. 어마어마하게. 그런데 내 몸이 거기에 잘 대처하더라고요. 발작이 오고 있다는 걸 알았죠. 발작이 끝나고 나면 몸이 많이 지쳐요. 어릴 때는 사람들이 카페인과 초콜릿, 차, 사탕 같은 걸 주곤 했죠. 난 나 이외에 간질을 앓는 사람들을 몰랐어요. 낙인과 같은 거라 아무도 그 이야기를 꺼내지 않고요."

"존은 어떻게 만났어요?" 나는 제니에게 감탄하며 빠져들고 있었지만 한편으로 그녀의 이야기는 존이 나만의 선생이라는 공상을 완전히 깨고 있었다. 하지만 이제 되돌릴 길은 없었다. 아마 모든 선수가 코치 한 명을 공유하는 일반적인 단체 종목이었다면 이야기는 달랐을 것이다.

"몇 년 전에 핏월드에서 운동을 하던 때였어요. 거기서 여자들과 권투를 하고 있는 존을 봤죠. 수업료는 얼마고 내가 수업을 받을 수 있겠느냐고 물었어요. 왜 권투를 배우고 싶은지 묻더라고요. 뭔가 새로운 걸 배우고 싶어서라고 말했죠."

"어땠어요?" 나는 운동을 마친 뒤 부들부들 떨리던 손을 떠올리며 물었다.

"포크도 못 들 정도였어요. 하지만 또 하러 가고 싶어서 몸이 근질거렸죠."

우리는 웃었다.

"권투를 하면 강해지면서도 여성스러워지는 것 같아요." 제니의 말이 이어졌다. "여성성이라는 게 자신감과 관련이 있잖아요."

"권투를 배우는 다른 여자들도 그렇게 생각할까요?" 내가 물었다.

"그럼요! 난 권투가 금방 좋아졌어요. 가죽과 가죽이 부딪히면서 즉각적인 희열감이 몰려왔죠. 게다가 때릴 수도 있잖아요. 다른 사람에게 고통을 가하지 않으면서. 권투가 통제와 매너, 에티켓의 운동이라는 걸 알게 됐죠. 링에서는 동물이 될 수 있지만 글러브 없이는 서로 건드리지 못하는. 거기에는 규칙이 있으니까 말이에요. 우리 엄마도 그랬다면 얼마나 좋았을까요. 분노를 발산하거나 희석시킬 수 있는 곳을 발견했다면. 그랬다면 내가 엄마의 샌드백이 되지는 않았을 텐데 말이에요.”

제니는 말을 멈추고 흘러내린 눈물 한 방울을 닦았다.

“존이 내게 엄마의 방식에서 벗어나는 법을 가르쳐줬어요.”

나는 팔을 뻗어 그녀의 손을 꼭 쥐었다.

권투계는 아주 개방적이었다. 내가 만나는 사람들은 가식적이지 않고 우호적이고 따뜻했으며, 내 예상과 달랐다.

“스파링은 해보셨어요?” 제니가 눈물이 가신 얼굴로 물었다. 나는 고개를 저었다. “앞으로 하게 되실 거예요. 난 처음 스파링을 했을 때 글러브가 날아오는 걸 보고 그대로 얼어붙고 말았어요. 존은 내게 간질이 있다는 건 알았지만 구타를 당한 적이 있다는 건 몰랐어요. 내 반응을 보고 나서 알게 됐죠. 엄마가 내 앞에 서 있는 것처럼 보이더라고요. ‘아, 빌어먹을.’ 난 그렇게 중얼거리면서 몸을 웅크려 숨어버렸어요. 창피했죠. 존이 그러더군요. 맞는 걸 배워야 한다고. ‘이걸 극복해야 해. 제니, 난 널 때릴 거야.’ 전 날아오는 펀치를 맞는 법을 배워야 했죠. 하지만 그건 나의 의지였어요.”

구타로 인한 트라우마를 극복하기 위해 구타를 예상하고 실제로 받아들이는 법을 배운다는 건 급진적인 방법이었다. 자신을 공격한 힘을 전환시켜 되돌려주는 것. 그것은 성적 학대를 당한 여자가 무술을 배우는 것과 같은 이치였다.

“존이 아빠 같은 존재인가요?” 나는 물었다.

"아니에요. 아빠라니! 오빠죠. 오빠 같아요. 아, 저기 나오네요. 전 이만 가볼게요!" 제니는 운동 가방을 들고 일어섰다.

마침내 존이 사무실에서 나왔고 우리는 권투 훈련에 배정된 구석 공간을 향해 걸어가기 시작했다.

"환자들, 아니, 학생들 전부와 스파링을 하나요?" 수업이 시작되자 나는 존에게 물었다. 제니는 내게 아직 스파링을 하지 않느냐고 물었다. 나는 우리도 스파링을 할 것인지 알고 싶어 미칠 지경이었지만, 나는 훈련에 대해 '아무것도 묻지 말고 말하지 말자'라는 원칙을 고수하고 있었다. 나는 내가 준비가 되었는지, 아직 멀었는지 알고 싶지 않았다. 내가 에어로빅이나 웨이트 트레이닝을 해야 하는지도 알고 싶지 않았다. 다만 내 순서를 기다릴 뿐이었다. 내가 남자로는 유일하게 권위자로 인정하는 존이 모든 걸 주도하도록 맡겨놓은 채로.

"그렇지 않아요. 스파링 단계까지 못 가는 경우도 있죠. 그건 신체적인 문제가 아니라 감정적인 문제라서……." 존이 말했다.

"감정적인 문제요?"

"내가 자기들한테 화를 내는 게 아니라는 걸 알면 스파링을 할 수 있단 말이죠. 날 무서워할 수도 있잖아요. 게다가 사람들은 자기가 어느 누구도 때리면 안 된다고 생각하거든요. 자기한테 달려드는 90킬로그램의 남자는 고사하고 말이에요."

"여자들만 그런가요?" 나는 러닝머신의 컵 홀더에 늘어놓은 음료들의 배열을 정리하며 뚜껑을 열었다. 최근 들어 나는 음료를 놓을 최적의 장소를 찾기 위해 시험해보는 중이었다.

"이리 와서 글러브를 끼어요." 존이 말했다. "남자들은 수치 당하는 걸 더 무서워하죠……. 상대가 자기한테 화를 내는 건 별로 무서워하지 않지만, 다른 사람에게 주도권을 완전히 **빼앗기는** 건 무서워해요. 당신도 알다시피 난 여자도 남자와 똑같이 훈련시키고 있어요. 당신도 프로 선수와 같은 훈련을 받고 있죠. 마치 시합에 나갈 선수처럼."

그럼 실제로는 날 시합에 내보내지 않을 거란 말인가? '묻지 마, 말하지도 마.'

"내 생각엔." 나는 헐떡이며 말했다. "여자들은 주도권을 쥐지 않는 데 익숙해요. 페미니즘이니 뭐니 해도 말이에요. 하지만 남자들은 다르죠. 남자도 인생의 어느 시기에는 주도권을 잃어 보는 게 좋은 경험일 것 같아요. 여자는 주도권을 쥐어 보고 말이에요."

탁! 나의 라이트 크로스는 점점 향상되고 있었다. 존이 만족스러운 신음을 내뱉었다. "와, 머리가 좋은데요."

나는 존이 그것을 나의 약점이라고 생각하지 않길 바랐다. 나는 너무 오랫동안 지성이라는 바구니에 내 모든 능력을 담아 놓고 살아왔다. 마크 트웨인인지 앤드루 카네기인지(아무도 정확히 모르는 것 같지만) 그런 말을 하지 않았던가. '달걀을 한 바구니에 몰아넣고…… 그 바구니를 지켜보라'고.

"잊지 말아요. 난 유대인 권투선수예요! 학자라고요!"

"알아 모시죠. 어쨌든 주도권을 갖지 않는 게 남자들에게 좋은 경험인지는 모르겠어요." 그가 말했다. "우리나라는 어리광쟁이들의 나라가 되어버려서 말이에요. 사실 난 남자들한테 별 기대가 없어요. 누군가를 만날 때마다 내가 무슨 일을 하는지 알고 나면 폼을 있는 대로 잡고서 자기들이 축구장에서 뛰던 시절이나 싸움박질 했던 이야기를 해대니까요. 얼마나 지겨운지."

이제 내게는 목표가 생겼다. 내가 준비만 된다면 스파링을 할 가능성이 높아진 것이다. 스파링의 목적은 상대를 패배시키는 것이 아니라 내가 쓸 수 있는 전체 기술 가운데 특정한 기술을 연습하는 것이다. 스파링은 '싸움'이 아니라 시험해보는 기회다. 브루스 리의 인기에 힘입어 동양 무술에 무기가 등장하며 대결에 사용되었으나 무술이 여전히 훈련이고 수행인 것처럼. 중요한 것은 내가 펀치미트에서 벗어나 앞으로 가벼운 실전을 하게 되리라는 점이다.

나도 스파링을 하고 싶다. 제니처럼.

11.

오래된

기억들

나는 최근에 정신 상담을 받은 가까운 친구 때문에 힘든 시간을 보내고 있었다. 친구는 결혼생활의 위기를 겪고 있었다. 여기에는 여러 사건이 묘하게 섞여 있었는데, 친구는 곧 이혼하게 될 남편과의 문제에 대해서는 이야기를 거의 하지 않으면서 자신이 사랑에 빠졌노라고 주장하는 새로 만난 정신과 상담의에 대한 이야기를 더 많이 했다. 그녀의 가장 절실한 소원은 그가 자신의 사랑에 응답해주는 것이었다. 나는 '감정 전이'라는 개념에 대해 환기시켜주려고 노력했으나 친구는 자신의 경우는 다르다고 완강히 주장했다. 친구는 도가 지나친 비판과 요구들로 날 숨 막히게 했지만 나는 인내심을 갖고 친구를 응원하려고 노력했다.

그러나 친구의 기분은 날이 갈수록 변덕스러워졌다. 급격히 살이 빠졌고, 미니스커트와 몸에 딱 달라붙는 반짝이 바지를 입기 시작했다. 앉을 때도 평소와 달리 양반 다리를 했다. 나는 친구의 상황에 충분히 공감했다. 친구가 겪는 커다란 인생의 변화가 그녀를 10대처럼 행동하게 만들고 있었다. 나는 전에도 친구와 비슷한 방식으로 이혼에 반응하는 사람을 본 적이 있었으므로 커다란 상실감과 마주하는 게 얼마나 끔찍한 일인지 잊지 않으려고 했다.

하지만 우리의 전화 통화는 마라톤처럼 길어졌고, 친구의 말투에는 갈수록 비난이 실렸다. "넌 나보다 크리스틴을 더 좋아하는구나." "넌 내 걱정은 안 하지?" 한번은 수수께끼 같은 말을 한 적도 있었다. "넌 성적인 것에 방어적이야. 난 너의 그런 점이 마음에 안 들어." 그때 나는 독감으로 드러누워 있었다. 너무 힘들어서 더는 버틸 수가 없었다. 코를 푸느라 화장지 한 통을 다 쓰는 동안 자신의 성격에 대해 퍼붓는 미묘한 악담을 누가 듣고 싶어 하겠는가? 그것은 내가 원하지도 않는 정신분석학적 해석이 섞인 초등학교 수준의 드라마였다.

나는 그런 공격들이 친구의 불안정한 상태 탓이라고 생각하려고 했지만 나에 대한 그녀의 실망감은 깊고 끝이 없었다. 내가 어떻게 해도 그녀에게는 충분하지 않은 것 같았다. 나는 친구를 만나기가 두려워지기 시작했다. 안타까운 일이었다. 오랫동안 나는 그녀의 독특한 정신세계와 우정을 소중히 여겨 왔으니 말이다. 친구와의 불화를 풀려고 시도할 때마다 상황은 더 나빠지기만 했고 우리는 비난과 오해의 늪에 빠졌다.

어느 날 아침, 그날은 집에서 권투를 했는데, 존이 나의 잽이 한심할 정도로 약하다는 걸 알아차렸다. 존은 늘 잽으로 시작하는 내 첫 펀치로 나의 상태를 진단했다. 가끔 그는 괜찮으냐고 묻기도 했다. 내가 "물론이죠"라고 대답하면 그는 "정말이에요?"라고 물었다.

　"왜 내 잽에 힘이 없는지 말해줄게요." 나는 나에 대한 친구의 비판과 나의 피로감, 그녀에 대한 걱정, 답답함을 털어놓았다. 존은 내 옆에서 한 팔을 뻗어 날 감싸 안았다. 그것은 따뜻함과 부드러움이 느껴지는 순수한 포옹이었다. 나는 그의 가슴에 머리를 기대고 흐느껴 울었다. 글러브를 낀 두 손을 양쪽으로 힘없이 늘어트린 채로. 존이 자신의 아이들을 위로하는 모습이 떠올랐다.

　"당신은 대단한 여자예요." 그가 말했다. "친구 걱정은 하지 말아요. 당신이 치료할 수는 없으니까. 친구가 어리석게 구는 거예요."

　우리는 서로에게 기댄 채 한참 동안 서 있었다. 그가 내 팔을 가볍게 토닥였고, 나는 내가 필요한 만큼 그가 그렇게 서 있어 주리라는 것을 알았다. 나는 갑자기 내가 우는 이유가 친구의 괴롭힘 때문만은 아니라는 사실을 깨달았다. 아버지가 날 다른 방식으로 보호해주었다면 얼마나 좋았을까. 내 인생이 다르게 흘러갔다면 얼마나 좋았을까. 권투를 좀 더 일찍 알았다면 얼마나 좋았을까. '행복은 내게 슬품을 상기시킨다'라는 말은 정확했다.

"존, 좀 이상한 일이지만 이야기 좀 해도 될까요?"

"뭐든 말해요."

이렇게 좋은 정신과 의사가 또 있을까?

"내가 열네 살 무렵 뉴어크에서 있었던 일이에요. 우리 동네로 흑인 가족들이 이사를 오고 있었죠. 그곳의 집들을 아주 빠른 속도로 사들이면서 말이에요. 우리가 살던 고등학교 뒤쪽 거리의 집들이 하나씩 흑인들의 손에 넘어갔고, 우리는 동네의 변화를 지켜봤어요. 유대인들은 대부분 교외로 빠져나가고 있었죠. '백인들의 교외 탈출'이라고 부를 정도로. 하지만 우리는 이사를 갈 돈도 없었고, 내가 자랑스럽게 생각하는 점이기도 하지만 이사를 갈 필요성도 느끼지 않았어요. 우리 가족은 인종차별주의자가 아니었어요. 그래서 우리 집이 자메이카인 가족에게 팔린 다음에도 그들이 2층은 필요하지 않으니 우리에게 세를 주고 싶다고 했을 때 그 집에 남기로 했죠. 그런데 어느 날 챈설러 가를 따라 에그 크림과 만화책을 사러 할렘 캔디가게로 가고 있을 때 차 한 대가 와서 섰어요. 자메이카인 집주인이라는 걸 알았죠. 지금도 그의 둥근 얼굴과 편안한 미소가 생각나요. 내게 태워주겠다고 하더라고요. 난 새 집주인이 될 사람에게 무례하게 보이고 싶지 않아서 차에 탔어요. 내게 학교 이야기를 묻기 시작하더군요. 모두 순수한 질문 같았어요. 그러다 그가 남자친구가 있느냐고 물었고, 난 애매하게 중얼거리고 말았죠. '언제 한번 같이 데이트할 수 있을까?' 남자가 묻더군요. 난 '엄마가 좋아하지 않을 것 같아요'라고 말했죠. 무서웠어요. 일이 이상하게 돌아가고 있어서 차에서 내려야겠다고 생각했어요. 그때 그가 손을 뻗어 내 긴 머리를 쓰다듬었어요. 가슴 위로 머리카락이 흘러내렸죠. '와, 머리카락이 아주 예쁘구나.' 그의 손이 내 가슴을 건드리더니 떠날 줄을 몰랐죠. 난 내려 달라고 간청했고 마침내 내릴 수 있었어요. 집으로 달려가 내 방에서 울었어요. 생각이 미친 듯이 내달리더군요. 그 남자와 어떻게 한집에서 살지? 계속 위험한 상황이 벌어질 텐데, 하지만 어떻게 이사를 가지? 아빠는 몹시 화를 낼 거야, 우리한테는 돈이 없는데, 우리는 메이플우드나 쇼트힐스 같은 부자 동네로 가지 못하는데, 엄마는 가까이에 식료품 가게가 있어야 하는데, 어떻게 그 사람을 피하지? 난 절망의 수레바퀴에서 벗어나지 못한 채 빙글빙글 돌고 있었어요. 부모님에게 말하는 건 불가능하게 느껴졌어요. 그다음 주말에 대학에 다니는 수잔 언니가 집에 왔는데, 언니는 내 이야기를 듣더니 반드시 부모님한테 말해야 한다고 했죠."

"아버지가 그 남자를 찾아갔나요?" 존이 물었다.

"아뇨. 찾아가지 않았어요. 그보다 더 안 좋았죠. 용기를 내서 아버지에게 말했지만, 아버지가 뭐라고 한 줄 알아요?"

나는 오랫동안 서 있은 탓에 등이 아팠지만 무시하려고 했다. 존의 편안한 품에서 떨어지고 싶지 않았다.

"뭐라고 했는데요?"

"제기랄!이라고 말했어요. 그래서 넌 도대체 어디로 이사를 갔으면 좋겠냐고. 아버지는 화를 냈는데, 그건 날 향한 화였어요. 마치 내가 잘못을 저지른 것처럼. 아버지는 그 남자를 찾아가지 않았어요. 그리고 내게 우리가 어디로 이사를 갈지 결정하라고 했죠. 웃기죠? 한번은 동료와 어린 시절 이야기를 나눈 적이 있는데, 그녀가 그러더군요. '그래도 이사를 가야 한다는 건 용케 아셨네'라고. 자녀가 있는 심리치료사들은 늘 부모 편을 든다는 생각이 들어요. 자녀가 없는 치료사들은 아이들과 자신을 동일시하는 경향이 더 강한 것 같고 말이에요. 어쨌든 아버지는 내게 이사 갈 집을 선택할 책임을 맡겼어요. 난 일요일판 〈뉴욕타임스〉에서 부동산란을 펼쳐 놓고 보다가 뉴저지 주의 포즈에서 정원이 딸린 최신 아파트 단지를 찾았죠. 간선 도로와 가까워서 아버지가 뉴어크 공항에 쉽게 갈 수 있고, 길 건너편에는 엄마가 장을 볼 수 있는 수퍼마켓도 있었어요. 그런데 그게 내리막의 시작이었어요. 엄마는 그곳에 잘 적응하지 못했고 점점 더 고립되었죠. 난 존 F. 케네디 기념 고등학교까지 여러 고등학교를 전전하며 다녔고요. 그 학교에는 나를 포함해 유대인이 세 명밖에 없었죠. 흑인 학생이 한 명 있었는데, 그 애는 2학년 회장이었어요. 그 2년은 비참한 시간이었죠."

"정말 안됐어요. 그런데 난 당신의 아버지와는 반대로 너무 앞서 나갔던 것 같군요." 존이 말했다. "딸의 남자친구 얼굴에 주먹을 날렸거든요. 코가 부러졌을 거예요. 자랑스러운 일은 아니죠. 전혀."

"모르겠어요. 난 그게 더 좋았을 것 같아요."

나는 글러브 낀 손을 들어 눈물을 닦았다. 아버지는 '내 딸을 건드리지 마시오'라는 태도로 체육 선생님이나 캠프장의 수영 교사와 맞섰지만, 원치 않는 손이 내 가슴에 닿고 그보다 더한 성희롱의 위협이 예상되었을 때는 나를 비난하며 화를 냈다. 어쩌면 그 사람을 죽일까봐 두려웠던 건지도 모른다. 하지만 어느 쪽이든 열네 살 난 딸에게 가족이 살 집을 고르는 책임감을 지워야 했을까?

"난 그만뒀으면 좋겠어요." 존이 부드럽지만 단호하게 말했다.

"무슨 말이에요?"

"말 그대로예요. 당분간 그 친구라는 사람과 관계를 끊어요. 내 선수가 상처 입는 걸 볼 수는 없으니까."

물론 그건 존이 결정할 문제가 아니었지만 그의 위로는 상징적이고 특별했다. 나는 노력했다. 최선을 다했다. 하지만 나는 상처를 받고 있었고, 그는 이제 그만두라고 말했다. 나는 전혀 생각지도 못한 곳에서 그런 동지를 발견했다는 사실이 믿기지 않았고, 덕분에 내가 직시해야 하는 일을 회피했다거나 그로부터 빠져나왔다는 죄책감이 들지 않았다.

그날 우리는 훈련을 하지 않았다. 우리는 소파에 앉아 어린 시절의 이야기와 우리의 취약점과 세상에서 느끼는 소외감에 관해 이야기를 나누었다. 우리에게는 공통점이 많았다. 나는 우리가 아주 이상한 한 쌍이라는 생각이 들었다. 권투를 배우지 않았다면 나는 존과 같은 친구를 발견하지 못했을 것이다. 권투를 배우지 않았다면 그와 같은 남자를 보아도 거리를 두고 피했을 것이다. 아마 눈도 마주치지 않았으리라.

존이 갈 시간이 되었을 때 우리는 마룻바닥에 낯선 광경이 펼쳐져 있는 것을 발견했다. 바닥에 흩어진 폭신한 구름 같은 하얀 솜뭉치들. 그리핀과 사빈이 내가 우는 모습을 보고 속이 상했던지 쿠션을 물어뜯어 헤집어 놓았던 것이다.

"개들한테도 해결할 문제가 있었나 보군요." 존은 그렇게 말하며 빨간색 망사 가방에 장비를 챙겨 넣고 자신의 트럭으로 향했다. 존의 집에는 통통한 퍼그가 두 마리 있었는데, 그중 한 놈의 이름은 뎀프시(Jack Dempsey, 1919년 헤비급 챔피언으로 역사상 아주 뛰어난 권투선수 중 한 명으로 손꼽힌다—옮긴이)였다.

그로부터 몇 개월 뒤 바로 그 트럭의 앞좌석에서 존은 내게 몇 가지 개인적인 일들을 털어놓았다. 내가 그를 안고 위로의 말을 속삭이는 동안 그는 내키지 않는 눈물을 몇 방울 흘렸다. "남자는 울지 않아요." 그는 항의하듯 말했다. 나는 권투를 하는 것도 아닌데 그의 목을 안은 팔에 유독 힘이 들어가는 것을 느끼며 그에게 모든 게 다 괜찮을 거라고 말했다. 존은 자신에게 아무도 필요하지 않다는 게 대단히 중요한 것 같았고, 나는 그것이 그를 권투로 이끈 이유 중 하나임을 알 수 있었다.

헤더 바이어Heather Byer는 영화계에서 오랜 세월을 보낸 후 당구 시합의 세계로 뛰어든 인물로, 자신의 책《에이트 볼 오디세이Sweet: An Eight-Ball Odyssey》에서 자신을 새로운 세계로 이끈 이상한 돌에 관해 이렇게 적었다. 당구계의 말썽쟁이들과 나 사이에 무슨 공통점이 있을까?······ 나는 왜 서른두 살의 나이에 가끔씩 분출하는 아름다움을 보여주는 폐인들 속에 들어가고 싶어 하는가?'

그녀의 삶에는 빈 공간이 있고, 어떤 계기로 그 공간은 이상한 성격의 사람들과 음탕한 농담, 당구장의 광경, 소리, 냄새로 들어찼다. 나는 그녀의 기분이 어떤지 이해한다.

존의 아버지도 출장 세일즈맨으로, 주로 학교와 공공 도서관에 교재를 팔았다. 나의 아버지가 적개심에 가득 차 있었다면 존의 아버지는 사나웠다. 그의 부모님은 수도회에서 만났다. 존의 아버지인 에밀은 도미니크회의 수사가 되려던 중이었고, 어머니인 에이다는 수도원 수녀가 되려던 중이었다. 하지만 그들은 사랑에 빠졌고 결혼을 해서 두 아들을 낳았다. 존이 첫째, 마크가 둘째였다.

나의 어머니처럼 존의 어머니 에이다도 남편이 자신과 함께 있어주길 바랐다. 그녀는 존이 다칠까봐 무섭다며 그가 어떤 운동도 하지 않기를 바랐다. 야구도, 축구도, 다른 어떤 운동도. 수많은 초기 유대인 권투선수의 어머니들도 에이다와 같은 두려움을 갖고 있었다. 그들은 자기 아들이 다치는 것을 무서워했다. 라이트급 선수로 성공한 맥시 샤피로Maxie Shapiro는 시합을 하러 집을 나설 때 권투 장비 가방을 넥타이 가방이라고 속이며 자신은 세일즈맨이라고 거짓말을 했다. 싸움을 하는 아들을 보는 유대인 부모의 시선에는 다른 관점도 있었다. '샨다'였다. 교육은 대단히 중요했고, 싸움은 망나니

짓이었다. 1925년에 만들어진 무성 영화 〈그의 사람들His People〉에는 권투선수가 되려는 아들에게 혐오감을 표출하는 어머니가 등장한다. "권투선수? 그게 되겠다는 거냐? 그러려고 우리가 미국에 왔니? 차라리 갱이나 살인자가 되는 게 낫겠다. 이렇게 수치스러울 수가. 권투선수라니!"

존은 어머니의 구속에서 벗어나 중학교에서 미식축구를 했지만 그 운동이 마음에 들지 않았다.

"완전히 폭력적이었죠." 그는 말했다.

에이다는 존과 마크를 옆에 붙들어두기 위해 자신에게 병이 있다고 주장했다. 암, 심장마비, 희귀한 혈액 질환. 그의 어머니는 자신이 죽어간다는 또 다른 이야기를 꾸며내며 과장되게 말했지만 아무일도 일어나지 않았다. "윌리, 당신이 말해."

윌리는 존의 아버지가 아니었다. 그는 존의 아버지가 아내의 알코올 중독과 광기를 견디지 못하고 버펄로에 가 있는 동안 등장한 젊은 애인이었다. 존의 어머니는 아버지가 출장을 가고 없는 동안 걸핏하면 아이들을 학교에도 보내지 않고 집에 데리고 있었다. 히피인 그녀는 아이들이 있는 집에서 대마초를 피웠다. 윌리는 계속 그 집에 머무르며 그녀의 애인이 되었다. 존은 창피한 마음에 사람들에게 그를 소개할 때 자신의 형이라고 둘러댔다. 그는 존의 어머니보다는 존의 나이에 더 가까웠다(일곱 살이 더 많았을 뿐이다).

그런데 괜찮은 듯 보이던 그 전략도 어느 날 밤 존이 친구들을 집에 데리고 갔다가 그 '형'과 어머니가 소파에서 함께 뒹구는 모습을 들키면서 무너지고 말았다. 존의 친구들은 그에게 대놓고 물었다. "우리가 방금 네 형과 엄마가 같이 뒹구는 걸 본 거냐?" 그 뒤로 존은 누구도 집에 데려가지 않았다. 존은 윌리에 대해 아무 생각도 없다고 말했다. "그 사람은 어머니의 애완동물 같은 존재였어요." 그의 어머니는 윌리를 때렸고, 덕분에 그사이 아들들은 어머니의 압제로부터 조금 벗어날 수 있었다. "윌리는 배짱 없는 남자였죠. 어머니한테 맞서지도 않았고, 우리 편을 들어주지도 않았어요. 대신 제일 많이 맞았죠."

나는 큰언니 미키가 얘기해준 이복오빠 개리의 이야기를 기억한다. 미키 언니는 언젠가 브루클린에서 아버지의 제과 공장 트럭에 탄 적이 있었는데, 아버지는 도중에 차에 탄 개리를 우리의 사촌이라고 소개했다. 언니는 한참 후에야 사실은 개리가 이복오빠라는 이야기를 들었다.

존의 아버지는 윌리와 함께 누워 있던 에이다를 보고 그를 계단 밑으로 집어던졌다.

나는 뉴저지 주, 포즈의 아파트 내 방에서, 옆방에서 난투극을 벌이는 무섭고 낯선 소리에 잠을 깬 적이 있었다. 큰언니를 대하는 형부의 태도에 화가 난 아버지가 그를 벽으로 집어던졌던 것이다. 두 사람의 관계는 아버지를 자극할 요소들로 가득 차 있었는데, 두 사람은 결혼하기 최소한 10년 전부터 동거를 하고 있었다. 동거가 여전히 충격적인 일로 받아들여지던 시절이기도 했고, 그 일이 부모님 스스로가 금기시하는 자신들의 추문 많았던 연애사를 떠올리게도 했을 것이다. 나는 베개로 귀를 막고 옆방에서 나는 소리가 멈추기를 기도했다.

존과 내게는 둘 다 문제 많은 어머니가 있었지만, 나의 어머니가 우울 속에서 조용했던 반면 그의 어머니는 시끄럽고 사악했다. 그녀는 사람을 미칠 만큼 화나게 하고 끝없이 괴롭히는 재능을 갖고 있었다. '너와 네 동생은 딱 계집애야. 너희는 내 자식이 아니라고. 널 낳으려고 그 산고를 겪었는데 너희는 아무 가치도 없는 인간이야. 내 아들들이 진짜 사내였으면 얼마나 좋을까.' 그녀는 이런 말들을 큰 소리로 쉬지 않고 쏘아대며 사람들을 괴롭혔다.

그녀는 직장을 전전하며 자신이 해고당하는 이유에 대해 망상을 하기 시작했다. 마피아가 자신을 죽이려 해서라거나 모두 자신과 섹스를 하려고 해서라고 말이다. 그녀가 하트퍼드의 북쪽 변두리에 있는 로저스 폼이라는 회사에서 일할 때도 그랬다. 존은 어머니가 그곳에서 일하는 걸 좋아했는데, 회사 사람들이 그들 형제에게 조그만 스티로폼 소파와 쿠션을 주곤 했기 때문이었다. 그들은 그것들을 집으로 가져가 가구로 사용했다. 힘겹게 사는 소년들이 조그만 가구로 방을 꾸미는 모습이 떠오르자 나는 울고 싶었다.

그들은 스물일곱 번씩이나 이사를 다녔다. 어머니가 고지서 요금을 내지 않거나 싸움을 일으킬 때마다 쫓겨난 탓이었다. 존이 그나마 보호를 받았다고 느낀 적은 어머니가 학교에 와서 그의 편을 들어주었을 때였다. "얼마나 나쁜 일을 저질렀는지는 상관없어. 네가 진실을 말하는 한 난 네가 옳건 그르건 널 지켜줄 거야." 존은 그런 어머니가 고마웠고, 그의 어머니는 그가 싸움질을 할 때면 학교로 찾아와 그를 감싸주었다. 하지만 그런 행동의 이유가 그녀 자신을 위해 존을 다른 곳으로 보내지 않기 위해서였음을 알게 되면서부터는 그 일도 얼룩이 지고 말았다. 아들을 잃고 싶지 않다는 것이 그녀의 동기였다. 존은 어머니가 자식을 하인이나 놀잇감으로 여긴다고 생각했다.

나는 내가 결석을 할 때마다 사유서를 써주던 엄마를 떠올렸다. 내가 집에 함께 있어주길 바랐던 엄마.

존은 수많은 싸움에 휘말렸다. 그는 덩치가 아주 컸고, 다른 아이들은 그런 그에게 싸움을 거는 것으로 명성을 쌓고 싶어 했다. 그는 마음씨가 착한 편이었지만 누가 건드리면 싸울 줄도 모르면서 무엇이든 죽일 정도로 큰 분노를 안고 있었다. "그럴 용의가 있었죠. 아주 기꺼이." 그는 말했다.

"존, 자기가 꾼 꿈을 기억해요?" 어느 날 나는 그의 턱을 맞추는 라이트 어퍼컷 자세를 연습하며 그에게 물었다.

"별로요. 꽤 무서운 꿈들이라는 정도죠."

"무서운 꿈이라뇨?"

"늘 내가 통제할 수 없는 상황이 나오거든요."

"당신이 사나워지는 상황 말인가요?"

"아뇨, 끔찍한 상황에 처했는데 내가 할 수 있는 일이 아무것도 없는 거죠. 내가 무기력해지는."

존은 자신에게는 신체적인 두려움이 없다고 말한다. 그는 어려서부터 몸에 생긴 상처는 대체로 치유된다는 것을 배웠다. "날 괴롭히는 악령은 신체적인 게 아니에요." 그는 말했다.

존의 아버지는 엄청난 수영 실력에 농구도 잘하는 활동적인 사람이었다. '물에 던져 놓으면 알아서 강해진다'라는 게 그가 수영을 가르치는 방식이었다. 어쩌면 내게도 그런 방식이 필요했는지 모른다. 그 방식의 이론적 바탕은 빠져 죽지 않는다면 수영을 하게 된다는 것이었고, 존은 그런 저돌적인 태도를 찬양했다. "아빠들은 그래야 해요." 한번은 존이 내게 말했다. "특히 아들을 키우려면 말이에요. 사내아이의 응석을 죄다 받아주다가는 남자로 잘 키울 수가 없어요. 만만한 사람이 될 뿐이지."

내 신체적인 능력을 전혀 믿지 못해 내게 뭔가를 시키려던 사람들을 위협하던 나의 아버지와 그렇게 다를 수가 없었다.

아마도 아버지는 내가 물에 들어가면 우리 둘 다 빠져 죽을 거고 생각했는지도 모른다.

권투는 존의 인생을 구원했다. 권투를 통해 그는 자신의 신체와 감정, 분노를 통제하는 법을 배웠다. 그 모든 걸 제어하게 된 건 그때가 처음이었다. 권투 덕분에 그는 목표를 얻었고 한 방향으로 정진했다. 권투는 매일매일의 장단기 목표들로 이루어진다. 권투를 하기 전에 존의 몸은 강하고 힘도 셌지만 훈련되어 있지 않았다. 그는 권투를 통해 달리기를 알게 되었고 영양소와 무엇이 자신의 몸에 좋고 나쁜지를 배웠다. 그 이전에는 몸은 그저 존재할 뿐이었다.

　나는 몸은 그저 존재할 뿐이었다는 존의 말이 무슨 뜻인지 알고 있다.

12.

자부심

부디 소문은 내지 말아주길. 나는 아직도 〈쉰들러 리스트〉를 보지 못했다. 하지만 나는 유대 마을에서의 삶과 바르샤바 게토에서의 삶, 서부에 정착한 유대인 목동들의 놀라운 이야기, 레비 스트라우스와 청바지 발명 이야기가 포함된 유대인 이민사에 관한 음울한 다큐멘터리 영화들을 통해 유대인의 이야기를 알아가고 있었다.

레비 스트라우스는 독일에서 미국으로 오면서 매력적인 물건들을 많이 가져왔지만, 대부분은 다른 사람들에게 줘버리고 캔버스 천만 남겨 두었다. 노동자들은 그가 만드는 질긴 바지에 흥미를 보였고, 리벳(rivet, 머리가 달린 핀이나 볼트, 리바이스 진은 뒷주머니가 떨어지지 않도록 굵은 구리못 같은 리벳을 박아 넣었다—옮긴이) 제조업자가 한층 더 오래 가는 바지를 만들 계획을 갖고 그를 찾아오면서 미국의 청바지가 태어났다.

유대인들은 어디를 가든 그곳에 적응하기 위해 노력했지만 동시에 자신들의 모습을 잃지 않았다. 그것은 끝없는 투쟁의 길이었다.

"여보, 이리 와서 〈이디시 월드A Yiddish World Remembered〉(2002년 에미상 다큐멘터리 부문 수상작—옮긴이)같이 봐. 다 보고 나면 〈빌뉴스의 빨치산 The Parisans of Vilna〉을 볼 수도 있어." 나는 서재에서 라디오 쇼를 준비하던 스콧에게 소리쳤다.

"뭐야, 이거 우디 앨런 영화 속의 한 장면인가?" 스콧이 농담처럼 말했다. "우디 앨런이 여자 주인공을 데리고 〈슬픔과 동정The Sorrow and the Pity〉이라는 여섯 시간짜리 다큐멘터리 영화를 한 번 더 보러 가는 장면 말이야."

"맞아. 하지만 여자가 늦어서 타이틀이 올라가는 걸 놓쳤다고 극장에 안 들어가지. 됐어. 나랑 같이 안 봐도 돼."

다큐멘터리 속 유대인 마을의 생활을 반쯤 보던 나는 어머니의 이야기가 궁금해졌다. 어머니는 도시에 살았을까 농장에 살았을까? 내가 들은 이야기는 한 가지밖에 없었다. 곡물죽을 식히려고 창가에 놔뒀는데 어린아이였던 어머니가 맛을 보려고 손가락을 넣었다가 돼지에게 손가락을 물려 마당에서 끌려 다녔다는 이야기였다. 왜 돼지가 있었을까? 돼지는 코셰르, 즉 정결한 음식이 아니었다. 미키 언니는 부잣집 숙녀의 하인으로 일했다던 할머니의 말을 기억하고 있다. 그곳은 도시였을까 아니면 돼지가 있던 곳이었을까?

세월이 흘러 어머니가 립스틱을 바르거나 담배에 불을 붙이려고 손을 들 때면 나는 여전히 남아 있는 그 돼지의 조그만 이빨 자국을 볼 수 있었다. 돼지에게 물려서 끌려 다녔다니. 그런 일이 내 혈통에 들어 있다니.

나는 영화에서 어린 소년들이 집으로 돌아갈 때 길을 밝혀줄 초를 들고, 맨발로 영하의 추위 속에서 하루에 12시간씩 공부를 하기 위해 온기라고는 없는 헤데르(cheder, 유대 예배당 학교)에 들어가는 것을 보았다.

변기 훈련을 마친 남자 아이에게 꿀을 찍은 알파벳 글자를 먹으라고 주는 장면도 있었다. 지식 흡수를 상징하는 의식이었다. 지식이 너무나 소중해 그것을 실제로 삼켜버리는 것이다! 'A―내 이름은 앨리스.'

영화에서 나는 창문 없는 곳이 많은, 묘하게 한쪽으로 기운 조그만 건물들과 오두막, 헛간, 먼지 쌓인 거리들을 보았다. 가난은 놀라웠다. 한 여자가 감자 자루를 포대기 삼아 아기를 안고 있다. 자루에는 구멍이 숭숭 뚫려 있다. 그럼에도 가난한 자들의 소박한 집에는 명예의 자리가 있다. 선반. 책 선반이다. 배움에 대한 숭배는 날 오싹하게 만들었다. 이런저런 일로 나는 평생 책을 읽고 공부를 해오고 있다. 10대 시절에는 내 방의 책들을 끝없이 재배열했다. 각각의 제목들은 어느 시점에 해당하는 나의 발전과 지혜, 답 없는 질문, 잊지 못할 소설 속 인물들을 상징했다. 아버지는 책을 숭배했다. 우리 중 누군가가 《브리태니커 백과사전》에 잉크로 메모해놓은 일로 화를 낸 적도 있었다. "책에 절대 메모를 하지 마라!" 아버지는 소리쳤다.

"책을 존중하란 말이야."

가난한 이들은 자선에 높은 가치를 두었다. 안식일의 저녁 식사는 자신들보다 가난한 이에게 먹을 것을 주지 않고는 완성되지 않았다. 고난에도 노랫소리와 웃음이 끊이지 않았다. 이름은 직업이나 신체적 특징을 따라 지어졌다. 베릴 헌치백Beryl Hunchback, 젤리그 테일러 Zelig Tailor, 쇼이마 더 자이언트Schoyma the Giant, 블라인드 양켈Blind Yankel. 나는 중세시대의 그림이나 어린이 우화 속에 묘사된 그들의 모습을 상상할 수 있었다.

유대인은 모두의 희생양이 되어 각 나라에서 쫓겨났다. 어머니가 살던 유대 마을, 치에하노비츠Ciechanowicz는 가장 오래된 유대 마을 중 하나로 매우 중요한 종교 중심지였다. 그런데 어찌된 일인지 유대인이 차르czar의 암살에 관련되었다는 인식이 퍼져 코사크족Cossack 의 침입을 받았고, 뒤이어 강간, 약탈, 상해, 살인이 일어났다.

1915년에 일어난 유대인학살로 마을은 불에 타 무너졌다. 어릴 때 이디시어를 조금 할 줄 알았던 미키 언니는 네 살 때 할머니가 들려준 유대인학살 이야기를 기억하지만 자세한 내용은 기억에 남아 있지 않았다. 그들이 무엇을 목격했으며 어떤 것으로부터 가까스로 도망쳤는지 우리는 결코 정확히 알지 못할 것이다.

바르샤바 북쪽에 있는 치에하누프는 선박의 근무명단에 언급되어 있는 곳으로, 우리 가족이 늘 치에하노비츠라고 불렀던 곳일 가능성이 크다. 이 유대 마을의 후손들은 치에하누프의 거주자들이 가난하고 비참한 삶을 영위했다고 말한다. 물은 지정된 사람이 강물을 담아온 통을 들고 집집마다 돌아다니며 팔았고, 각 가정에서는 부엌에 놓인 통에 물을 비축해 놓고 마시고 설거지를 하는 데 썼다(당연히 멸균되지 않은 물이었다). 전기와 가스는 없었고, 화덕에 사용할 장작뿐이었다.

자부심. 내 인생에는 자부심이 결여되어 있었다. 권투선수들이 링으로 들어올 때 국기를 몸에 감는 것과 같은 '민족적 자부심.' 유대 마을의 생존자인 두 여자가 화면 속에서 날 바라본다. 그들은 자매이다. 따뜻하고 현명하고 복잡한. 그들은 노래를 부르기 시작한다. 'shane vid die le voner, lich dich veer de steren.' 내 눈에서 나도 모르게 눈물이 흐른다. '저건 엄마가 내게 불러주던 자장가야.' 요이 보이 보이 보이……, 단조로운 곡조, 가사 없는 멜로디. 나는 생각했던 것보다 더 많은 것을 기억하고 있었다. 카메라가 오래된 묘지 위를 지나간다. 묘석들 중 하나는 두 손가락을 각각 붙인 채 손바닥을 내보이는, 내가 늘 사랑했던 〈스타 트랙〉의 발칸식 인사Valcan Salute를 조각한 것이다. 나는 설명을 찾기 위해 인터넷으로 달려갔다. 레너드 니모이(Leonard Nimoy, 〈스타 트랙〉의 첫 시리즈에서 발칸 행성의 외계인 스팍 역을 맡은 배우-옮긴이)는 여덟 살 때 정통파 유대회당에서 거행되는 특별한 은총 의식을 엿본다. 예루살렘 신전에서 하느님을 섬겼던 유대교 제사장들의 자손인 '코하님Kohanim' 회원들이 두 팔을 들어 손가락으로 '전능한 신'을 뜻하는 '샤다이Shaddai'의 앞글자 '신shin'이라는 히브리어 글자 모양을 만들고 있었다.

세월이 흘러 니모이가 반인伴人반발칸인인 스팍을 창조하는 데 참여했을 때 그는 스팍이 '의심의 여지없는 디아스포라적(diaspora, 세계 곳곳에 흩어져 살면서 특유의 종교 관습과 생활 양식을 유지하는 집단 또는 거주지-옮긴이) 인물'이라고 말했다. 어디에도 진정으로 정착하지 못하는 인물. 세대에서 세대로 이어지는 〈스타 트랙〉의 팬들은 이 손 모양으로 서로를 확인했다. '오래 살고 번영하라.'(〈스타 트랙〉에서 작별인사로 사용하는 말-옮긴이)

다음 날 아침 나는 존과 함께 훈련 중이다. 내 인상이 찌푸려지고 몸이 굳는다. 존이 펀치미트로 내 양쪽 팔꿈치 근처를 쳤기 때문이다. 갑자기 내 훈련 도구들이 무기가 된다. 아우! 얼얼하다. 잽, 하나-둘, 그가 소리친다. 그것은 이제 익숙한 주문이 되었다. 이제 그는 내가 널 공격하니 너 자신을 보호하라는 뜻으로 '커버, 커버' 하고 외친다. 나는 주먹에 맞는 데 빨리 익숙해진다. 놀랍게도 전혀 아프지도 않고, 이유를 설명할 수는 없지만 맞는 것이 좋다. 현실적으로 느껴져서. 접촉하는 느낌이어서. 이제 우리는 진짜 권투에 한층 더 가까워졌다. 나는 주먹에 맞고 건드려지고 가볍게 툭툭 치이고 밀쳐질 수도 있다. 내 머리가 바쁘게 움직인다. 나는 올바른 자세—다리를 벌리고 오른쪽 다리를 뒤로 해서 무릎을 굽히는—를 유지하는 데 집중해야 한다. 나는 얼굴 옆으로 글러브를 올리고 있어야 한다. '언제나 너 자신을 보호하라.' 나는 끊임없이 존의 움직임을 지켜보아야한다. 그가 다음에는 어디로 치고 들어올지를.

"갑니다." 그가 경고한다. "왼쪽으로 슬리핑해요."

하지만 나는 오른쪽으로 머리를 젖히고, 그의 미트가 내 머리를 아슬아슬하게 지나간다. 가끔 나는 인지 기능이 손상된 게 아닐까라는 생각이 든다.

"제대로 맞았으면 아팠을 거예요. 잠깐뿐이겠지만."

"빌어먹을! 왜 난……."

"정신 차려요, 다시 갈 테니까. 왼쪽으로 슬리핑해요. 왼쪽."

나는 고개를 왼쪽으로 밀치며 다시 시도한다. 이번에는 제대로다.

"한 번 더 해요! 어서!" 나는 소리친다.

"갑니다. 왼쪽으로 슬리핑."

"다시요!" 나는 이런 요구를 자유롭게 외칠 수 있고, 그는 그 요구를 듣고 충족시켜준다.

나는 왼쪽으로 고개를 젖힌다. 반복 학습의 효과가 나타난다.

"직접 해보고 배우는 스타일이군요." 존이 말한다. "당신은 몸으로 느낀 다음 익히는 스타일이에요. 말로만 들어서는 안 되죠. 이제 좀 쉬어요."

나는 휴식을 취하고, 시간은 금세 지나간다.

"시간이 더 필요해요?" 존이 묻는다.

"아뇨, 괜찮아요." 나는 거짓말을 한다.

"좋아요, 그럼 잘 들어요. 이제 우린 오른손 콤보를 할 거예요. 오른쪽 어깨를 말아야 해요. 더블 잽, 어깨, 오 오! 그거에요……. 몸을 내리지는 말고. 몸을 내릴 필요는 없어요, 그렇지! 바로 어깨를 돌려요. 잘했어요!"

"잠깐만요." 나는 숨을 헐떡인다. "그럼 슬리핑할 때 보통 이렇게 움직이는 건가요? 아니면 새로운 기술인가요?"

"새로운 기술을 약간 더 한 거죠. 어깨의 움직임을 좀 더 강조해서. 처음에 가르칠 때는 그냥 양옆으로 움직일 뿐이지만…… 의미 있는 기술이에요."

의미 있다라. 그 말은 위엄 있고 진지하게 들렸다. 언젠가 중요하게 쓰일 거라는 말처럼.

"좋아요, 갑시다! 슬립! 좋아요! 다시! 슬립! 잘했어요, 베이비! 한 번 더! 슬립! 팔꿈치 올리는 거 잊지 말고. 내가 오른손으로 다시 카운터를 날리는데 당신의 팔꿈치가 올라와 있지 않으면 당신은 몸이 완전히 열린 상태가 되는 거예요……. 해봐요. 그렇지! 하하! 이제 말이 통하네."

나는 자부심과 환희에 찬 묘한 비명소리를 내지른다. 전에는 한 번도 내 입에서 나온 적이 없는 소리다.

우리는 둘 다 웃는다.

"바로 그거예요, 교활한 여우 같으니라고. 좋아요! 다음은 어퍼컷이에요. 타이트하게, 탕 탕, 좋아요."

헙. 퍽. 나는 신음소리를 내며 펀치를 휘두른다.

"좀 더, 세 번 더. 어서."

탁, 탁.

"두 번 더!"

탁, 탁.

"마지막 한 번! 움직여요!"

나는 불이 난 건물에서 탈출하듯 분노와 힘과 확신을 실어 레프트 훅을 뻗는다. 갑자기 상처받고 굶주린 사람들, 상처받기 쉽고 감금되어 있는 사람들의 모습이 떠오른다. 나는 그들을 위해 싸우고 있다. 그 모습들이 중첩되면서 내게 힘을 준다. 이제 주먹을 날리고 움직이는 도중에 내 머릿속에 들어차는 건 강제수용소 희생자들의 모습이다. 이런 적은 처음이다. 나치. 나는 나치에 분노한다. 나는 나치가 밉고 그들을 죽이고 싶다. 나는 나뿐만이 아니라 고통 받고 희생당한 사람들을 위해 주먹을 날린다.

"무슨 일이에요?" 존이 물었다.

"왜요?"

"주먹이 갑자기 너무…… 세져서요."

"말해줄게요." 나는 숨을 헐떡이며 말했다. "갑자기 사람들의 모습이 떠올랐어요." 나는 존에게 내 머릿속에 떠오른 모습들을 설명했다.

"집단적 분노와 접속한 거군요."

나는 마치 환각제를 복용한 듯했고 그런 내게 존은 안내자였다.

"집단적 분노라." 나는 한숨을 내쉬었다. "이상한가요?"

"전혀. 다시 해 봐요. 뭐든 좋으니까."

《다윗의 별들: 저명한 유대인이 말하는 유대인의 삶Stars of David: Prominent Jews Talk About Being Jewish》에서 저자인 아비게일 포그레빈은 영화감독 스티븐 스필버그에게 유대인으로 자라면서 겪은 일에 관해 묻는다. 그는 캘리포니아 북부의 고등학교 3학년 시절에 '유대인이라는 이유로 입을 강타당한 적이 있다'고 말한다. 배에 발길질도 당했다. 남학생들은 그에게 동전을 던지고 그를 벽으로 밀쳤다. 그는 '그 아이들과 같이 집단 치료를 받는 상상을 한 적이 있다'고 털어놓는다. '왜 내 삶을 비참하게 만들었느냐고 물어보고 싶었죠.'

영화배우이자 제작자인 진 와일더Gene Wilder는 열세 살 때 어머니가 병상에 누워 있는 동안 사관학교에 보내졌다. 학교에서 유일한 유대인이었던 그는 사사건건 두드려 맞고 모욕을 당했다. 학생들은 아무도 눈치 채지 못하게 얼굴을 피해 시커멓게 멍이 들 정도로 두 팔을 때렸다. 어느 날 밤 집에 간 그가 저녁 식사 전에 옷을 갈아입을 때 어머니가 그 멍을 발견했고, 그를 학교에서 데리고 나갔다.

전 뉴욕 시 시장인 에드 코흐Ed Koch에게는 군대에 징병되면서 문제가 시작되었다. 한 군인이 그를 '이드(yid, 유대인을 비하하는 말—옮긴이)'라고 부르며 도발한 것이었다. 코흐 시장은 도발에 넘어가지 않겠다고 결심했지만 자신이 어떤 행동을 실제로 옮길 만큼 강하지 않다는 것을 알고 있었다. '몸을 키워서 그에게 도전할 거야.' 그는 맹세했다. 여전히 두들겨 맞기는 했지만 그는 시도를 해보았다는 것, '내가 그에게 덤볐다는 단순한 사실'만으로도 매우 자랑스러웠다.

영화감독인 마이크 니콜스Mike Nicols는 일곱 살이던 1939년에 나치를 피해 베를린을 탈출한 후 네 살짜리 남동생과 함께 뉴욕 시 해변에 도착했던 것을 기억한다. 그는 '난 영어를 할 줄 몰라요'라는 말밖에 몰랐다.

변호사인 앨런 더쇼위츠Alan M. Dershowitz는 자신의 저서 《후츠파Chutzpah》에서 1968년까지도 남아 있던 반유대주의의 냉혹한 사례를 이야기한다. 그와 그의 가족은 뉴욕의 파이어 아일랜드에 있는 휴양 도시, 포인트오브우즈에 들어갈 수가 없었다. 어떤 휴양지에는 '개, 유대인 출입 금지'라는 팻말이 공공연히 붙어 있었다. 코니아일랜드도 '유대인 출입금지'였다. 구인 광고에는 '기독교인만 지원 가능'이라는 말이 붙어 있었다. 매매로 나온 집에 '히브리인'에게 되파는 것을 금지한다는 지침이 붙어 있는 경우도 많았다.

포그레빈은 인터뷰를 통해 많은 유대인이 유대교 의식을 잘 준수하지 않는다는 사실을 알았다. 그들은 유대교에 대해 일부에서 '뷔페식'이라고 부르는 태도를 지지했다. 유대교 명절이든 유대교 관습이든 이것저것 마음 내키는 것만 지키는 것이다. 반면, 영화배우이자 제작자인 제이슨 알렉산더 같은 사람들은 유대인이 크리스마스 트리를 세우는 것에 선을 그었고, 《카디시Kaddish》의 저자인 레온 위셀티어는 대부분의 미국 유대인이 자신들의 종교에 무지한 무책임한 인간이 되었다고 단언한다. 그는 그런 이들에게 인내심을 보이지 않는다. 하지만 그의 비판 대상이 되는 많은 사람도 유대인이라는 정체성에 분명하지는 않지만 깊은 연대감을 표했다.

어린 시절의 나는 용서할 수 없을 만큼 매정했다. 나의 친척들도 '빈 주머니로 머릿속에 꿈만 가득차서…… 줄줄이 미국으로 들어온 빈털터리 유대인들'이었지만, 공감과 존경의 마음으로 그 말을 했던 작가 버드 슐버그와 달리 나는 그들의 과거가 무서웠다. 불안과 두려움만큼 호기심을 효과적으로 죽이는 건 없었다. 내게 '과거의 나라'는 더럽고 가난한 곳이었다.

하지만 권투를 시작하고 유대인 권투선수들의 이야기를 읽으면서 그 세부 이야기들은 새로운 생명력을 띠기 시작했다. 각각의 이야기는 풍성하게 짜여 두껍고 보석이 가득 박힌 소중한 배경에서 나왔다. 부모님이 살아계실 때 더 많은 걸 알 수 있었다면 좋았을 텐데. 레온 위셀티어도 말하지 않았던가. '조만간 뭔가가 너무 소중해져서 그것을 지키고 싶어질 것이다'라고.

외할아버지 이자도르는 다른 많은 남자처럼 나중에 가족을 부를 것을 약속하고 먼저 미국으로 왔다. 하지만 할아버지는 할머니를 곧장 부르지 않았고, 그가 다른 여자를 만났다는 소문이 돌았다. 흔한 일이었다. 먼저 간 남자가 미국식 생활에 젖어 유대 마을의 여자를 빨리 부르고 싶지 않은 것. 배신당한 여자는 랍비와 함께 양쪽이 모두 참석하는 공식적인 종교 절차 없이는 이혼을 할 수 없었으므로 남자를 찾기 위해 온갖 시도를 하지만 남자들은 발견되길 원하지 않는 경우가 많았다.

　할아버지는 군대에 들어가 제1차 세계대전에 참가했다. 수잔 언니는 제1차 세계대전 참전 용사의 후손 자격으로 장학금을 받고 시카고 대학에 들어갈 수 있었는데, 나는 이러한 세부 내용을 최근에야 알게 되었다.

　이디시어밖에 할 줄 모르던 여덟 살의 엄마는 바다를 건너 이상한 신세계로 끌려 왔다. 겁에 질리고 신앙심 깊은 할머니는 어디서 어떻게 유대교 의식을 지켜야 할지 알지 못했다. 나는 20대 초반에 뉴저지 주에서 시작해 맨해튼의 어퍼웨스트사이드까지, 그리고 다시 110번가에서 86번가까지 여러 번 이사를 다녔다. 옮길 때마다 내가 사는 동네와 주변 환경은 좋아졌고, 결국 나는 코네티컷 주에서 서너 곳을 옮겨 다니다 정착했다. 하지만 나는 늘 새로 이사 갈 동네를 답사하고 신중하게 골랐으며, 여러 집을 보러 다닐 수도 있었다. 근처에 영화관은 있는지, 좋은 서점이 있는지 등을 꼼꼼히 살폈다.

　여덟 살의 나이에 상상도 할 수 없었던 이상하고 커다란 배를 탄 엄마. 용광로 같은 이 나라에서 평화와 번영을 찾기를 바랐던 할머니. 그들은 어떤 기분이었을까?

　하루는 존이 체육관으로 들어왔는데 기분이 약간 가라앉은 게 보였다. "기분이 안 좋군요, 그렇죠?" "와, 예리한데요." 그가 말했다. 내게는 분명하게 보였지만 다른 사람들은 존의 미묘한 감정 변화를 알아차리지 못하는 것 같았다. 그들은 훈련이 있는 날 존이 자신들에게 무엇을 줄 수 있는지에 더 집중했으니 말이다. 그는 '오늘 윌리 펩Willie Pepp을 묻으러 간다'며, 장례를 치르기 전에 밤을 새우느라 수업에 들어가지 못한데다(존은 역사 학위를 눈앞에 두고 있었다), 새로 시작한 체육관, 밀린 고지서 처리 같은 잡다한 의무들 때문에 무력감이 든다고 불평했다. 내 기억에 따르면 윌리 펩은 베니 레너드의 전통을 잇는 페더급 챔피언으로, 존이 말썽을 피우던 어린 시절에 소중한 조언을 해준 사람이었다.

나는 존이 자신의 걱정거리를 나와 공유해준다는 사실에 기뻐하다가, 문득 그가 망사 가방에서 글러브를 한 쌍 더 꺼내고 있는 것을 알아차렸다.

"뭐예요? 그러니까 이건…… 내가……." 머리가 어지럽게 돌아가고 있었다. 그가 글러브를 낀 모습은 처음이었다. 존은 기꺼이 다른 사람의 의식을 잃게 만드는 사람이 아니었던가. 무슨 일이 생기려는 것일까?

"당신이 자신에게 날아드는 주먹에 익숙해졌으면 해서요. 자, 새끼 고양이들처럼 해보죠. 살살."

우리는 펀치를 주고받기 시작했다. "걱정하지 말아요." 그가 말한다. "다치게 하지 않을 테니까, 뒤로 물러나지 말고 나와 마주 서요." 나는 그의 리듬을 따라가려고 노력한다. 박자를 따라잡자 나는 좀 더 유연해지고 민감해진다. 우리는 한몸처럼 움직인다. 그건 보다 직관적이고 원시적인 느낌이다. 지나치게 생각이 많은 것. 그것이 적敵이다. 고등학교 시절, 1960년대의 반권위주의 호르몬에 불타오르던 나는 전국 우수학생회에 가입하라는 권유를 거절했다. 나는 바움가르트너 불어 선생님에게 우수학생회는 엘리트주의적인 단체로, 거기에 가입하는 게 별로 명예롭다고 생각하지 않는다고 말했다.

"비니." 선생님이 생색내는 듯한 목소리로 말했다. "넌 책을 너무 많이 읽고 있구나."

존은 딱히 좋은 학생이 아니었다. 그는 자신이 영리하지만 게으르다고 생각했다. 그의 성적표에는 늘 '잠재력에 미치지 못함'이라는 평가가 적혔다. 그는 글 쓰는 것에 흥미를 갖고 있었고, 마크 트웨인의 책과 추리소설 시리즈 《용감한 형제들Hardy Boys》를 좋아했다. 6학년 때는 미키 스필레인(Mickey Spillane, 미국의 탐정소설 작가로, 폭력과 성적 방종이 특징인 대중소설을 썼다―옮긴이)을 알게 되어 그의 책을 학교에 가져갔다가 문제를 일으켰다. 선생님들은 난잡한 책이라며 그의 집으로 편지를 보냈다.

가죽 펀치미트를 치면 커다랗게 탁! 하는 소리가 난다. 운명, 끝에 이른 행동, 벽에 부딪힌 힘, 답을 찾은 질문 같은 느낌이다. 글러브

대 글러브는 모험, 들리지 않는 속삭임, 반주를 기다리는 한 자락 멜로디이다. 글러브 대 글러브의 결과는 어떻게 될까? 내 몸과 머리로 날아오는 존의 글러브의 결과는?

"갑니다." 존이 경고한다. "내 펀치를 받아서 밀어내요. 힘들이지 말고. 여기서 치워 버려야겠다는 듯이 경멸을 담아서, 그냥 밀어 내려요. 너무 힘들이지 말고, 과하지 않게. 그냥 방해물을 치운다는 느낌으로."

그렇게 불행한 출장 세일즈맨 아버지들과 마음에 장애가 있는 어머니들의 자식인 우리는 서로 주먹질을 했다.

마지막에 나는 한 라운드를 더 뛰자고 애원한다. "이런 중독자 같으니라고." 그는 말했다. 그리고 우리는 한 라운드를 더 뛰었다.

새끼 고양이처럼 권투를 한 날로부터 얼마 지나지 않아 존이 날 아마추어 시합에 초대한다. 시합은 토요일 밤이고 그날 나는 네 시간짜리 라디오 방송이 있다. 나는 이 시합에 가기 위해 마지막 두 시간을 대신해줄 DJ를 구한다. 나는 혼자 간다. 스콧에게 함께 가자고 청해보았으나 남편은 현장에서 권투를 보는 데 조금의 관심도 없고, 억지로 데려갈 이유도 없다. 내가 권투를 하는 것에 약간의 관심이라도 보였던 크리스틴은 마인에 있는 가족을 만나러 간다. 그밖에는 달리 청할 사람이 없다.

"저는 권투 시합에 갑니다." 방송에서 이렇게 알리는 내 목소리가 들린다.

나는 내비게이션을 켜고 고속도로를 지나 메리던의 시골길로 들어서서 시합이 개최되는 직업 고등학교를 찾는다. 학교가 사람들로 가득 차 있다. 존이 손님 명단에 내 이름을 올려두어 들어가는 데 아무 문제도 없다. 나는 권투 시합장이 설치된 커다란 체육관으로 들어간다. 중앙에 커다란 링이 있고 그 주위로 접이식 의자들이 가득 들어차 있다. 가장자리에는 스탠드석도 있다. 밝은 형광등 불빛이 작열하고, 체육관 안은 덥고 소란스럽다. 안으로 들어가자 링 가운데 턱시도를 멋지게 차려입은 존이 보인다. 그는 오늘 밤 시합의 링 아나운서로, 마이크를 들고 있다. 시합 사이의 비는 시간이라 타이밍이 좋다. 존이 재빨리 나를 발견하고 성큼성큼 다가와 내 손을 잡고 그의 사람들이 있는 자리로 데려간다. 모든 시선이 내게 쏠린 게 느껴진다. 짜릿하다.

거기서 나는 존의 아이인 켈리(열네 살)와 헌터(열두 살), 그리고 여자친구인 스테이시를 만난다. 스테이시의 사랑스러운 두 딸아이도 함께 있다. 사실 주위를 둘러보자 체육관이 아이들로 꽉 들어찬 게 보인다. 아이들은 자신들만의 유토피아에서 재미를 만끽하며 자유롭게 뛰어다니고 있다. 나는 존이 하나의 작은 왕조를 이룬 남자임을 알게 된다. 자식들, 여자친구들, 전 부인들, 전 여자친구들, 권투 수강생들로 구성된 왕조. 그는 이렇게 많은 사람을 어떻게 돌보는 걸까?

나의 권투 동기인 제니가 날씬해보이는 청바지와 부츠 차림으로 내 옆 자리에 앉는다. 늘 걸고 다니는 십자가 목걸이가 깊게 파인 니트 상의를 스치고, 우리는 포옹을 한다. 그녀의 아이들도 함께 와 있다. "마구잡이 펀치는 안 돼! 그만 잡아!" 시합 도중에 그녀가 소리친다. 존이 잘 가르쳤다.

나는 의자 끝에 걸터앉아 집중해서 시합을 지켜보며, 내 바로 앞에서 실제로 권투를 하는 사람들의 모습과 라운드 사이사이 DJ가 틀어주는 시끄러운 믹스 음악과 체육관 안의 에너지를 즐긴다. 사람들은 이곳에 즐기러 온 것이 분명하다. 이곳은 담배 연기 가득한 체육관과 피를 보여 달라고 소리치는 남자들, 커다란 모피 깃이 달린 코트에 하이힐을 신고 간당간당하게 서서 꼼꼼하게 손질한 머리 위로 땀이나 피가 날아오면 움찔거리는 여자들이 나오는 1940년대, 50년대 영화 속 이미지와는 확실히 다르다. 이 권투 시합은 가족 이벤트다.

그래도 링에서 벌어지는 일을 본다는 건 쉽지 않다. 너무 빠르다. 어떤 펀치가 날아가고 어떤 방어 동작이 취해지는지 보이지 않는다. 나는 한 번에 한 선수만 집중해서 지켜보려고 애쓰다가 그만 기운이 빠진다.

여기서는 시합과 시합 사이의 휴식 시간이면 노출이 많은 옷에 라운드 보드를 들고 링 안을 걸어 다니는 여자 대신, 흑인이나 라틴계 아이들이 지역의 가족 보험 회사나 식료잡화점의 광고판을 자랑스럽게 들고 나타난다.

오늘 밤의 광고판에는 그 지역의 실버시티 권투 도장 사람들과 시합을 갖기 위해 방문한 해병대 권투 클럽의 광고가 실려 있다. 사이드라인에서 서로를 향해 지시사항을 외치는 해병대의 응원이 감동적이다. '어서, 마르티네즈, 상대는 지치고 있어! 힘내! 하나─둘, 하나─둘! 이제 끝내버려!'

이것은 아마추어 경기이므로 모두가 헤드기어를 착용하고 있다. 몸무게가 각각 35킬로그램인 열한 살 가량의 소년 한 쌍도 시합 명단에 올라와 있다. 그들은 프로처럼 싸운다. 그들의 트레이너들은 땀을 뻘뻘 흘리며, 자식들의 축구 경기를 보며 흡족해하는 부모들처럼 흥분된 목소리로 어린 검투사들을 독려한다. '힘내라, 힘내! 잽! 그렇지! 할 수 있어!' 시합에 진 소년은 세상에서 가장 슬픈 얼굴을 한다.

존은 링에서 내려와 있을 때는 군중 사이에서 사람들과 포옹하고 웃고 멈춰 서서 이야기를 나누거나 아이들, 스테이시와 합류한다. 그는 가끔 우리 자리 뒤의 빈 의자에 앉아 자신의 메모를 검토한다. 시합이 끝나갈 즈음 그가 아이들을 포함해 모두의 귀에 들릴 만큼 큰 소리로 말한다. "그래, 비니, 이제 동정을 뗐군요."(내가 실제 시합에 처음 참석한 것을 두고 하는 말이다.)

"그러게요, 조금밖에 안 아프네요." 나는 얼굴을 붉히며 말한다.

"부드럽게 하겠다고 했잖아요." 존이 말하며 다음 시합을 알리기 위해 링 안으로 훌쩍 뛰어올라간다.

밤에 집으로 돌아간 나는 찍어온 사진들을 다운로드해 어린 소년의 시합 사진을 바탕화면으로 저장한다. 나는 매일같이 권투 자세를 취한 결연한 작은 몸과 환호하는 관중을 볼 수 있다.

13.

정신의

근육

코네티컷 주의 메리던은 인구 6만에 달하는 육체노동자들의 도시다. 내게 이 도시는 늘 개성 없고 약간 더럽고 우울한 곳이었다. 예전에 나는 그곳에서 열리는 재판의 배심원으로 뽑혀 갔다가 한두 시간 동안 재판에서 풀려난 적이 있었다. 점심을 먹을 수 있는 법원 맞은편 가게들 앞은 거의 텅 비어 있다시피 했다.

직업 고등학교에서 시합이 있은 지 몇 개월 뒤, 나는 실버시티 권투 도장이라고 알려졌던 '비트 더 스트리트 지역문화 센터'의 실제 권투 링에서 존과 훈련을 하기 위해 메리던으로 향하고 있었다. 1980년에 열여섯의 나이로 최초의 주 챔피언이 되었던 래리 펠리티어Larry Pelletier가 이 6천 제곱피트의 체육관과 피트니스 센터의 운영자이다. 그는 권투를 통해 도심의 아이들에게 자신감과 체계, 강한 정신력, 규율을 심어주려는 사명감에 찬 인물이다.

존은 내게 '뎀프시 바'라는 술집 주차장에서 만나자고 했다. 술집 위의 아파트가 그의 집이었다. 잭 뎀프씨, 전 헤비급 챔피언의 이름과 같으니 술집 이름으로 그보다 더 나은 이름은 없었을 것이다. 거칠어 보이는 남자들이 낡아빠진 건물 앞 구석에서 어슬렁거리는 곳이니 말이다. 잠깐씩 나타나는 불빛이 담배를 피우는 건지 대마초를 피우는 건지 의심스럽다.

"도착했어요. 쓰레기통 옆에 주차했어요." 나는 휴대전화로 존에게 말한다.

"신발만 신으면 돼요. 금방 내려갈게요." 그가 비상구처럼 보이는 뒷계단을 세 층 내려온다.

나는 존과 함께 내 운동 가방과 핸드백을 그의 브라바다 SUV 차량으로 옮긴 다음, 차 앞좌석으로 들어가 널려 있던 다이어리와 선글라스 케이스, 볼펜, 냅킨, 빈 다이어트콜라 캔들을 치운다.

"아이들을 태울 거예요." 이미 휴대전화 통화에 깊숙이 빠져 있던 그가 내게 말한다. 존은 휴대전화를 달고 살며, 늘 누군가와 뭔가를 조직하고, 권투 수업 시간을 정하고, 여자친구를 안심시키거나 자신의 아버지와 통화를 한다.

'어머, 그럼 우리 둘이서 사탕 가게에 가는 게 아니었네? 아이, 어른, 아이, 어른.' 내게 권투란 내가 아이인지, 어른인지를 결정하는 과정인지도 모른다.

메리던으로 가는 길에 나는 존의 가족 문화에 젖는다. 서로 놀리고, 화제에서 벗어나 딴소리를 하고, 거친 말과 헛소리가 난무하고, 아이들과의 즐거운 유머가 함께 하는.

"저기가 예전 도장이 있던 자리예요." 존이 철로를 따라 서 있는 텅 빈 가게 앞을 가리키며 말한다.

새 체육관의 위치도 별로 나을 게 없다. 전시의 베를린처럼 벽이 뭉텅뭉텅 떨어져 나간 폐건물과 맞붙은 곳이다. 거리 맞은편에는 집이 몇 채 있고, 사람들이 집 앞 계단에 앉아 있다. 뉴어크에서 우리가 그랬던 것처럼. 집안은 아니지만 집과 아주 멀지도 않은 작은 공간인 집 앞 계단은 그 자체로 하나의 다른 세상이었다.

우리는 스카치테이프로 벽에 8×10 크기의 권투 포스터들을 붙여 놓은 계단을 따라 이 창고 건물의 2층으로 올라간다. 체육관 안으로 들어가자 엄청난 움직임이 눈에 들어온다. 주로 히스패닉계 어린 소녀 10여 명이 바닥에 놓인 대형 카세트에서 나오는 음악의 리듬에 맞춰 작은 몸을 도발적으로 밀어젖히며 거울 앞에서 춤을 추고 있다. 그들은 춤에 완전히 빠져 있다. 바닥에는 여자 아이 둘이 앉아 그런 그들을 구경 중이다. 한 명은 자기보다 좀 더 나이가 많은 소녀의 무릎에 누워 머리를 땋도록 맡겨놓고 있다.

체육관 왼쪽에는 두 개의 권투 링과 운동 기구가 놓인 공간과 사무실처럼 보이는 골방이 몇 개 있다. 천장에는 무거운 샌드백이 대여섯 개 달려 있어서 헝클어진 머리에 수건을 두르고 맨가슴을 드러낸 청년들이 두들기고 있다. 그들이 우리를 흘끔거린다. 존의 딸 켈리는 휴대전화를 확인한 다음 그들을 유심히 바라본다. '비트 더 스트리트'에서 훈련하는 전직 권투선수가 존의 아들 헌터에게 다가와 오늘 밤에는 자기와 훈련을 하자고 제의한다. 헌터의 눈이 반짝이고, 존이 좋다는 승낙의 눈빛을 보낸다. 이제 모두 손에 붕대를 감을 차례다.

"장유유서 알죠?" 나는 손을 내밀며 말한다. 이들과 어떻게 어울릴지 모르겠지만 어울리고 싶다.

"좋아." 존이 우리의 위치를 정해준다. "헌터는 디아즈와 훈련을 하고, 켈리, 넌 내가 라이언과 두어 라운드 뛴 다음 여자 아이들과 훈련을 하는 동안 비니와 같이 샌드백으로 가서 몇 라운드 뛰고 있거라."

라이언은 그의 헌신적인 아버지와 함께 몇 분 전에 체육관에 들어와 있었다. 그는 처녀 출전한 아마추어 시합에서 승리를 거둔 열다섯 살의 소년 파이터로, 존이 골든글러브에 진출할 거라고 예언하는 선수다. 턱에 솜털 같은 수염이 약간 자란 섬세한 외모의 어린 소년이다.

라이언의 야외 시합이 있었을 때 나는 펄쩍펄쩍 뛰고 열광적인 소녀 팬처럼 소리를 지르며 시합을 지켜보다가 그가 시합을 마친 후 링사이드 닥터인 사만다 데인에게 사후 검진을 받는 모습을 보았다.

"저 사람은 누구예요?" 선수들의 혈압을 재고 있는 빨간 머리의 의사를 처음 보았을 때 나는 존에게 물었다.

"선수예요. 좋은 선수죠. 같이 일한 적이 있어요. 브루클린의 글리슨 도장에서 권투를 했는데, 실력이 너무 뛰어나서 더 이상 시합이

들어오지 않아요. 많은 여자 선수에게 일어나는 일이죠. 너무 강해서 그들과 겨룰 다른 여자 선수들이 없는 거죠. 응급실 의사인데, 권투를 좋아해서 링사이드 닥터가 됐어요."

글리슨 도장에 대해서는 들어본 적이 있었다. 변호사, 의사, 회사 중역들이 링에 올라가 자기 자신을 시험하는 '화이트칼라 권투'라는 새로운 현상이 폭발적으로 터져 나온 진원지였다. 나는 사만다에게 호기심이 생겼다. 그녀도 나처럼 키가 작고 젊지 않은 나이였다.

켈리와 나는 체육관 끝, 춤추는 소녀들과 가까운 곳에 달린 샌드백을 고른다. 나는 최근에야 존과 샌드백 훈련을 시작했는데, 타이밍이 가장 중요한 그 훈련은 내게 절망을 안겨주는 괴물이었다. 먼저 샌드백을 살짝 밀어서 흔들리게 해 놓고, 샌드백이 다가오면 팔을 뻗어 주먹으로 세운다. 듣기에는 간단하지만 실제 해보면 그렇지 않다. 샌드백은 엄청나게 무겁고 제멋대로 빙빙 도는데다 타이밍이 맞지 않으면 팔과 어깨에 불쾌한 충격이 가해진다.

켈리는 능숙하게 샌드백을 친다. 어린 나이지만 지금까지 계속 샌드백을 쳐온 게 분명하다. 움직임에 힘이 있고, 상박upper arm이 대단히 잘 발달되어 있다.

"좋아요. 그걸로 1라운드." 존이 도장 맞은편에서 우리에게 소리친다. 쉬어도 된다는 뜻이다. 그는 라이언과 링에서 훈련을 하며 커다란 펀치미트를 사용하고 있다. 그렇게 큰 펀치미트는 본 적이 없다. 내게 익숙한 것들로 훈련을 하면 좋을 것 같지만 여기서는 특히나 '묻지 말고, 말하지 말자'는 내 원칙이 중요하다. 우리는 원정 훈련 중이고 여기서 공주 행세를 할 수는 없으니 말이다.

어린 소녀들은 몸을 쫙쫙 젖히며 춤을 추고, 음악은 요란하고, 실내는 믿을 수 없을 만큼 덥다. 섭씨 40도의 실내에서 한다는 비크람 Bikram 요가가 이럴 것 같다. 샌드백 치기 두 번째 라운드에 접어들자 땀이 무섭게 흐른다. 문득 바닥에 앉아 샌드백을 치는 우리를 보고 있던 어린 소녀와 눈이 마주치고, 우리는 서로를 보며 웃는다. 여기서는 이런 자잘한 행복들이 있다. 확실히 칵테일 파티에서 느끼는 것보다 더 많이.

우리는 링으로 불려간다. 라이언은 녹초가 되어 있고, 헌터는 옆의 링에서 디아즈로부터 잽에 대한 세심한 조언을 듣고 있다. 권투계의 어디를 가든 나의 귀는 내가 시도해볼 수 있는 기술과 비법을 향해 활짝 열려 있다. 내가 로프 옆에서 또다시 어정쩡하게 서 있자 켈리가 로프를 넘어 링으로 들어가는 법을 가르쳐준다. 제니는 자신이 살았던 수양 가정들 중에 농장이 있는 집이 있었기 때문에 로프를 넘는 게 쉽다고 말한 적이 있다. "나무를 가로질러 만든 울타리 사이로 들어가는 거랑 같거든요."

존이 우리에게 구령을 외친다. 켈리가 먼저, 나는 다음이다. 잽, 잽, 잽 라이트, 잽, 잽, 잽 라이트, 레프트 훅. 우리는 돌아가며 커다란 패드를 손에 낀 그와 훈련을 한다.

"로프 쪽으로 물러나요." 존은 그렇게 지시한 다음 한 명씩 돌아가며 패드로 우리를 마구 공격한다. 우리는 왼쪽 어깨를 떨어트려 그의 몸을 막고 오른손 글러브로 그의 팔꿈치를 밀어내 거리를 확보하며 라이트 크로스를 날린다. 내가 가장 즐기는 조합이다. 목이 마르다. 물병은 멀리 떨어져 있다. 엄청난 열기에도 누구 하나 물을 마시고 싶어 하지 않는 것 같다. 켈리는 자기 아버지의 얼굴에 대고 키득거리고 있다. 나는 물을 마시고 잠깐 쉬면서 이 놀라운 곳을 운영하는 선교사, 래리 펠리티어와 이야기를 나누기로 한다.

래리는 마흔세 살로, 낮에는 AT&T의 기술자로 일하지만 밤에는 테레사 수녀가 된다. 13년 동안 이 비영리 도장을 운영해 오고 있는 그는 아이들에게 대단히 헌신적이다. 나는 누렇게 바래가는 신문과 복사지 상자들 사이에 놓인 낡은 소파에 앉는다. 래리가 전화를 받는다. "어이, 무하마드, 자네 선수와 싸울 선수가 있어. 그래, 100킬로에……."

래리는 희끗희끗한 곱슬머리에 무테 안경을 끼고 있다. 프랑스—폴란드 혼혈인 그는 최근에 아이가 한 명 있는 상태에서 결혼을 했다.

그는 권투는 '물질세계를 능가하는 정신력'의 운동이라며, 그것이 자신이 아이들과 함께 나누고 싶은 교훈이라고 말한다. 육체적인 강인함이 아니라 정신적인 강인함이 중요한 운동, 살아가는 동안 유용한 도움이 되는 운동. 존은 권투를 배우는 아이는 친구들 앞에서 독후감을 발표하거나 학교 연극의 오디션을 볼 때 두려움이나 불안감을 덜 느끼게 될 거라고 자주 말한다.

우리가 앉아 있는 건물은 롤러스케이트장이었다가 덕핀 볼링장(duckpin, 필리핀 전통 볼링—옮긴이)을 거쳐 옷 공장이 되었던 곳이다. 래리는 하트퍼드 대교구에서 청년부 목사 수업을 받을 때 아이들에게 자신이 사랑하는 권투를 전하겠다는 비전을 갖고 있었고, 이제 그 것을 실천에 옮기는 중이었다. 그도 예전에는 권투를 좀 했지만 그 시절을 그리워하지는 않는다. "우린 힙합 댄스 반, 피트니스 반, 숙제 반, 권투 반, 네 살에서 아홉 살까지 어린이들을 위한 어린이 권투 반을 운영하고 있죠. 한 반에 스물다섯 명에서 마흔 명까지 있는데, 아이들이 나날이 얼마나 발전하는지 몰라요. 난 칭찬 받으려고 이 일을 하는 게 아니에요. 아이들을 위해 하는 거죠. 우리에겐 회비도 있어요. 열여덟 살 이상이라도 아직 학생이면 공짜지만, 직장인이 여기서 운동을 하고 싶다면 한 달에 25달러를 내야 하죠."

메리던까지 차를 몰고 와 이 체육관에서 운동을 하며 또다시 그 어린 여자 아이의 미소를 보는 것도 좋을 것 같았다. '그러자면 혼자 붕대 감는 것부터 먼저 배워야겠어.'

"60퍼센트가 히스패닉계고, 백인, 흑인, 황인종까지 다 있어요. 내 목표는 계속 이 체육관을 운영해서 지역사회에 굳건히 자리 잡게 하는 거예요. 비트 더 스트리트 센터에는 감옥을 들락거리는 아이들이 있죠. 지금 우린 총상을 입었던 어린 갱 단원 한 명을 훈련시키고 있어요." 다시 전화가 울리지만 그는 전화를 받지 않는다. 그는 자리에서 일어나 신문더미를 뒤적거린다.

"여기, 어린이 권투 반 사진을 보여 드리죠."

땀이 멎고 손의 떨림도 가라앉았지만, 내 눈알에서는 아직도 땀이 흐르고 있다. 내 눈알에서는 권투를 할 때만 땀이 흐르기 시작한다. 그건 이상하고 설명하기 어려운 느낌이지만, 그럴 때면 내가 뭔가

심오한 일을 하고 있다는 기분이 든다.

헌터가 들어오자 래리가 잠깐 자리를 비켜달라고 청한다. 헌터가 내 노트를 흘끗 쳐다본다. 내가 누구이며, 왜 자기 아버지가 자신들의 권투 세계에 나를 데려왔는지 궁금한 게 분명하다. 나는 존의 아이들에게서 어떤 결핍도 볼 수 없지만, 문득 아버지를 세상과 공유하는 게 얼마나 어려운 일일지 깨닫는다. 그건 내게도 어려웠던 것 같다.

"난 많은 사람에게 아빠예요." 존은 자주 말한다.

래리가 갱 이야기를 꺼냈으니 말인데, 존의 트레이너였던 조니 듀크는 자주 갱단의 전쟁에 끼어들곤 했다. 그는 마지막 순간에 끼어들어 두 집단의 리더들을 협상 테이블로 끌어냈다. 그 세계에서 백인 아이인 존은 이례적인 존재여서, 갱 단원들은 그가 미쳤거나, 이곳이 얼마나 무서운 곳인지 알만큼 똑똑하거나 아니면 단순히 중무장을 하고 있을 거라고 생각했다.

비행 청소년, 갱들의 협정, 경찰. 바로 〈웨스트사이드 스토리〉에 등장하는 이야기들이었다. 〈웨스트사이드 스토리〉를 뮤지컬과 영화로 모두 본 우리 자매들은 거실에서 사운드트랙을 틀어 놓고 춤을 추며 온 집안을 돌아다니곤 했다. 우리는 모든 노래의 가사를 외우

고 있었다. 그 노래들은 우리가 수없이 다녔던 장거리 자동차 여행
의 동반자였다.

'아이고, 크럽키 형사님, 이렇게 무릎 꿇고 빌어요. 사회병 있는
놈을 누가 사랑하겠어요……. 토니, 토니……. 투나잇, 투나잇…….
네가 제트단 단원이라면 처음 담배를 피운 날부터 마지막 죽는 날까
지 제트단 단원이라면……. 토니, 토니……, 투나잇, 투나잇.'

14.

챔피언

이야기

〈웨스트사이드 스토리〉에 등장하는 싸움은 1800년대 말과 1900년대 초 뉴욕 시, 로어이스트사이드의 동네 싸움과 비슷했다. 최고의 싸움꾼은 상대의 세력권을 빼앗거나 자신이 최고라는 주장을 뒷받침할 소유물을 가진 이들이었다. 거리는 위험해서 자신을 방어하지 못하면 밖으로 나갈 수가 없었고, 체구가 작은 베니 레너드는 자주 괴롭힘의 대상이 되었다. 아이들은 야구 방망이, 돌, 심지어는 석탄에 뭉친 눈덩이까지, 뭐든 눈에 띄는 것을 들고 싸웠다.

베니의 삼촌은 괴롭힘을 당하는 조카를 가엾게 여겨 실버힐 도장에 데려가 권투를 배우게 했다. 그렇게 열한 살이 되자 베니는 8번가의 내로라하는 권투선수가 되어 있었다. 그는 불량배들과 맞서길 좋아했을 뿐만 아니라 유대교 예배당에 가던 길에 희롱을 당하는 나이든 유대인 여자들을 보호할 만큼 정의로운 소년이었다. '게토의 마법사' 베니 레너드는 갱단의 전쟁과 불법 권투 시합, 밀조주를 둘러싼 싸움을 두루 거치며 열다섯 살이 되었다.

선수들은 굶주렸다. 대전료가 따뜻한 식사 한 끼이거나 몇 달러에 불과했다. 권투계의 권력 구조는 처음에는 아일랜드인이 장악하다가 점차 유대인과 아일랜드인이 양분하면서 둘 사이에 눈에 띄는 경쟁관계가 자라나고 있었다. 베니는 나의 아버지가 태어난 해인 1911년에 열다섯 살의 나이로 프로로 전향하기 이전에 많은 아일랜드 선수들과 싸웠다. 그의 어머니인 미니는 권투선수 아들을 둔 유대인 어머니 대부분이 그런 것처럼 아들이 다칠까 두려워했다. 베니는 어머니에게 자신의 권투 훈련을 숨기려 노력했지만, 돈이 들어오자 계속 권투를 해야 한다는 것이 확실해졌다.

베니는 라이트급이었고, 대다수 유대인 선수들처럼 실팍한 근육질 몸을 갖고 있었다. 사람들은 그를 신사에 대단히 영리한 사람이라고 여겼다. 그는 인도주의적인 목적을 위해 싸웠는데, 한 기자는 "베니 레너드는 반유대주의를 정복하는 데 교과서보다 더 큰 역할을 했다"라고 적었다. 베니는 뛰어난 풋워크와 영리한 방어 전략을 개발하며 학자처럼 시합을 연구했다. 그는 가장 강한 선수는 아니라고 여겨졌으나 정확하고 빠르고 타이밍 좋은 주먹으로 모든 것을 바꾸어 놓았다.

제1차 세계대전이 터졌을 때 베니는 나의 할아버지 바니처럼 군대에 들어갔다. 그리고 전쟁에서 돌아온 뒤에는 모두와 가리지 않고 싸우며 몇 가지 사업을 벌일 만큼 상당한 부를 축적했다. 그러나 그는 대공황기에 모든 것을 잃었고, 서른다섯의 나이로 돈을 벌기 위해 다시 권투를 시작해야 했다.

베니 레너드와의 만남을 상상하면 〈뉴요커〉지의 기자이자 작가인 A. J. 리블링이 '8번가의 우주'라 불렸던 악명 높은 스틸먼 도장에 우리가 함께 있는 모습이 그려진다. 여자라고는 없는 그곳에 내가 어떻게 들어가 있는지는 모르겠지만, 그런 게 상상의 아름다움 아니겠는가.

베니는 나를 데리고 계단을 올라 처음 그가 스틸먼 도장에 오게 된 이야기를 들려주기 시작한다.

"우린 전부 빌리 그럽 도장에 다녔더랬어요. 116번가의 사람들까지 모두가 훈련하던 곳이었죠. 그런데 어느 날 어디로 튈지 모르는 그럽이 유대인을 깔보는 식으로 말을 하기 시작하는 거예요. 술에 취해서 한 말이기는 하지만 우리가 제1차 세계대전의 원인이라고 말이에요. 그래서 사람들을 모두 데리고 그곳을 나왔죠. 그리고 원래는 할렘에 있다가 나중에 8번가에 진짜 도장을 차린 스틸먼 도장을 찾아갔어요."

레너드는 바니 로스처럼 미남도 아니고 악마적인 매력의 소유자도 아니었지만, 한 올도 흐트러짐 없이 단정히 빗어 넘긴 검은 머리에 언제까지고 그의 말에 귀 기울이고 싶을 만큼 뛰어난 언변의 소유자였다.

나는 높은 천장을 올려다보다가 시선을 내려 일렬로 늘어선 접이 의자들을 바라본다. 거기에 앉아 입에 시가를 물고 가끔씩 바닥에 침을 뱉기도 하는 사내들의 모습이 떠오른다. 양쪽으로는 두 개의 링이 서 있다.

"스틸먼이 정확히 누구예요?" 나는 묻는다. 우리는 낡은 금속 접이 의자에 앉는다.

"아, 그게 미스터리란 말이죠. 어떤 사람들은 그가 한때 경찰이었다고 하더군요. 어쨌든 내가 아는 한 가지는 날카로운 금속 조각 같은 사람이라는 거예요. 늘 소리를 지르고, 부드러운 구석이라고는 없는 사내였죠."

창문들이 본드로 붙여 놓은 듯 단단히 닫혀 있고, 여기저기 패인 자국이 많은 좁은 녹색의 금속 라커가 벽을 따라 늘어서 있다.

조지 플림턴George Plimpton은 직접 선수로 뛰면서 각종 경기를 익힌 기자로, 권투도 그가 배운 운동 중 하나였다. 그는 '체험 저널리즘(immersion journalism. 취재 대상에 적극적으로 개입하여 1인칭 시점으로 기사를 서술하는 방식-옮긴이)'의 창시자였다. 플림턴은 끔찍한 병에 걸릴 수 있으니 스틸먼 도장은 피하라는 트레이너의 애원에도 권투선수로서의 짧은 경험을 위해 그곳을 찾았다가 다음과 같이 그곳을 묘사했다.

어두침침한 계단을 올라가면 옛 대형 범선의 받침대 같은 어두운 아치형 방이 나왔다. 눈이 어둠에 익기도 전에 소리가 먼저 들렸다. 착착 줄넘기 하는 소리, 가죽 장갑이 퍽퍽 하고 샌드백을 때릴 때마다 샌드백이 흔들리며 쇠사슬이 삐걱대는 소리, 탈탈거리는 스피드백 소리, 슥삭슥삭 운동화와 링의 캔버스 바닥이 부딪치는 소리(링은 두 개였다), 선수들이 코로 숨을 들이마시고 내쉬는 소리, 3분마다 울리는 날카로운 공 소리. 악취가 풍기는 해질녘의 정글 같은 분위기였다.

달리 말하자면 스틸먼 도장은 그야말로 쓰레기장이었다. 위대한 안젤로 던디Angelo Dundee와 무하마드 알리의 트레이너는 그곳의 창문들이 '한 번도 열린 적이 없는 탓에 겹겹의 오물이 떡처럼 달라붙어 비둘기마저 안을 들여다보기를 포기한 먼지의 기념비'라고 말했다. 대중의 사랑과는 거리가 멀었던 학자 타입의 권투선수, 진 터니Gene Tunney는 그 악취를 도무지 믿을 수가 없었다고 말했다. "신선한 공기로 환기 좀 시키죠." 그가 말하자, 페더급 챔피언이었던 조니 던디Johnny Dundee는 이렇게 대답했다. "신선한 공기? 그딴 짓을 했다가는 다 죽을 거요!"

"하지만 매디슨 스퀘어가든에서 두 블록 밖에 떨어져 있지 않은데 그보다 더 완벽한 도장이 어디에 있겠어요?" 베니가 묻는다.

"스파링을 하고 나면 우리는 모두 '뉴트럴 코너'라는 바bar로 내려갔어요." 베니의 말이 이어진다. "8번가에도 '링사이드'라는 바가 있었지만 '뉴트럴 코너'가 좋았죠. 오후 3시에서 5시 사이의 낮잠 시간이면 전부 다 거기서 볼 수 있었어요. 스틸먼 도장은 그 시간에 문을 닫았기 때문에 10센트에 맥주를 마시면서 온갖 이야기들을 들을 수 있었어요."

"레너드 씨, 거기서 제 친구인 스티브 아쿤토Steve Acunto를 한 번 만나신 적이 있는 걸로 아는데요?" 내가 말한다.

"아, 가만 보자. 조그만 친구? 강단 있고? 라이트급? 그래요, 생각나요. 스틸먼 도장에 들어갔는데 그 친구가 링에 있었죠. 루 앰버스Lou Ambers라는 잽이 아주 센 훌륭한 라이트급 선수와 같이 훈련을 하고 있었어요. 난 곧장 다가가서 말했죠. '어이, 누가 당신한테 그런 스타일을 가르쳐줬소?' 왜냐하면 내 권투 스타일과 같았거든요! 그 친구가 '당신 시합에 관한 필름을 전부 보고 있어요!'라고 하더군요. 그래서 그를 데리고 내려가 '라이커스'에서 차를 한잔 마셨는데, 날 우러러보더라고요. 내가 나이가 더 많으니까 먼저 한참 동안 이야기를 했는데, 넋을 놓고 듣더군요. 난 권투가 험하지만 과학적인 운동이라는 말을 했어요. 정말로 그러니까 말이에요. 권투는 내게 어느 대학보다 더 많은 걸 가르쳐줬어요. 날 진짜 남자로 만들어줬죠. 나한테 자식이 생겨서 권투에 대해 알고 싶어 한다면 난 망설이지 않고 아주 세세한 부분까지 알려줄 거예요. 권투가 내게 삶을 선사했으니까."

나는 우리 앞에 있는 두 개의 링을 둘러보며 그곳에서 죽어라 훈련했던 위대한 선수들을 상상했다.

"뭐…… 더 물어볼 거 있어요?" 베니 레너드가 묻는다.

"네, 있어요. 제가 힘이 별로 세지 않거든요. 그러니까 힘이 없지는 않지만, 남자들이나 저보다 강한 여자들만큼 제 팔을 강하게 만들 수 있을지 모르겠어요. 유전과 관계가 있는 것 같기도 하고요. 웨이트 기구로 운동을 하지만 제 라이트 크로스가 더 강해질 수 있을지 모르겠어요." 나는 말한다.

"이거 봐요. 내 KO율도 썩 훌륭하지는 않아요. 사실 나 역시도 별로 힘이 세지 않았죠. 하지만 난 절대 같은 실수를 반복하지 않았어요. 난 모든 걸 다 살폈죠. 정신을 차리고 방심하지 않았어요. 상대를 평가한 다음 전략을 개발하세요. 그러면 잘 할 거예요. 정확성. 정확성을 절대 포기하지 말아요. 누군가 '쉬면 녹슨다'라는 말을 한 적이 있죠. 도움이 되나요?" 레너드가 날 바라본다.

"그럼요. 베니 레너드의 조언을 듣다니, 믿기지가 않아요. 〈주이시 데일리Jewish Daily〉지의 게시판에서 그런 말을 읽은 적이 있어요. 당신이 아인슈타인보다 더 위대하다고 말이에요."

"아니, 어떻게 그런 말을?" 레너드가 자신의 신발을 응시하며 말한다.

"미국에서 처음 아인슈타인을 알았던 사람은 수천 명에 불과했지만 당신은 수백만 명이 알았기 때문이라는 거죠."

"유대인 신문들은 프로 권투를 잘 알지 못했어요." 레너드가 말한다. "하지만 그들도 그 인기에 대해서는 알았던 것 같군요."

스틸먼 도장의 퀴퀴한 공기가 거슬려 나는 베니 레너드에게 작별을 고한다. 권투 역사학자 버트 랜돌프 슈가Bert Randolph Sugar는 베니 레너드에 대해 이렇게 말했다. "베니 레너드는 양파 같은 인물이다. 껍질을 벗길수록 더 많은 게 나오기 때문이다. 레너드는 권투 역사상 가장 완벽에 가까운 선수다."

작은언니 수잔이 태어난 해인 1947년에 베니는 맨해튼의 세인트닉 체육관에서 심판으로 일을 하고 있었다. 그는 쉰한 살에 관상동맥 혈전으로 세상을 떠났다.

15.

스파링

　이제 나는 나만의 권투 글러브를 갖고 있으며, 권투 잡지 〈링〉을 읽고, 기회가 있을 때마다 TV로 권투 시합을 시청한다. 스콧이 레드삭스 경기에 들러붙어 있어도 더 이상 불평을 하지 못한다. 그가 침실에서 야구를 보는 동안 나는 거실에서 다른 TV로 서로 주먹질을 하는 남자들을 보기 때문이다. 가끔 스콧이 내가 있는 거실로 건너오면 우리는 그저 서로를 쳐다보며 웃을 따름이다.

　권투를 하러 가지 못하는 주가 생기면 불안하고 짜증스러운 기분이 들었다. 나는 새로 장만한 **빨간색** 글러브가 마음에 들었고, 모노그램을 새겨 넣을까 생각 중이었다. 기본적으로 모든 글러브가 다 똑같아서 구분이 되지 않았기 때문이다. 하지만 그게 조잡해 보일지 멋져 보일지는 알 수가 없었다.

이제 우리는 정기적으로 글러브를 끼고 훈련을 했다. 존은 글러브가 내 손에 붙기를 바랐다. 하지만 훈련 중반에 이르면 오른쪽 약지와 엄지의 감각이 사라졌다. 그러면 우리는 글러브를 벗고 권투붕대를 새로 감은 다음 다시 글러브를 꼈다. 하지만 나는 계속해서 같은 문제에 부딪혔다. 결국 존은 내 글러브를 자신의 집으로 가져가기로 했다. "한동안 내가 끼고 훈련을 할게요."

그 뒤로는 감각이 사라지는 증세가 보이지 않았다. 그가 내 글러브를 껴 준 덕분에 글러브가 성유를 바른 듯 강해진 것 같았다.

전용 글러브가 생겼다는 건 내 물건을 넣어 다닐 가방이 필요하다는 뜻이었다. 나는 글러브와 권투붕대(역시 내 전용인), 물병, 데오도런트(deodorant, 땀 냄새 제거 및 억제 제품—옮긴이), 갈아입을 옷, 소화제(권투를 하다보면 가끔 소화가 안 되는 경우가 있었다)를 가방에 넣어 짊어지고 다녔다. 간식으로 양배추 롤만 추가되면 완벽한 '권투용 외출 세트'가 완성될 것 같았다. 나는 이 가방을 새 모이와 개 수건을 넣어둔 부엌 등나무 서랍장에 보관했다. 그러던 어느 날 체육관에서 글러브를 꺼내는데 새 모이가 쏟아졌던지 안에서 조그만 엉겅퀴 씨들이 쏟아져 나왔다. 내가 치우겠다고 나섰지만 존이 직접 진공청소기로 어질러진 바닥을 치웠다.

이제 내 서재 벽에는 라일리 알리, 루시아 리커, 무하마드 알리의 사진들이 걸려 있었고, 나는 섀도복싱을 하며 집안을 돌아다녔다. 권투 훈련이 없는 날에는 근처 헬스클럽을 찾아 스팀사우나를 하고 러닝머신을 뛰고 웨이트 기구를 들어 올렸다. 점점 더 강해지고 날 씬해지는 느낌이 들었다. 숲에서 산책을 할 때도 스콧의 걸음을 따라가는 데 더 이상 문제가 없었다. 거울에 비친 내 실루엣은 여전히 컸지만 나는 그 모습을 감탄의 눈으로 바라볼 수 있었다.

그러다 그날이 다가왔다. 사전 경고도, 힌트도, 징조도 없이.

체육관에서 펀치미트를 낀 존과 라운드를 뛰던 중이었다. 우리는 끊임없이 CD를 바꾸어가며 배경음악을 바꾼다. 다른 트레이너들이 가끔 틀어놓고 나가는 늘어지는 포크록은 우리의 입맛에 맞지 않는다. 존의 말에 의하면 그건 '몸을 취하게 만드는 음악'이다. 우리는 귀에 거슬리는 헤비메탈도 좋아하지 않는다. 일렉트로닉 뮤지션 모비Moby가 최고다. 휘몰아치는 퍼커션 소리가 불러일으키는 고조감이 좋다. 내가 휴식시간에 마음에 드는 CD를 골라서 돌아서는데 존이 허리를 굽혀 다른 가방에 손을 집어넣고 있다.

가방 밖으로 헤드기어가 나온다.

'맙소사, 난 아직 준비가 안 됐는데. 못해. 뒤구르기는 못한다고. 다음에 할게. 어쩌면 나도 수처럼 펀치미트 훈련은 좋아하지만 스파링은 필요 없는지도 모르잖아.'

"존?" 나는 갈라진 목소리로 그를 불렀다.

"걱정하지 말아요."

"아니, 잠깐만요……. 잠깐만."

"아니, 이제 때가 됐어요."

그는 무섭게 생긴 검은색 가죽 헬멧을 들고 곧장 내게 다가온다. 그리고 머리카락을 귀 뒤로 살짝 넘긴 다음 내 머리에 헬멧을 씌운다. 나는 왕관을 쓰고 있지만, 그건 폐쇄공포증을 유발하는 무서운 왕관이다. 그가 목에 끈을 묶기 시작한다. 이제 내 머리에는 검은 윤곽이 드리워져 있고, 뺨이 보호되고 코와 입이 툭 튀어나와 있다. 나는 거울을 흘끔 쳐다본다. 매력적이지 않다. 뚱뚱한 사도마조히즘 애호가처럼 보인다.

존도 헬멧을 쓰고 거울 앞에서 끈을 조절한다.

우리는 서로를 마주보고 선다.

"존, 할 말이 있어요."

그는 말없이 기다린다.

"사실은 당신이 날 다르게 대할까봐 말하고 싶지 않았어요. 날 아주 조심스럽게 다룰까봐서요. 하, 하. 그런데 사실 난…… 목에 디스크가 있어요. C5번이요. 퇴행성관절염이라나 뭐라나…… 게다가…….'' 나는 과호흡을 일으키다시피 한다. '생리 중이에요. 보트를 타게 해주세요.'

"다치게 하지 않을게요."

"좋아요."

"당신한테 절대 오른손을 사용하지 않을 거예요."

그러자 갑자기 마음이 놓이면서 별것 아닌 일이 된다. 그렇게 나는 숨겨왔던 나의 질병 중 하나를 실토해 버렸고, 존은 무척 당황스러워한다. 하지만 그는 훨씬 더 안 좋은 경우도 많이 보았을 것이다. 그의 학생들 중 많은 수가 중년 여자들이므로 아픈 무릎이나 등, 고혈압, 그밖의 온갖 증상에 관한 이야기가 많을 게 분명했다. 아니면 모두 숨기면서 터프한 척하고 있는 걸까?

나는 존이 헬멧을 벗은 다음 날 앉혀 놓고 '재미있었지만 더 이상은 안 되겠어요. 너무 위험해요'라고 말할까봐 두렵다.

"좋아요. 머리에 쓴 헬멧에 익숙해지려면 시간이 좀 걸릴 거예요."

"그러네요. 우선 무엇보다 앞이 안 보이는 것 같아요."

"그렇지는 않아요. 이제 뭘 할 거냐면, 헬멧에 익숙해진 다음 잽을 날릴 거예요. 자, 시작해요! 잽!"

나는 수없이 되풀이한 덕분에 이제는 몸에 익은 잽을 날린다. 하지만 어디를 맞혀야 할지 알 수가 없다. 펀치미트가 없으니까! 그래서 나는 존의 방향으로 애매하게 팔을 뻗는다.

"…… 당신의…… 얼굴로요?"

그가 웃는다.

"그래요, 내 얼굴로! 잽!"

나는 이번에는 왼손을 앞으로 가져와 좀 더 높은 위치에서 좀 더 중앙을 향해 찌른다. 펀치미트는 늘 양쪽 옆으로 빠져 있었다. 나는 존의 눈과 코를 보며 앞으로 밀고 나간다. 그는 능숙하게 내 주먹을 피한다. 나는 아무것도 맞히지 못했다.

"다시, 다시! 잽, 잽, 원-투!"

나는 허우적대며 앞쪽, 오른쪽으로 잽을 날리며 그와 함께 원을 그리며 돈다.

평소보다 훨씬 더 빨리 숨이 찬다. 존이 내게 자신을 치라고 할 뿐만 아니라 팔을 뻗어 날 치려 한다는 사실도 나를 당황하게 만든다. 그의 주먹이 와서 부딪히는 힘이 느껴진다. 결코 강하지는 않지만 뭔가가 날 공격하고 있다는 사실에 나는 엄청난 충격을 받는다. 존이 날 공격하고 있다. 이제 나는 조심해야 한다. 나는 그가 했던 말을 모두 기억해내려 애쓴다. 늘 자신을 보호하고, 손을 올리고, 얼굴을 가리고, 오른 다리를 뒤로 빼고, 손을 내리지 말고, 재빨리 잽을 날리고, 자세를 유지하고, 호흡하고.

"계속 잽을 날려요! 뭐가 있는지 보라고요!"

"무슨 말이에요? 뭐가 있는지 보라니?" 나는 헉헉대며 말한다.

"내가 어디 있는지 보란 말이에요. 당신의 사정거리를 찾아요."

사정거리? 모두 무의미하다. 나는 떨어져 있든 가까이 붙어 있든 그를 치지 못한다. 어느새 나는 그의 몸에 바짝 붙어 품위 없이 그의 몸통을 마구 두들기고 있다. 그저 그에게 기대 쓰러지고만 싶다. 이제야 왜 심판들이 그렇게 자주 떨어지라고 소리쳤는지 이해가 간다. 선수들이 서로 껴안는 건 잠깐의 휴식시간을 얻기 위해서이다.

"아니야! 너무 가까워, 물러서요!"

그의 말이 끝나자마자 나는 또 한 번의 공격을 막아낸다. 우리의 훈련이 이렇게 빠르고 복잡한 적도 없었고, 나 자신이 이렇게 무력하게 느껴진 적도 없었다.

탁! 하고 그가 내 머리 옆을 친다. 휙! 하고 팔들이 내 옆을 지나간다. 나는 그의 몸을 본다. 그는 약탈을 노리는 맹수처럼 나를 가늠하며 양옆으로 움직이고 있다. 나는 그의 움직임을 흉내 내보려 하지만 바보스럽게만 느껴진다. 그에게 닿기만 해도 좋을 텐데. 엄청난 절망감이 엄습한다. 그는 빠르다.

"잽! 2초 규칙을 이용해요! 2초가 지나기 전에 잽을 날리는 거예요. 계속 해봐요. 펀치가 안 맞아도 괜찮아요. 어느 선수든 맞히는 펀치보다 못 맞히는 펀치가 더 많으니까."

땡! 은혜로운 벨 소리가 나를 구했다.

"어때요?" 존이 묻는다.

"좋아요! 몹시 피곤하지만 좋아요!" 우리는 커다란 짐 볼에 잠시 앉는다. 대단히 편안하다. 나는 완전히 혼란에 빠져 있다. 내가 이런 걸 하리라고는 생각해본 적도 없었다. 무슨 생각이고 어떤 느낌인지 모르겠다. 단지 경험에 완전히 빠져들어 그게 어떤 느낌이든 그 느낌과 함께하겠다고 결심한다. 자신을 잊을 정도로 어떤 일에 완전히 빠진 상태를 다룬 미하이 칙센트미하이의 《몰입》이라는 책이 생각난다.

땡! 나의 구원은 끝이 난다. 나는 벌떡 일어나 존을 향해 움직인다. 쉬는 동안 내가 시도할 수 있는 움직임에 대해 생각하고 있었다. 잽을 날릴 것처럼 조금 물러섰다가 라이트를 던지면 어떨까? 페인트를 쓰는 것이다.

"갑시다! 밖에 뭐가 있나 봐요!" 존이 날 툭툭 친다.

나는 몇 차례 잽을 날린다. 익숙하고 믿음직한 잽이다. 페인트를 생각한다. 언제 쓸 수 있을까? 어떻게 하면 이 끊임없이 움직이는 목표물에 제대로 주먹을 먹일 수 있을까? 나는 마음의 각오를 하고 왼손으로 잽을 날릴 듯 몸을 약간 앞으로 숙였다가 쿵! 하고 라이트를 날려 존의 얼굴 정중앙, 코를 맞힌다.

"잘했어요! 바로 그거예요, 베이비. 날 속였어."

나는 성공에 들떠 허우적대며 그의 머리 옆에 레프트 훅을 시도한다. 그가 상체를 숙여 피한다. 내 몸이 거의 한 바퀴 돌아갈 뻔했다.

"절대 등을 돌려서는 안 돼요. 절대로. 안 그러면 라커룸에서 깨어나게 될 거예요."

신난다. 내가 이 남자를 때리다니. 맞히다니. 아주 기분이 좋다.

땡! 몇 라운드를 더 뛴 다음 존이 내 헬멧을 벗겨준다. 나는 땀을 뚝뚝 흘리고 있다. 우리는 포옹을 한다. 나는 울고 있다.

"당신이 정말, 정말 자랑스러워요." 그가 내 눈을 빤히 들여다보며 말한다. "이제 당신은 사람들 대부분이 절대 접해보지 못할 경험을 한 엘리트 그룹의 일원이 됐어요. 아주 잘 해냈어요."

세상에는 강한 사람들을 위한 특별한 장소가 있다. 두 사람이 육체적·정신적인 강인함을 시위하는 모습은 우리 내면의 깊은 곳을 자극하고, 그 자극은 용기를 불러일으켜 괴롭힘에 대항하고 사랑하는 사람을 보호하고, 필요하다면 끝까지 싸울 수 있게 한다.

나의 눈물은 기쁨의 눈물이다. 말이 쏟아져 나오기 시작한다. "혹시…… 그러니까…… 우리가 공개 시합을 할 수 있을까요……? 가족과 친구들을 초대해서…… 몇 가지 보여줄 수 있도록?"

"시합을 해서 일부러 져달라는 말이에요?" 존이 반쯤 심각한 목소리로 말한다.

"맙소사, 아니에요. 나만 좋게 보인다고 해도…… 아무도 믿지 않을 텐데……. 도장 홍보에 좋을 거예요…… 음악도 틀어놓고…… 내가 준비할 수 있는데……."

생각이 너무 앞서가고 있었다. 그래서인지 그 생각은 마치 산고의 진통 중에 무슨 말을 했는지 기억하지 못하듯 머릿속에서 깡그리 지워지고 없었다. 하지만 또 다른 아이디어가 떠올랐다. 권투 미츠바. 나는 권투 미츠바를 열고 싶었다.

"도장 홍보 같은 건 상관없어요. 당신을 위해 참여하죠. 당신을 위해서 하는 거예요."

나는 가방을 챙겨 밀포드 쇼핑몰로 차를 몰았다. 권투 훈련을 마친 뒤 주로 간식을 사거나 서점을 둘러보거나, 가끔 영화를 보러 가는 곳이었다. 나는 이번에는 파네라 커피숍의 벽난로 앞 탁자에 앉아 노트북을 켜놓고 미지근한 호박 수프를 먹으며 이메일을 확인한 다음 몇 분 안에 깊게 잠에 빠져들었다.

주문이 나왔음을 알리는 버저가 울리자 나는 앞으로 치러야 하는 라운드가 아직 하나 더 있다는 생각을 하며 잠을 깼다. 코를 골지 않았기를 바랐다. 황토색을 주조로 금색 장식물들과 벽에 그래픽 디자인을 넣은 파네라는 스타벅스 체인의 온화한 색감을 그대로 갖고 있다. 사람들이 주문한 음식을 받아가고 쟁반을 비우고 탄산음료를 리필한다. 한 여자가 유모차에 앉은 아기에게 우유를 먹이고, 정장 차림의 남자들이 사업 이야기를 하며 큰 소리로 웃는다. 어느 조용한 커플은 시무룩하게 포크로 접시 위 음식을 이리저리 밀어내고 있다.

나는 내 겉모습이 여전히 같다는 것을 안다. 음식을 음미하는 유쾌한 중년 여자의 모습. 하지만 내 안에는 존과 나만이 아는 승리가 깊숙이 자리 잡고 있다. 나는 그것을 키우고 음미할 것이고, 그것은 점점 더 자라날 것이다. 나는 이미 그것이 내 마음속에서 자라고 있음을, 조그만 아기처럼 손가락, 발가락을 펴며 미래를 향해 움직이고 있음을 느낄 수 있다.

16.

만들어진
여자

오른쪽 다리에 심각한 통증을 느끼기 시작했을 때 나는 이미 권투 훈련을 일주일에 두 번으로 늘린 상태였다. 기분 좋게 쇼핑몰을 걸어 다니다가도 내 다리는 묵직하니 피로하고 때로는 욱신거렸다. 계속 걸으려면 자리에 앉아 다리를 올리고 5분간 쉬다가 일어나야 할 때도 있었다. 혹시 이 통증이 이제는 다 나은 골절과 관련이 있는 건 아닐까? 나는 걱정이 되기 시작했다. 하지만 이번에도 나는 존에게 통증에 대해 말하지 않았다. 불평하고 싶지 않았다.

올리버 색스의 영화 〈사랑의 기적〉에서 로버트 드니로는 엘도파 L-dopa라는 실험약 덕분에 몇십 년 동안의 코마 상태에서 깨어나 새롭고 신나는 세상으로 돌아온 환자로 나온다. 그러나 비극적이게도 약의 효과가 떨어지며 그는 다시 의식을 잃는다.

나도 권투라는 새로운 세상을 발견했으나 이 꿈에서 깨어나 다시 졸리고 느린 세상으로 돌아가게 되는 건 아닐까? 나의 권투 훈련은 부상으로 시작해 부상으로 끝나는 걸까? 1954년의 고전 영화 〈워터프론트On the Waterfront〉에 나오는 전 프로 권투선수 테리 말로이Terry Malloy의 유명한 대사는 늘 내 아버지의 마음을 울렸다. '넌 이해 못해! 나도 도전해볼 수 있었어. 지금 같은 부랑자가 아니라 대단한 사람이 될 수 있었다고.'

일단 스파링을 시작하고 나자 그것은 우리의 고정 훈련이 되었다. 나는 훈련어 있는 날이면 내가 시도해볼 수 있는 펀치의 조합을 생각하며 체육관으로 향했다. 보디블로를 넣을 수 있겠지, 좀 더 움직일 수 있겠지. 우리는 한동안 펀치미트로 훈련을 한 다음 헤드기어를 꺼냈다.

내 통증에 관한 이야기는 어느 월요일 저녁 존의 순진한 말로 시작되었다.

"주말에 당신 생각을 했어요."

"그래요?" 나는 펀치를 날리며 말했다. 펀치가 들어맞는 소리도, 존의 말도 다 마음에 들었다.

"당신의 스파링에 대해서 말이에요. 왜 안으로 파고드는 데 문제가 있는지, 왜 균형을 잃고 허둥거리는지. 그래서 알아냈죠. 당신의 자세 때문이에요."

"뭐라고요?" 나는 물었다.

"당신의 자세가 올바르지 않아요. 오른발을 좀 더 뒤로 빼서 바닥을 굳게 디뎌야 해요."

"이렇게요?" 나는 다리를 좀 더 벌리고 뒤쪽 다리에 팽팽하게 힘을 넣은 다음 주먹을 뻗기 시작했다. 새로운 문이 열리며 나는 더 강하고 더 유연해졌다. 흔히 일어나지 않는 일이었다. 존이 결정적인 부분을 알아차리고, 그에 따라 내게 변화가 일어나면 나의 권투 실력은 더 나아졌다. 그가 내게 중심근육의 힘을 이용해 몸을 조여 '콤팩트'하게 만들라고·하면 나는 내 몸이 탄탄한 작은 공처럼 줄어드는 것을 상상했다. 그때부터 나는 뒷다리를 더 팽팽하게 유지했다. 어쩌면 지나치게.

"샘이 당신에 대해 묻더군요." 존이 말했다.

"사만다 데인이요? 토너먼트 경기에 응급의로 왔던 사람? 뭘 묻던가요?"

"스파링을 하고 있냐고요."

우리는 앉아서 휴식 시간을 가졌다.

"아." 나는 들뜨는 기분을 감추려고 애썼다. "그래서 뭐라고 대답했어요?"

"하고 있다고 했어요." 그런 다음 그는 잠시 기다렸다. 묘하게 말을 흐리고 있는 듯했다.

"그러니까, 재미있을 거예요……. 자신의 체격과 비슷한 다른 여자와 스파링을 하면 말이에요." 샘은 나보다 훨씬 작고 마르고 튼튼했다. 물론 실제로 링에서, 또 글리슨 도장에서 다른 여자들과 시합을 한 경력도 있었다. 그리고 이기지 않았던가!

"그래서 말하는 거예요. 당신의 반응이 어떤지 보려고. 아직 준비가 덜 됐다고 생각하지만 말이에요. 샘은 아주 강해요."

"그럼요, 그럼요." 나는 벌써 머릿속으로 시합을 상상하며 중얼거렸다. "준비가 절대적으로 부족하죠. 그러려면 한참 걸릴 테고요. 하지만 흥미로운 생각이긴 하네요……."

'자, 그럼 어떻게 준비를 할까?'

그때부터 나는 존과 훈련을 할 때 샘 데인을 생각했다. 그녀의 작지만 탄탄한 몸을 떠올리며 내가 옹골차고 강인한 그녀가 되었다고 상상했다. 나는 그녀의 시합 비디오를 구하고 인터뷰를 읽었다. 그녀는 '모기'였다. 안으로 파고들어 상대를 물고 빠져나가는.

그 주에 나는 '모기'에게 전화를 걸어 '나도 권투를 배우고 있는데 권투에 관한 조사를 하고 있다. 함께 점심을 할 수 있겠느냐'고 물었다. 우리는 서로의 집 중간쯤에 있는 프렌들리스에서 만났다. 샘은 파트너인 실라와 함께 검은색 혼다 스포츠카를 타고 왔다. 그녀처럼 빠르고 힘차게 주차장 안으로 들어서는 스포츠카도 '모기' 같았다.

나는 치즈 토마토 그릴을 주문하고 크림소다를 마시는 샘과 실라를 지켜보았다. 샘은 당당한 체격의 실라보다 훨씬 몸집이 작았다. 하지만 둘 다 아주 조용하고 공손했다.

"권투에는 어떻게 입문하게 됐나요?" 나는 샘에게 물었다.

"워낙 활동적인 편이어서 다니던 알래스카 주의 조그만 고등학교에서 안 해본 운동이 없었어요. 가을에는 배구, 겨울에는 농구, 육상 스포츠는 일 년 내내 했죠. 간호대학을 다니는 동안은 줄곧 럭비를 했고요. 샌프란시스코, 산타로사, 미네소타 주, 북부 뉴욕 주로 옮겨 다니다가 로체스터 대학교 의과에 들어갔고, 레지던트 수에 비해 자리가 지나치게 적은 탓에 나중에는 코네티컷 대학에서 레지던트를 했어요. 거기서 응급 의학을 전공했고요. 그때부터 권투를 시작했죠."

"부모님도 활동적이셨나요?" 나는 거실 안락의자가 고정석이던 나의 부모님을 떠올리며 물었다.

"오, 그럼요. 아버지는 운동선수, 어머니는 무용수였어요."

"그럼 의과대학에서……" 나는 입가에 묻은 겨자를 닦아냈다.

"대학 체육관에서 프로가 되고 싶어 하는 젊은 아마추어 권투선수를 만났죠. 그 사람이 각종 펀치며 복근 운동, 팔굽혀 펴기를 비롯해 전반적인 컨디션 조절 방법을 가르쳐줬어요. 그러다 코네티컷 대학에서 레지던트를 할 때 이스트 하트퍼드에서 월리 이슬람Wally Islam을 알게 된 다음 실제로 링에 올라가 보호구를 착용하고 권투를 하기 시작했죠. 하지만 중도에 그만뒀어요. 럭비에 관심이 더 많았거든요. 어릴 때 난 싸움꾼에 힘도 아주 셌어요. 두 팔만으로 밧줄을 타고 올라갔죠. 남자 아이들과는 싸움을 하기도 했는데, 여자 아이들은 때리고 싶지 않았어요. 남자 아이들을 때리는 데 양심의 가책은 전혀 없었고요. 그게 5,6학년 때 일이었죠. 모르긴 해도 싸움을 먼저 시작한 건 나였을 거예요. 한번은 누가 아버지한테 내가 운동장에서 싸움을 일으킨 걸 일렀는데, 그 일을 계기로 아버지는 남자 아이를 훈련시키듯 절 훈련시키기 시작했어요. 사냥, 낚시, 하이킹에 절 데리고 다니면서 말이에요. 엄마는 내키지 않아 했어요. 엄마는 내가 혼자 캠핑 다니는 걸 걱정하셨죠. 6학년 때인가는 다른 여자 친구, 남자 친구 둘과 함께 몰래 숲으로 캠핑을 가기도 했어요. 난 아주 독립적인 아이였죠." 샘이 말했다.

"어릴 때 부상을 입은 적은 없나요?" 내가 물었다.

"글쎄요, 5학년 때인가 6학년 때 야구공에 맞아서 심각한 뇌진탕을 입고 의식을 잃은 적이 있어요. 같은 해에 날아오는 골프공에 맞은 적도 있고요. 하지만 내 대담한 활동은 여전히 그대로였죠. 대학에서 럭비를 할 때도 갈비뼈며 손에 부상을 당한 적이 있어요. 그러다보니 더 이상 위험을 자초해서는 안 되겠더라고요. 응급의로서의 생계수단에 위협을 받으니까. 그래서 달리기와 산악자전거를 시작했죠."

"그럼 권투는……."

"춥고 음침한 뉴잉글랜드에서의 어느 겨울에 시작했어요. 실라와 난 우리에게 신체 활동이 필요하다고 느끼던 참이었죠." 두 사람은 서로를 보며 고개를 끄덕였다. "어떤 골 때리는 사람이 권투를 기반으로 신체 컨디션을 조절하는 수업을 하고 있다는 걸 알게 됐죠. 개인 수업도 하고요. 실라를 끌고 찾아갔죠. 그 사람이 존이었어요.

2000년도의 일이죠."

"당신이 권투를 하고 있다는 걸 사람들이 아나요? 그 사람들은 어떻게 생각하죠?" 나는 물었다.

"처음에는 직장 사람들에게 말하지 않았어요. 부정적인 낙인 같은 게 붙어 있는 운동이니까. 하지만 좀 있으니 병원에서 누군가를 제지하거나 해야 할 때 내가 서슴없이 나설 준비가 되어 있다는 걸 사람들이 알게 됐어요. 그렇게 명성을 얻기 시작했고…… 난 그게 좋았어요."

나는 샘의 솔직함이 마음에 들었다. 신체 접촉이 있는 운동을 좋아하는 것에 대해 아무런 변명도 하지 않는 점이 말이다.

"그러다 마침내 존이 브루클린의 글리슨 도장에서 시합을 연결해줬죠."

"사람들은 권투를 이해하지 못해요. 특히 아마추어 권투는 말이에요. 아주 전술적이거든요." 실라가 갑자기 끼어들었다.

"그래서 난 낸 무니와 경기를 했죠." 샘이 이야기를 이어갔다. "우리 둘 다 첫 시합이었어요. 낸은 30대였고요. 난 시야가 좁아질 정도로 불안했고, 존이 코너에서 외치는 소리가 전혀 귀에 들리지 않았어요. 손을 올리라고 계속 소리를 지르고 있었는데 말이에요."

"그래서 어떻게 됐어요?" 내가 물었다.

"완전히 당했죠. 낸은 키가 컸고, 난 안으로 파고들지 못했어요. 난 아침에 자고 일어났을 때 키가 155센티미터예요. 하지만 그 후로도 시합을 세 번 더 했어요. 모두 글리슨 도장에서였죠. 그중 한 명은 골든글러브에 나가는 여자였는데, 우리는 마주 보고 서서 죽어라 서로를 두들겼죠. 시합을 더 많이 하고 싶었지만 상대를 찾기가 아주 어려워지더라고요. 그러다 존이 내게 주짓수(jujitsu, 브라질 유술이라고도 하며, 관절 꺾기나 조르기 등을 이용하여 상대방을 제압하는 무술. 일본의 유도 기술에 브라질의 격투술이 접목된 무술이다—옮긴이)를 소개해줬고, 난 여름 한 철 동안 더비에 있는 주짓수 도장에서 권투를 했어요. 그때 존은 일터를 옮기는 중이었기 때문에 내게 로저 덴튼과 훈련을 하게 해줬어요. 나는 혼자서 샌드백 훈련을 하고 로저와 스파링을 했어요. 로저는 혼합 무술을 한 사람인데 아주 빠르죠. 링사이드 닥터 일도 시작했어요. 사실 아마추어 시합에는 비용도 지급되지 않고, TV중계가 되지 않으니 홍보 효과도 없어서 지원하는 의사가 많지 않아요. 프로 시합에는 앰뷸런스가 대기하고 있지만 아마추어 시합에는 의료 지원도 없고 말이에요."

"맞고 온 선수들에게 주로 무슨 말을 해주나요?" 나는 물었다.

"주로 질문을 하죠. 무슨 일이 있었느냐? 무엇으로 맞았느냐? 지금 어디에 있는지 아느냐? 머리가 아프냐? 구역질이 나느냐? 일단 전체적으로 의식이 얼마나 또렷한지를 재빨리 판단하려고 노력해요. 의식이 혼미한 상태라면 빨리 결정을 내려야 하거든요. 라커룸으로 보낼지, 링에서 내려오게 할지, 병원에 보내야 할지. 아마추어 시합에서 병원에 가는 숫자는 1퍼센트 미만쯤 될 거예요. 난 싸울 때 분노를 이용해요……. 한번은 실라와 스파링을 한 여자에게 덤벼든 적이 있었어요. 실라에게 주짓수 기술을 사용했는데 지나치게 과격

했거든요. 화가 나더라고요. 그래서 존의 허락을 구한 다음 그녀를 때려눕혔죠."

"여자들은 경쟁심과 공격성을 표현하는 방법이 다른 것 같아요. 여자들은 억누르라고만 배워왔죠. 냄비가 막 끓어 넘치려는데 말이에요. 난 그걸 폭력적인 수양이라고 불러요." 실라가 웃으며 말했다.

나는 실라를 바라보았다. 그녀가 권투 시합에서 심판으로 나온 것을 본 적이 있었다. 그녀는 단호하고 역동적이며 명확했고, 선수들은 그녀의 모든 결정을 절대적으로 존중했다. 나는 그녀에게 권투도 하느냐고 물었다.

"조금요. 하지만 존을 치기까지 한참이 걸렸죠. 뭔가를 때리는 건 내 본성과 맞지 않거든요. 존이 먼저 날 때렸는데 '그가 날 때렸다'는 걸 깨달으니까 화가 나서 나도 그를 때리려고 했죠."

실라는 어릴 때 말괄량이였다고 했다. 동네에 남자 아이들이 대부분이어서 어린 남동생을 보호하기 위해 그들과 상당한 주먹 대결을 벌였다고 말이다.

"난 여자 아이에 대한 금기 사항 같은 건 모르고 자랐어요." 그녀가 말했다.

실라는 메릴랜드 주의 아나폴리스에서 공학을 공부하며 해군생활을 마쳤고, 그런 다음 해병대에 들어가 4년을 복무했다.

나는 실라에게 권투에 입문한 계기를 물었다.

"샘이 날 집에서 끌어냈죠! 권투를 하고 집으로 돌아가면 뭔가 남는 게 있어요. 전에는 하지 못하던 것을 내 몸이 해냈다는 자신감이

겸허함과 함께 따라오죠…….” 실라가 말했고, 두 사람은 함께 고개를 끄덕였다. “글리슨 도장에서 딱 한 번 시합을 해봤어요. 도전을 위한 도전이었죠.”

나는 시합의 결과가 어떠했는지 묻지 말자고 생각했다.

“권투 심판은 어떻게 하게 됐어요?” 나는 물었다. 이 여자들이 이룬 업적과 용기가 눈이 부실 지경이었다. 나는 신출내기의 감탄어린 시선으로 그들을 바라보았다.

“샘이 링사이드 닥터라서 시합을 보러 다니고는 있었지만 거기서 아무것도 안 하고 빈둥거리는 게 싫었거든요.”

“정말 공감 가는 말이에요.” 내가 말했다. “난 부상 선수를 돌보고 있죠.”

“난 아픈 건 다 싫어요.” 샘이 모호하게 말했다.

“그래서 그림자 역할을 하는 거죠.” 실라가 말을 이었다. “알다시피 우리처럼 권투를 하는 여자들이 드물잖아요. 그러니까 사람들이 우리 둘 다 권투와 관련된 일을 해주길 바라더라고요. 그래서 공식 심판이 되는 시험을 봤고, 그다음 주에 바로 주심으로 투입됐죠.”

“좋은 심판이 되려면 어떤 게 필요할까요?” 나는 시합을 지켜보면서 다양한 스타일의 심판을 보아왔다. 훈계가 많은 심판, 보다 개입을 자제하는 심판.

“우선은 심판 자신이 아니라 선수를 일 순위에 놓아야죠. 심판은 배경이 되어야 해요. 그리고 선수의 안전에 가장 집중해야죠. 더 약한 선수를 보호해야 해요. 카운트를 셀 때는 선수가 괜찮은지 눈여

겨보아야 하고요. 눈꺼풀이 떨리는 증상이 보이면 안 좋아요."

"난 권투를 하지 않으면 짜증이 나더라고요." 내가 불쑥 내뱉었다.

"맞아요." 샘이 말했다. "나도 권투를 하지 않을 때는 조심해야 해요. 중년의 나이에 무술을 시작한 여자는 별종이에요."

서로 계산서를 집어 들려고 경쟁을 벌이는 가운데 나는 그들의 손에서 계산서를 빼앗았다.

식당 밖으로 나올 때 한 무리의 여자들이 복도를 막고 수다를 떨고 있었다. 몇몇은 밖으로 나가자마자 불을 붙이려고 담배를 꺼내 들고 있었다. 샘이 그중 한 명과 부딪혔다.

"이봐요, 조심해요!" 여자가 샘에게 야유하듯 말했다.

"그 뚱뚱한 엉덩이를 치워주면 지나갈 수 있을 것 같은데요."

"방금 뭐라고 했어요?" 여자가 화난 목소리로 되물었다.

실라가 샘의 팔을 잡고 문밖으로 끌고나갔다. "됐어, 그냥 가. 상대할 가치도 없어. 가자."

나는 샘이 얼마나 그 여자에게 다시 돌아가고 싶어 하는지 알 수 있었다.

"우리 모두 빨리 권투를 다시 시작하는 게 좋겠어요." 나의 말에 우리는 웃음을 터트리며 서로 작별의 포옹을 주고받았다.

나는 차에 올라 통증이 느껴지는 오른 다리를 열심히 주무르며 여전히 샘과 스파링을 하고 싶다는 생각을 했다.

17.

명사수의

슬픔

솔직히 말하자면 내 유별난 취미의 시작은 권투가 아니었다. 나는 소총 사격도 한다. 서부 매사추세츠 주의 호숫가 집에서 휴가를 보낼 때였다. 그곳은 스콧과 내가 몇 년 동안 여름마다 휴가를 보내던 곳이었다.

마흔다섯 살이던 어느 해, 희끗한 머리에 강단 있는 몸집의 남자가 두 눈을 반짝이며 우리 집 뒷문에 나타났다. 우리의 이웃인 헨리는 오랫동안 가족 소유였던 땅의 변두리에 임시로 집을 짓고 혼자 살아가는 별난 사내였다. 그는 직접 사냥을 하고 물건을 만드는 자족형 인간으로, 문명, 특히 고속도로 위의 차량 행렬을 아주 못마땅해했다. 그는 내게 자기 집 마당에 나타난 곰들을 근접 촬영한 사진들을 보여주며 즐거워했다. "그래도 먹이는 주지 마세요." 그가 경고

했다.

"그리고 미안하지만, 집 뒤에서 스키트 사격(skeet, 클레이 사격의 일종—옮긴이)을 할 건데, 시끄러워도 양해를 해주시면 좋겠어요." 헨리가 말했다. "혹시 총에 대해서 배우고 싶은 사람이 있으면 알려 주시고요!"

"저요!" 또다시 말이 튀어나왔다. 나 외에 사격에 관심이 있는 사람은 아무도 없었다.

헨리는 미국총기협회NRA 지역 사무소의 직원이었다. 그는 폭력적인 것과는 거리가 먼 사람이었다. 그가 총을 사용하는 건 자신을 보호해야 할 때나 겨울철 식량을 마련할 때뿐이었다. 그는 사람들이 총에 대해 배워 안전하게 사용할 수 있기를 바랐다. "오래된 이웃집에 사람들이 이사를 왔는데 다락에서 소총을 발견했다고 치자고요. 그런데 그걸 안전하게 사용하는 방법을 모르는 거예요. 그럼 우리가 건너가서 알려줄 수 있는 거죠."

가능성 없어 보이는 시나리오였지만 나는 그 말에 잔뜩 마음을 빼앗겼다.

우리가 그곳에 머무는 동안 헨리는 자주 우리 집 앞에 나타났고, 나는 그를 따라 언덕을 내려가 통나무 더미 앞에 사격용 타깃을 세워둔 그의 작은 집으로 갔다. 그에게는 모아놓은 소총과 권총이 아주 많았다. 그는 내게 총을 쥐는 법, 장전하는 법, 쏘는 법을 정성껏 가르쳐주었다. 알고 보니 나는 사격에 소질이 있었다.

우리는 벤치에 소총을 세우는 법부터 시작했다. 내가 소총 뒤에 앉으면 그는 내게 숨을 참고 모든 움직임을 정지한 채 타깃에 집중한 다음, 아주 살짝 방아쇠를 당기는 법을 가르쳤다. 우리는 모기도, 어둠이 내리는 하늘도 무시한 채 몇 번이고 사격 연습을 했다. 내가 잘 해내면 헨리는 "다시 해보세요. 아까랑 똑같이"라고 말했고, 그런 날이면 나는 기쁨에 겨워 집으로 돌아갔다.

"와, 대단해." 그런 나를 보며 스콧은 말하곤 했다.

코네티컷으로 돌아간 뒤에 나는 헨리로부터 편지를 한 통 받았다. 그는 총기 세일에서 100달러를 주고 내게 적합한 러시아제 중고 사격용 소총을 사놓았는데, 가지러 오겠느냐고 물었다.

나는 고센으로 차를 몰고 가 터키 샌드위치를 사 들고 헨리의 집으로 갔다. 우리는 오래된 〈내셔널 지오그래픽〉 잡지 더미와 통조림 식품들 사이에 앉아 소총 이야기를 나누었다. 나는 그에게 소총 값을 지불한 다음, 혹시 코네티컷으로 내려와 나와 함께 사격을 하러 갈 수 있느냐고 물었다. 그는 코네티컷에 있는 '라이먼'이라는 사격장을 알고 있지만 고속도로를 타는 게 내키지 않는다고 말했다.

결국 헨리는 코네티컷으로 한 번도 내려오지 않았지만 우리는 한동안 편지를 주고받았다. 친구인 크리스틴은 사냥용품을 파는 엘엘빈 L. L. Bean 에서 캔버스 천으로 만든 소총 케이스를 사주었고(그녀는 "총으로 식량을 사냥해야 하는 종말이 도래해도 끄떡없겠다"며 나의 사격 취미를 환영했다), 나는 라이먼 사격장을 찾아 먼지투성이 바닥에 엎드려 몇 미터 앞에 꽂아 놓은 종이 타깃을 대상으로 사격 연습을 했다. 사격을 마치면 영화에서처럼 타깃을 앞으로 당겨와 갈아

끼운 다음 다시 사격을 시작했다. 나는 헨리로부터 벤치 사격 외에 엎드려 쏘기, 무릎 꿇고 쏘기, 서서 쏘기를 배운 상태였다. 나는 사격용 특수 재킷과 안전 부츠를 구입했다.

사격장에서는 모두 같은 미용실에 다니는 것처럼 보이는 그 지역 여자들이 가끔 여성 권총 클럽 모임을 가졌고, 내 옆 칸막이에서는 올림픽 참가를 위해 훈련을 하는 고등학교 남학생이 값비싼 소총 케이스에서 총을 꺼내 사격을 했다. 레밍턴이라는 어린 소년이 주위를 돌아다니기도 했다. 온통 집중, 집중, 집중하는 분위기였다.

사격은 대단히 재미있었고 점수가 올라가는 것도 즐거웠지만, 헨리가 없으니 라이먼 사격장에서의 연습은 외로웠다.

친구들은 내가 소총을 가로로 들고 있는 사진에 웃음을 터트렸다. "리 하비 오스월드(Lee Harvey Oswald, 케네디 대통령 암살범으로 기소된 인물-옮긴이)처럼 보여." 친구들은 농담하듯 말했다. "그런데 넌 채식주의자잖아!" 마치 내가 순록 사냥에 나서기라도 할 것처럼 말이다.

나의 사격 취미는 목 디스크 진단을 받으며 타격을 입었다.

1999년에 결혼을 얼마 앞두고 나와 남편은 뒤뜰에 수영장이 딸린 수수한 주택을 구입했다. 늘 꿈꿔오던 수영장 딸린 모텔이 영원한 나의 소유가 된 것이었다. 나는 행복에 겨워 구명조끼를 입고 물

위로 목을 쭉 빼고서(눈이며 코, 귀에 물이 들어가는 것은 여전히 싫었으므로) 수영장 가장자리에서 미친 듯이 헤엄을 치고 다니다 목에 통증을 느껴졌다. 나는 정형외과로 엑스레이를 찍으러 갔다.

"목의 디스크 하나가 완전히 무너졌어요." 정형외과 의사가 수술이 여의치 않을 것 같아서인지(나는 수술하기 좋은 후보자가 아니었으므로) 지루한 표정으로 불길하게 내뱉듯이 말했다. 나중에 나는 아주 많은 사람이 디스크가 퇴화되거나 무너졌는데도 자각증상 없이 다닌다는 것을 알게 되었지만, 그것은 내가 처음 경험해본 노화에 의한 신체 퇴화 현상이었다. 아마도 이미 입었던 손상이 악화된 듯 했다.

몇 년 후에 스콧과 나는 UFO가 착륙해도 될 만큼 크고 둥근 화상 자국을 잔디 위에 남긴 채 수영장을 철거했다. 수영장을 없애기로 한 건 내 목 디스크 때문만은 아니었다. 수영장 유지에 들어가는 값비싼 화학약품 비용과 시간 때문이기도 했다. 그럼에도 수영장을 포기하는 건 쉽지 않은 결정이었다.

그나마 나는 게일로드 재활센터에 있는 온수 테라피 수영장을 이용할 수 있었는데, 관절 치료에 효과적이라는 말을 들은 적이 있었다. 나는 점차 디스크 손상과 기능 저하에 관한 언어를 능숙히 구사하게 되었다. "난 C5번 디스크가 완전히 무너졌어요." 나는 연민과 감탄을 기대하며 자신 있게 말한 다음 다시 덧붙였다. "C3번도 약간 기울어졌고요." 척추지압사가 근육을 검사하고 작은 병에 든 독소를 이용해 문제점을 확인한 다음 알려준 내용이었다. 그는 C3번의 문제 때문에 두통이 오는 것이며, C5번의 문제는 부검 시신의 80퍼센트에서 볼 수 있을 정도로 흔하다고 말했다. 그럼에도 내 목은 여전히 오른쪽, 왼쪽으로 잘 돌아가지 않았고, 나는 어느 쪽이든 별로 볼 것도 없다는 듯 고개를 잘 움직이지 않게 되었다.

수영장에서 나는 반팔 수영복 차림의 물리치료사들의 안내에 따라 두 개의 튜브 장치를 끼고 등으로 누워 수영하는 법을 배웠다. 튜브 중 하나는 인터넷으로 주문한 독일제로 목에 끼는 것이었고, 다른 하나는 어느 수영센터에서나 볼 수 있는 파란색 넓은 벨트 튜브였다. 나는 심지어 할 수 있는 수영법을 늘리기 위해 스노클까지 사용하기 시작했다. 그러자 예전처럼 물 밖으로 고개를 쭉 내미는 바보 같은 짓을 하지 않고도 엎드린 자세로 물에 뜰 수 있었다.

몇 주 동안 나는 각기 다른 목 튜브를 시험 삼아 착용하고 8, 10, 12바퀴를 돌며(그중 두어 번은 벨트까지 뺀 채였다) 새롭게 찾은 나의 운동 신경에 감탄했다. 좀 더 완성된 인간, 좀 더 튼튼한 인간이 된 기분이었다.

수 주 동안 재활 수영장의 치료 프로그램을 마친 뒤, 어느 날 밤 나는 재활 훈련을 졸업한 사람들의 기술 연마를 위한 '자유 수영반'을 찾았다. 입구 앞에 휠체어를 탄 사람이 두 명 있었다. 헝클어진 긴 회색 머리를 늘어뜨린 여자와 역시 헝클어진 머리에 아주 나이가 많은 남자였다. "저것 좀 집어줄래요? 내가 다리가 한쪽 뿐이라서요." 여자가 남자의 운동화 발밑에 끼워 둔 라이터를 가리키며 말했다. 나는 도움을 줄 수 있어 기쁜 마음으로 라이터를 꺼내다 여자의 몸을 덮은 담요 밑의 한쪽이 비어 있는 것을 알아차렸다. 맹세컨대 다음 말이 튀어나간 건 내 의지와 무관한 일이었다. "기꺼이요. 그런데 꼭 담배를 피우셔야 하나요?" 나도 모르게 말이 튀어나갔다. 여자는 웃으며 자신들은 구식 노인이라 뭐든 해도 괜찮다고 말했다. 죄책감이 몰려들었다. 무슨 생각으로 그런 말을 했을까? 내가 나이를 먹는다는 미묘함에 안달복달하는 사이 그들은 휠체어에 묶인 채 상상도 못할 정도로 제한된 삶을 살아가고 있는데, 그런 그들의 습관을 문제 삼다니…….

지하로 내려가 긴 복도를 따라 걷는데 잭 니콜슨 주연의 〈샤이닝〉이라는 영화가 떠올랐다. 밤의 재활센터는 어둡고 무서웠다. 수영 치료반의 수업이 끝나고 사람들이 수영장 옆에 색색의 막대 튜브를 쌓아놓고 있었다. 한 여자가 수심이 깊은 한쪽에서 노랑, 분홍, 주황색의 막대 튜브를 몸에 감고 꽈배기 네온사인처럼 물에 떠 있었다. 나는 수영장을 혼자 독차지할 수 있겠다는 생각에 마음이 설렜다. 구조대원 두 명이 한쪽 구석에서 조용히 이야기를 나누고 있었다. 나는 튜브를 끼고 물에 드러누워 물살을 가르기 시작했다.

갑자기 왈칵 불안한 마음이 몰려들었다. 내가 어디에 누워 있는 거지? 내 발밑에 뭐가 있지? 느낌이 좋지 않아. 느낌이 이상해. 너무 가볍게 둥둥 떠 있는 느낌이잖아. 익숙한 공황이 덮쳐왔을 때 나는 4미터 깊이의 수영장 한가운데 떠 있었다. 나는 구조대원 쪽을 바라보며 '몸이 좋지 않다'고 말해볼까 생각하다 혼자서 이 상태를 벗어나기로 마음을 다졌다. 나는 계속 손을 저어 수심이 얕은 쪽으로 나가 마음을 추슬렀다. 심장이 쿵쾅대고 있었다.

따뜻한 물에 등을 대고 떠 있는 편안한 기분이 불과 몇 초 만에 무시무시한 경험으로 바뀌다니. 이제 나는 수심이 얕은 곳을 벗어나지 않기 위해 가로로 수영을 하며 수영장에 머물렀다. 나지와 캠프의 호숫가 얕은 물이 생각났다. 여전히 기분이 이상했다. 물에 떠서 움직이는 것이, 이렇게 손쉽게 할 수 있는 수영이 얼마나 진기한지 진즉에 알아차리지 못했다니. 이제 인이 박혀버려 조심스레 찾을 때마다 언제고 나를 찾아오는 이 감각을 모르고 살았다니. 나는 이 감각을 좀 더 확실하게 만들자고 생각했다. 부정적인 느낌을 긍정적인 느낌으로 만들고, 재미있게 만들자고. 새로운 이미지를 갖자고. 하지만 어떤 것도 이루어지지 않았다. 나는 수영장에서 나가지 않았다는 사실에 만족하며 40분 더 수영을 했다.

부끄럼을 모르는 알몸과 로션, 머리빗, 젖은 수건들 속에서 수다가 오가던 라커룸이 텅 비어 있었다. 샤워실로 들어가자 가스가 뿜어져 들어오는 강제수용소 샤워실이 떠올랐다. 빌어먹을! 그만하란 말이야!

차에 오르자 슬픔이 몰려왔다. 순수하고 단순했던 것이 오염되었다는 슬픔. 나의 경험이 역기능적인 사고의 침략을 받아 식민지가 되어버렸다는 슬픔. 강박신경증, 공황증 환자들의 마음이 공감되기 시작했다. 잠시 수영에 익숙해졌다고 생각했던 건 요행이었을까? 밤에는 수영을 하러 가지 말아야겠다고 나는 생각했다. 다른 사람들이 있을 때 하자고.

우울한 날들이 지나갔다. 나는 다시 수영장으로 돌아가는 게 중요하다는 것을 알고 있었고, 그것을 실천에 옮겼다. 물리 치료반에 들어갔지만 커다란 창으로 쏟아져 들어오는 기분 좋은 햇살과 주위를 둥실둥실 떠다니며 이야기를 나누는 사람들의 존재에도 공황은 또다시 찾아왔다. 나의 물리치료사는 물이 허리까지 오는 얕은 쪽 한 구석에 서서 환자 기록을 작성하는 중이었다. 나는 그녀에게 내 경험을 털어놓았고, 우리는 여러 가지 방법을 시도했다. 다양한 이상 감각 현상에 익숙한 물리치료사는 훌륭한 조력자였다. 그녀는 내 벨트 튜브에 700그램 가량의 무게추를 달아 붕 뜬 기분을 조금 가라앉혀주었다. 그럼에도 나는 여전히 물이 얕은 곳을 벗어나지 않았다. 스노클링에 좀 더 치중하자 물속에 있다는 새로운 느낌에 불안한 기분이 가려지기도 했다.

"잊지 마세요." 그녀가 다정하게 말했다. "지팡이를 짚고 걷더라도 최소한 걷고는 있는 거예요."

여든 살의 루스는 조금 멀리 떨어진 연잎을 잡으려는 사람처럼 팔을 뻗으며 옆으로 누워서 수영을 한다. 보청기를 끼고 물에 들어올 수는 없으므로 그녀는 수다를 떠는 사람들을 향해 참을성 있는 미소를 지으며 고요한 물소리 속에서 수영을 한다. 그녀의 백발은 파란색 터번에 감겨 있다. 루스가 처음 내게 말을 걸었을 때 나는 허리에 벨트 튜브를 감고 허우적대고 있었다.

"깊은 곳으로는 안 들어가는군요." 그녀의 목소리에는 의심이 묻어 있었다.

"네, 들어가면 안 되거든요." 나는 거짓말을 했다. "목 때문에 얕은 곳이 더 나아요."

그녀는 작고 검은 눈으로 나를 바라보았다. 그녀의 말투에는 독일어 억양이 묻어 있었다. 나는 그녀의 얼굴에서 슬라브족의 특징을 자주 알아차렸다. 그녀는 나의 할머니, 어머니와 생김새가 비슷했다. 그녀도 같은 유대인일까? 아니면 독일인이 가진 건강 개념으로 날 혹독히 평가하고 있었던 걸까?

오늘 루스는 빨간 플라스틱 발판을 오르내리고 있다. 발목에는 검은 가죽 모래주머니를 차고, 청록색 수영복 차림이다.

나는 1미터 깊이의 물속에 서서 두 팔을 중앙으로 천천히 모았다 펴기를 반복하며 동작에 따라 호흡을 하고 있다. 정상적인 움직임을 자극해 힘과 유연성을 길러준다는 수중 타이치(t'ai chi, 태극권—옮긴이)다. 루스가 물속에 발판을 놔두고 내 쪽을 향해 수평으로 천천히 미끄러지듯 다가오기 시작한다.

"거기 있었군요."

날 찾고 있었던 걸까?

"그게 정말 효과가 있어요?" 그녀가 소리쳐 묻는다.

"모르죠. 일단은 힘과 유연성을 증가시켜준다고……."

"아! 안 들려요!" 그녀는 머리카락을 보호하기 위해 귀 주위로 단단히 감은 터번을 두드린다. 새하얗고 숱 많은 긴 커트머리다. 그녀가 있는 곳은 수영장 반대편이어서 나는 입을 다물고 그녀가 있는 쪽으로 고개를 끄덕인다.

망사 조직의 슬리퍼를 신은 그녀의 발이 보이고, 그 안으로 발가락이 보인다. 굽은 몸과 달리 곧고 매끄러운 발가락이다. 그녀는 물속에 있는 다른 노인들과 다르다. 혼자 떨어져서 수중 운동반에 들지도 않고, 의학 뉴스나 손자들 이야기를 주고받지도 않는다.

이스라엘 영화제작자 야론 질버만의 2004년 작 〈워터마크, 히틀러에 맞선 유대인 수영 챔피언들Watermark: The Jewish Swimming Champions Who Defied Hitler〉이라는 다큐멘터리 영화에서 루스와 비슷한 여자들을 본 적이 있다. 3천 명의 회원을 갖고 있던 오스트리아, 비엔나의 하코아Hakoah라는 유대인 스포츠 클럽의 연대기를 그린 영화였다. 하코아는 1909년에 오스트리아의 스포츠 클럽에 유대인 선수 가입을 금지시킨 악명 높은 '아리안 조항Aryan Caluse'에 맞서 유대인 어린이가 운동을 할 수 있도록 설립된 클럽이었다. 당시 빈에는 20만 명의 유대인이 있었다.

하코아는 사내 아이를 위한 레슬링 반과 수구 반이 있었는데, 그들의 수영복 바지 사타구니 옆에는 유대의 별이 달려 있었다. 남자 축구팀은 미국으로 원정을 가곤 했는데, 그럴 때면 계약을 제의받아 열 명 중 아홉 명은 미국에 남았다.

질버만은 어릴 때 전문 수영 훈련을 받았던 헤디Hedi, 엘리셰바

Elisheva, 자매인 한니Hanni와 쥬디스Judith, 난니Nanne를 찾아낸다. 자신들의 실력을 보여주고 싶어 했던 그들은 수많은 선수권 대회에서 우승을 차지함으로써 실력을 입증한 선수들이었다. 1935년에는 텔아비브에서 열린 유대인 올림픽 '마카비아Maccabia'에 참여했다.

1936년에 히틀러 치하에서 나치 깃발을 휘날리며 베를린 올림픽이 열렸다. 쥬디스는 수영 대회에 참여하기로 되어 있었으나 당시 독일의 공원에는 '개와 유대인 금지'라는 팻말이 붙어 있었다. 올림픽을 위해 평생 동안 훈련을 해왔던 쥬디스는 참가를 거부했고, 그로 인해 모든 수영 대회에 참가 금지를 당했다. 당시 오스트리아인의 98퍼센트가 나치였다.

1938년에 독일 오스트리아 합병으로 독일인은 하코아를 폐쇄했고, 수영 클럽의 헌신적인 회장 로젠펠트Rosenfeld씨는 게슈타포의 수배 리스트에 올랐다. 그와 트레이너는 런던으로 도망쳤고, 둘은 이스라엘행 불법 선박에 타고 있던 수영 선수들을 구했다. 여자들은 세계 각지로 흩어졌다. 그들은 대부분의 지인들이 죽고 사라지는 와중에도 소식지를 통해 전쟁 기간 동안 서로 연락을 취했다.

영화제작자는 전쟁에서 살아남아 이제 80대에 접어든 여자들을 모아 그들이 한때 수영을 하던 곳이었으나 나치가 출입을 금지시켰던 빈의 수영장으로 데려갔다. 그들은 이제 다시 그곳에서 수영을 할 수 있었다. 여자들은 젊은 시절 입었던 것과 같은 회색 수영복을 입고 눈물을 닦으며 물속으로 뛰어들었다. 마음으로 떠오른 그들은 내가 본 가장 아름다운 인어들이었다.

최초의 유대인 체육 클럽은 그보다 훨씬 앞선 1895년 당시의 콘스탄티노플(현재의 이스탄불)에 살고 있던 독일 및 오스트리아 국적의 유대인들에 의해 설립되었다. '아리아인 전용' 방침으로 독일 체육 클럽에는 들어갈 수 없었기 때문이다. 유대인들 사이에서는 '강건한 유대인Muscular Judaism'라는 말까지 등장했다. 1898년 제2차 세계 시온주의 의회에서 처음 사용된 말로, 여기서 시온주의 지도자인 막스 노르다우Max Nordau는 반유대주의의 지속적인 위험에 대응하는 '새로운 유대인'의 창조를 요구했다. "우리 유대인들은 육체 활동에 뛰어난 재능을 갖고 있습니다……. 우리의 근육이 약화되었고 태도와 자세가 늘 만족스러운 것은 아니지만…… 유대인들이 운동에 전념할 때 그들의 결점은 사라집니다." 독일에서 유대인 체육 클럽들이 설립되었고, 청년들에게 운동이 장려되었다.

빛을 향해 점점 얕아지는 수영장. 둥실대는 회색 머리들, 수조 속에 유예된 뇌들.

물 위로 환상이 스치고 지나간다.

물 위에 드러누운 나는 부유한 박애주의자이다. 나의 시설을 이용하러 온 허약하고 노쇠한 몸들이 곁을 미끄러지듯 지나간다. 접힌 살갗들이 내게 윙크하고, 허벅지가 쓸쓸히 스치며 사박사박 깊은 곳으로 들어가 느린 걸음을 시작한다.

　임시 휴전에 접어든 중력의 전쟁. 이곳에서는 모든 근육이 평등하다. 너무 빨리 움직이는 것은 무례다.

　캔버스 케이스에 싸인 나의 소총은 벽장 벽에 기대 세워져 있다. 사격에 필요한 다양한 자세를 유지하기에는 내 목의 통증이 너무 심해졌다. 다시 총을 잡게 된다면 다시 강습을 받아야 할 것이다. 가능성은 충분하다. 권투를 한 이후로 더 이상 목이 아프지 않으니까.

18.

여전히

남자의

세계

"나예요. 난 그 인공 다리라는 거 마음에 안 들어요. 좋은 생각 같지 않다고요." 존이 우리 집 전화 자동응답 장치에 대고 말한다.

아니에요, 존. 인공 다리가 아니라 교정기예요.

나는 맞춤 보조기에 적잖은 돈을 썼는데, 목은 더 이상 아프지 않지만 오른쪽 종아리가 숨이 멎을 정도로 갑자기 욱신거리며 전에 없이 아프기 시작해서이다. 다리 전체가 묵직하고 발바닥이 가끔 따끔거리는 것이 아무리 스트레칭을 하고 마사지를 해도 소용이 없다. 타이레놀, 애드빌, 아스피린, 그 어떤 진통제도 통증을 조금도 완화시키지 못한다.

존이 내 자세를 지적하며 오른 다리를 뒤로 더 뻗으라고 지시한 날 이후로 통증은 더욱 심해졌다. 나는 일주일에 두 번으로 훈련을 늘렸다가 통증 때문에 훈련을 완전히 멈추어야 했다. 나는 권투선수들의 부상 이야기를 찾아 인터넷 권투 사이트들을 뒤졌다. 하지만 육상 선수와 테니스 선수의 일반적인 부상에 관한 논의는 어느 사이트에서나 볼 수 있는 반면, 권투선수의 경우에는 머리 부상과 권투로 야기되는 지적 장애에 관한 설명밖에 보이지 않았다.

"인공 다리를 할 건 아니에요." 나는 존을 안심시킨다.

"나한테 충분한 설명을 해주지 않잖아요. 한번 찾아와요. 안 그럼 걱정되니까."

"그게, 권투를 할 수도 없고 그래서……."

"이런! 권투를 하러 오라는 게 아니에요."

"맞아요. 미안해요. 하지만 괜찮아지면 다시 날 받아줄 거죠?"

"농담해요? 당신은 지금 아파서 쉬는 거예요. 돌아올 거잖아요. 어느 선수에게나 흔히 별별 부상이 다 있지만 모두 괜찮아져요. 당신 친구인 샘 데인은 어깨 문제에 무릎 부상에 사타구니 당김 증상까지 있었어요."

내가 보철과를 찾아가기까지는 한동안 시간이 걸렸다. 내가 권투 얘기를 하자 의사는 얼굴을 찡그리더니 혈전 여부를 확인하기 위해 초음파 검사를 지시했다. 검사를 진행한 친절한 초음파 기사는 아이슬란드 출신이어서, 우리는 검사를 하는 동안 아이슬란드 태생의 가수 비요크Bjork와 다른 아이슬란드 록 뮤지션 이야기를 나누었다. 내가 불안해하면서도 아이슬란드에 큰 관심을 보이자 그녀는 혹시 내게 아이슬란드를 방문할 경우에 대비해 자기 가족의 주소를 알려주었다.

다음으로 나를 담당한 물리치료사는 권투를 한 적이 있는지라 내 권투 이야기에 인상을 찌푸리지 않고 오히려 존과의 훈련에 호기심을 보인다. "하지만 전 링이 있어야 해요." 그가 말한다. 자신은 진짜 권투선수라는 말이다. 나는 좌골신경통에 도움이 되는 등 운동을 처방받고 집으로 돌아가지만 통증은 조금도 개선되지 않는다.

매력적이고 열성적인 개인 트레이너 리사는 아론 메이츠^{Aaron Mates}의 2분 스트레칭 법의 신봉자다. "뭐예요? 권투를 하기 전에 워밍업을 하지 않는다고요?" 갑자기 내가 한심하게 느껴진다. 존은 자신의 일은 내게 집중적인 권투 훈련을 시키는 것이라는 말을 자주 했을 뿐, 의학적인 면에 대해서는 한 번도 언급한 적이 없었다. 아마도 그는 내가 훈련 시작 전에 알아서 워밍업을 할 거라고 기대했던 것 같지만, 나는 환자들로 바쁜 일정 속에서 겨우 훈련 시간을 내는 경우가 많아 그럴 겨를이 없었다.

리사는 내게 다리와 전반적인 심폐 기능 강화 운동을 시킨다. "파워워킹하세요!" 그녀의 명령이 떨어지고, 얼마 지나지 않아 숲길을 빠른 속도로 걷는 내 뒤를 따라오던 그리핀과 사빈이 조그만 혀를 내밀고 헉헉거린다.

나는 말 잘 듣는 학생이지만 수퍼마켓을 걷다가 이내 걸음을 멈추고 몰래 선반 위에 아픈 다리를 얹는다. 존이 보고 싶다. 권투를 하고 싶다. 냉동음식 구역을 즐겁게 돌아다닐 수 있던 때가 그립다.

크리스틴과 나는 스타벅스에서 커피를 마시며 우리의 허약함에 대해 이야기를 나눈다. 크리스틴은 무릎이 안 좋지만 의사들이 권유한 수술을 하기 전에 대체의학 방법을 써보고 있다. 다리도 두 번 부러진 적이 있는데 그렇게 부러진 다리는 결코 완벽하게 낫지 않았다. 나는 동정할 사람이 있다는 게 좋지만, 우리는 아마도 요양원 베란다의 흔들의자에 앉아 지내거나 아쿠아테라피 수영장에서 천천히 걸어 다니며 손자들 얘기나 나누는 게 더 나을지도 모른다.

나는 권투를 못마땅해하던 내 담당 의사에게서 편지를 받는다. 그녀는 은퇴하고 케이프코드로 돌아간다. 거기에 손자가 있다고 했던 것 같다. 내 담당의가 레인 박사로 바뀌고, 그녀는 동료에 대한 예의로 곧바로 나를 부른다. 인터넷 검색을 통해 알아본 바에 의하면 나의 증상은 간헐성 파행(안정 시에는 사지에 동통이 없으나 보행을 시작한 후에 동통이 시작되어 보행이 불가능한 상태—옮긴이)으로, 다리 동맥 경화나 근육이 부풀어 근막, 혈관, 동맥이 있을 공간이 없어지는 만성구획증후군(정강이 외골종의 새로운 형태) 같은 말초 동맥 질환이다. 종아리는 팔뚝처럼 매우 조밀한 조직이다.

레인 박사는 레지던트 시절에 노인의학을 공부한 사람으로, 내가 구획증후군에는 맞지 않는다고 생각한다. 담배를 피우지도 않고 심장 문제도 없으며 다리 맥박이 건강하고 강하기 때문이다. 그녀는 내가 권투 이야기를 해도 인상을 쓰지 않지만 머리를 맞기도 하느냐고 묻는다. 그녀는 나를 보철과의 로난 박사에게 보낸다.

이제 나는 완전히 의학의 미로에 갇혀 머리가 어지럽다.

로난 박사는 다른 의사들과 달리 내 발을 내려다보다가 발이 안으로 회전된 내전 증상을 알아차린다. 힘줄과 근육이 꼬여 있을지도 모른다는 뜻이다.

"몇 년 전에 발목과 발이 부러진 적이 있는데 그 때문에 악화된 걸까요?" 나는 묻는다. 나는 뭉크$^{Edvard\ Munch}$가 한 말처럼, '끝없는 비명 소리가 자연을 관통해 지나가는 것을 느꼈다.'

"그럴 수도 있죠. 신발 교정사를 찾아가 교정 신발을 맞추는 게 좋겠어요. 도움이 될 겁니다."

'그래, 부러진 뼈는 나아도 결국 이런 후유증을 남기는구나……'

교정 신발. 그 말에 찍찍이가 달린 모양새 없는 기능 신발을 신고 조금씩 느리고 힘겹게 걸음을 내딛는 부은 발목이 떠오른다. 두꺼운 베이지색 압박 스타킹을 신고 다니던 나의 할머니는 차를 탈 때 다리 한쪽을 집어넣는 데만도 엄청난 시간이 걸렸다. 아이였던 우리는 참을성 없이 눈알을 뒤룩거렸다. 하지만 나도 이제 은퇴자 협회의 회원이라는 사실이 점점 더 확실시되어가자 할머니에 대한 연민이 몰려든다. 할머니와 나는 그리 다르지 않다. 아마 우리는 한 번도 다른 적이 없었을지도 모른다.

권투를 하던 몇 달간이 마치 꿈속의 여행이었던 것처럼 느껴지기 시작한다. 돌려차기를 하고 기쁨에 소리치던 소녀, 건강했던 나의 도플갱어가 사라지고 있다. 내 운동 가방에 작은 주머니를 달아 놓은 것처럼 통증이 나를 따라다니고 있었다. 건강 날치기꾼이 침입한 것이다.

나는 중세시대의 고문 기구 같은 교정 신발을 신는 것 외에 매일한 시간씩 교정 훈련도 받는다. 작은 요정들이 망치로 내 다리뼈를 조금씩 착실하게 두들기고 있었다. 뉴헤이번 하키팀 옷을 입은 신발 교정사 켄은 내가 잘못된 신발을 신고 딱딱한 바닥에서 권투를 하다가 문제를 악화시킨 걸 수도 있다고 말한다. 목을 쭉 빼고서 수영장 가장자리를 헤엄치고 다니다 목 디스크에 걸렸던 것처럼 말이다.

나는 오직 다시 권투를 하고 빨리 걸어 다닐 수 있기만을 바란다.

"사실 오히려 잘된 거예요." 내가 교정 신발 세 켤레 값으로 끊어준 800달러가 넘는 수표를 자신의 트위드 스포츠 재킷 안주머니에 집어넣으며 켄이 말한다. "권투를 하지 않은 상태에서 그대로 나이가 들어서 발과 다리에 통증이 찾아왔다면 노화 때문이라고 생각하고 아픈 채로 살아갈 수도 있잖아요. 교정할 수 있는데 말이에요."

"아, 그리고 그건 유전이에요." 그가 덧붙인다.

"멋지네요." 나는 말한다.

권투를 쉬는 동안 나는 다른 사람들의 시합을 구경한다.

일요일에 체육관으로 가자 덩치 큰 남자 서너 명이 경찰체육연맹에서 기부한 새 링을 설치하고 있다(이제 물리치료사인 켄도 와서 권투를 할 수 있다). 나는 도움을 줄까 하고 건축 자재상인 홈디포에서 마지막에 필요한 부품을 사오겠다고 제안한다. 나는 열다섯 살의 권투선수인 라이언을 데리고 사람들이 먹을 샌드위치를 사러 서브웨이로 향한다. 그의 아버지는 링의 기둥을 박는 중이다. 체육관의 젊은이들은 하나같이 대단히 공손하다. "선생님도 권투 하시죠?" 혼잡한 포스트 로드를 빠져나가고 있을 때 라이언이 공손하게 묻는다. 열다섯 살 소년을 차에 태우고 운전하는 건 이번이 처음이다.

체육관으로 돌아오자 존의 기분이 좋지 않다. 링의 엄청난 크기에 놀라고 설치 시간이 지나치게 오래 걸려 초조해진 탓이다. 어떻게 하면 그의 기분을 풀어줄 수 있을까? 나는 그의 어깨에 팔을 두르기도 하고 재빨리 목을 마사지해주기도 한다. 하지만 존은 여전히 뚱하다. 나는 멀리 떨어져 있는 존의 아들 헌터로부터 힌트를 얻어 보려 한다. 그는 이런 일을 백만 번은 겪어 보았을 것이다. 내게는 존의 이런 모습이 처음이지만.

어느 날 저녁 나는 존의 호출을 받고 일을 마친 뒤 체육관으로 간다. 〈코네티컷 포스트Connecticut Post〉지에서 존이 이끄는 '늙은 황소들'이라는 권투 그룹을 취재하기 위해 기자와 사진사가 오기 때문이다. 여전히 통증이 심한 나는 링에 올라가고 싶은 유혹을 떨치기 위해 글러브도 끼지 않는다. 대신 랩톱을 가져가 다른 사람들이 손에 권투붕대를 감는 동안 링 바깥에 의자 두어 개를 붙여 올려 두고 전원을 연결한다.

링 안에서 제니, 수, 조앤이 맹렬히 주먹을 휘두르고 있고, 존이 지시사항을 외친다. 그들은 짝을 이루어 시합을 하며 서로의 글러브를 친다. 다른 많은 여자처럼 신체 이미지와 고군분투하는 여성학 교사 수는 스파링을 하겠다는 목표는 없지만 움직임이 빠르고 주먹이 세고 역동적이다. 그녀의 시합 파트너도 마찬가지다. 그녀도 수처럼 몸집이 크지만 깊게 파인 탱크톱에 흰색 반바지를 입은 매력적인 모습이다. 그을린 팔이 탄탄하다. 나는 부상으로 당분간 쉬고 있는 중이라는 설명으로 기자들과의 인터뷰를 마친다. 나는 또다시 블라인드 사이로 소프트볼을 하는 인기 많은 여자 아이를 바라보고 있다.

제니가 링에서 내려온다.

"차 한 잔 드릴까요?"

'이것 봐. 손님 취급이잖아.'

나는 랩톱을 집어 들고 작별 인사도 없이 살금살금 도망친다.

다음 일요일은 시합을 준비하고 있는 선수 여덟 명을 위한 '자유 복싱'의 날이었다. 나는 접이 의자에 앉아 가까이에서 남자들의 시합을 지켜보았다. 다음 달에 시합을 갖는 라이언과 마누엘의 컨디션이 좋아 보인다. 라이언의 티셔츠가 흠뻑 젖었다. 나는 그들의 다리와 발과 신발을 쳐다보며, 그들에게는 왜 나 같은 장애가 없을까 생각한다. '당연하지. 젊잖아.' 존이 링 옆에서 왔다갔다 하며 지시사항과 의견을 외친다. 그는 사소한 것 하나도 놓치지 않는다. 라운드가 끝나자 무거운 공을 이용한 훈련이 시작된다. 서로 파트너의 배에 공을 던져 주며 펀치에 대비해 복근을 강화시키는 훈련이다. 나는 링에서 주먹질을 하고 싶어 말 그대로 침이 질질 흐른다.

링 밖에서 보고 있자니 권투는 여전히 남자의 세계라는 생각이 든다. '늙은 황소들'을 제외하면 말이다. 그런 생각이 처음은 아니지만 이렇게 생생하게 느껴진 건 처음이다. 개인 권투 훈련을 받을 때는 진짜 남자들과 그들의 근육과 움직임과 클럽이 있는 더 큰 세상이 존재하지 않았다. 그런데 이제 빛나는 그들이 땀을 흘리고 농담을 하고 서로 치고받으며 내 눈앞에 있다. 그것은 나의 세상이 아니다.

'이거 봐요, 좀 비켜주세요. 내 아들이 싸우는 게 안 보이잖아요.'

팀명을 둘러싸고 논쟁이 벌어진다. 존이 '트라우마 센터'라는 이름이 어떠냐고 내게 묻는다. 나는 그 이름이 마음에 들지 않는다. 덩치 큰 레슬링 선수가 나와 존을 번갈아 보더니 말한다. "맞아요. 여자의 관점에서도 생각해봐야 하니까." 그의 여성스러운 아내도 사이드라인에서 그들을 지켜보고 있다.

나는 어이없다는 듯 그를 쳐다본다.

'여자의 관점이라니!'

전직 권투선수에게 전문적인 권투 훈련을 받아온 내게 '여자의 관점'을 말하라고? 남자들은 최신 유행인 케이지파이팅(cage-fighting, 우리 속에서 벌이는 격투기 경기—옮긴이)을 화제로 이야기하기 시작한다.

"케이지가 있으면 좋겠어." 존이 말한다.

"링도 얼마 전에 설치했어요. 마침내 링이 생겼는데, 이제 케이지를 원한다고요?" 나는 배은망덕한 10대 아들을 혼내는 엄마처럼 버럭 소리친다.

덩치가 산만한 두 남자가 후다닥 바닥으로 내려가더니 삼각조르기와 안아조르기를 실시한다. 나는 카마수트라의 실전을 목격하는 중인지도 모른다. D. H. 로렌스의 소설을 각색한 영화로 1969년 당

시 큰 충격을 안겼던 켄 러셀 감독의 〈사랑하는 여인들Women in Love〉
에서 올리버 리드와 앨런 베이츠가 타닥거리며 장작이 타는 벽난로
앞에서 누드 레슬링을 벌이던 장면 같다. 케이지파이팅에서 선수들
은 서로를 쓰러트려 놓고 패자가 상대의 가슴을 쳐서 '더는 못 견디
겠어. 그만해!'라고 신호를 보낼 때까지 힘껏 조인다. 서로 마주 잡
은 상태에서 상대를 제압하는 브라질 무술, 주짓수의 방식이다.

존이 커다란 검은색 가죽 방패를 등에 멘다. 스물세 살의 영업사
원으로 혼합 무술 선수 데뷔를 앞둔 마이크의 킥을 받기 위해서다.
존이 그의 시합 코치이다. 검정 곱슬머리에 몸에 문신을 새겨 넣은
사랑스러운 청년 마이크가 상대를 어떻게 만들고 싶은지 무시무시
한 소리를 자세히도 외치며 거들먹거리는 걸음걸이로 돌아다닌다.

"무릎을 차면 그렇게 쓰러질 거야." 존이 소리친다. "난 열네 살짜
리 여자 아이처럼 비명을 질러야지."

쿵! 존이 마이크의 육중한 다리에 걸려 넘어질 뻔하다가 가까스로
일어선다.

"어서 빨리 시합이 끝났으면 좋겠군. 그래야 더러운 농담들을 그
만두지!" 존이 말한다.

나는 또 다른 블라인드 사이로, 이번에는 서로 격렬한 접촉을 갈
망하는 관능적이고 날 것 그대로의 남자들을 보고 있다. 그들은 질
색하겠지만 내 머릿속에서는 동성애라는 말이 돌아다닌다. 왜 그렇
지 않겠는가? 나는 라커룸에 들어가 있고, 남자들이 옷을 벗으며 젖
은 타월로 서로의 엉덩이를 치고 있는데 말이다. 나는 수줍게 시선

을 피하며 땀에 젖은 단단한 육체들 사이를 배회하는 여기자다. 그럼에도 나는 마이크의 복부에 무거운 공을 던질 기회를 놓치지 않고, 그의 귀엽고 젊고 날씬한 여자친구는 멍하니 그 모습을 바라본다. 나는 머리가 이상해진 할머니처럼 보였을 게 분명하다.

'자유 복싱'에서 존은 유독 기운이 넘쳤다. 그 주 초에 있었던 일 때문이었다. 그는 매디슨 스퀘어가든에서 촬영 중인 NBC방송국의 프로레슬링 쇼 〈메인이벤트The Main Event〉에 급히 와달라는 요청을 받았다. 촬영을 시작하기 두어 시간 전이었는데, 그는 프로레슬링 선수에게 권투 훈련을 시키는 코치 역을 맡아달라는 요청을 받았다. 프로레슬링 선수의 권투 시합 상대는 무려 세계 헤비급 챔피언이었던 에반더 홀리필드Evander Holyfield였다.

나는 그 프로를 녹화해두었다가 다음 날 보았다. 휘몰아치는 음악 속에서 존과 그의 오랜 친구이자 또 다른 트레이너인 해리가 프로레슬링 선수의 양쪽에서 반짝이는 짧은 가운을 입고 양동이를 든 채 연기 자욱한 어둠 속에서 모습을 드러낸다.

다양한 캐릭터와 의상, 주먹질, 스캔들, 허세로 가득한 프로레슬링은 미국이 열광하는 경기다. 프로레슬링은 권투보다 훨씬 더 쇼에 가깝다. 존과 해리가 그들의 프로레슬링 선수에게 격려의 말을 외치고, 코너로 돌아오는 그를 환영한다. 또다시 남자, 남자, 남자들이다. 이것은 프로레슬링, 그것도 프로 경기이므로 비키니 차림의 육감적인 여자가 라운드 보드를 들고 링 안을 돌아다닌다. 이곳에서 여자가 할 수 있는 유일한 역할이다. 보톡스를 맞고 가슴 확대 수술을 하고 면도로 체모를 밀고, 손바닥만한 비키니에 하이힐을 신고서 말이다.

나는 이 클럽에 접근하고 싶지 않지만, 여자들이 〈더 뷰The View〉 같은 토크쇼에서 테이블에 둘러앉아 수다는 떠는 동안, 어떻게 남자들이 사람들 앞에서 몸을 부딪쳐 싸우는 유명한 격투기의 세상을 갖게 되었는지 궁금하다. 물론 비너스, 세레나 자매나 코네티컷 대학의 여자 운동팀을 비롯해 멋진 여자 운동선수들도 많지만, 이건 다른 문제다. 권투는 내가 선택한 세상이므로. 나는 이 세계의 본질적인 핵심을 잊고 있었거나, 아니면 처음부터 전혀 알지 못했는지도 모른다. 초보적인 아마추어 단계의 개인 훈련을 받은 나는 진짜 권투 세상과 유리되어 있었다. 그리고 지금은 권투를 하지 못해 괴롭고 불안하다.

여자 '존'도 있을까?

〈선데이 뉴헤이번 레지스터The Sunday New Haven Register〉지에 따르면 있다. 신문에서 나는 가정 폭력에서 살아남은 쉰 살의 여성에 관한 전면 기사를 읽었다. 그녀는 코네티컷 주, 스태포드 스프링스에서 남녀 선수들에게 권투를 가르치고 있다. 그녀의 이름은 테리 텀미니아-에드워즈다. 사람들은 그녀가 세 가지 일을 해내는 정력가이며 지칠 줄 모르는 권투 챔피언이라고 한다. 지금 내게는 그녀 같은 여자의 모습이 절실히 필요하다. 존을 찾을 때처럼 그녀를 찾아내는 일도 쉽지 않았다. 하지만 직접 내 전화를 받은 그녀는 조금의 망설임도 없이 내 청을 수락했다. 자기를 찾아와 권투선수들을 지도하는 모습을 보고, 내가 새로 진행하는 권투 프로를 위한 인터뷰를 해도 좋다고 말이다. 그 프로에는 이미 존도 출연한 바 있었는데, 우리는 45분 동안 맨주먹 권투며 무에타이, 공격성, 훈련에 관한 이야기를 나누었다. 반응은 대단히 호의적이었다.

　테리는 설레어 하며 인터뷰에 적극성을 보인다.

　이것은 부상으로 쉬는 내게 더없이 완벽한 일이다.

19.

터널의

끝

다리 통증은 여전했다. 나는 다시 인터넷 서치에 열을 올렸다. 그러던 어느 날 시험 삼아 오른쪽 종아리에 압박 스타킹을 신고 있는 동안 일시적으로 통증이 감소했다. 나는 혈관 전문의를 찾아갔고, 그는 더 복잡한 일련의 검사들을 실시하던 도중 혈관 초음파 검사에서 문제의 원인을 발견했다. 바로 역류 때문이었다. 구체적인 병명은 정맥 부전이었다. 위장병도 아니고, 참 섹시하지 않은 병명이었다. 전경골정맥의 판막 어딘가에 생긴 손상이 원인으로, 아마도 발목 골절 때문에 증상이 악화된 듯했다. 오랫동안 서 있거나 걸으면 심장에서 동맥을 통해 종아리로 흐르던 혈액이 판막에 생긴 손상 때문에 정맥을 통해 다시 올라가지 못하고 고이는 것이었다. 다리가 터질 것처럼 느껴진 것도, 다리를 올려놓으면 괜찮아졌던 것도 다

그 때문이었다.

"그래도 어떻게 치료 방법을 찾아내신 것 같네요." 의사는 그렇게 말하며 특수 압박 스타킹을 처방해주었다. 약국의 가정상비약 코너에서 나는 검은 머리에 말이 빠른 '전문가'로부터 압박 스타킹 신는 법을 전수받았다. 그녀는 절대, 무슨 일이 있어도 압박 스타킹 착용을 중단해서는 안 된다고 말했다. 내가 이 병에 운동이 도움이 되었으면 한다고 말하자 그녀는 어이가 없다는 듯이 눈을 굴렸다. 우리는 다른 정맥 부전 환자가 지정된 교육실을 이용하는 관계로 재고실에 들어가 자리를 잡았다.

"장갑을 갖다 드릴게요. 흠, 손이 작네요. 됐어요, 이 고무장갑을 끼세요. 압박 스타킹은 두 짝으로 이루어져 있어요. 여기 보세요, 스타킹에 골이 져 있죠? 그럼 스타킹을 잡고 돌돌 만 다음 옆으로 쭉 늘리면서 종아리 위로 당겨 신으세요." 그런 다음 그녀는 내가 스타킹을 신기를 기다렸다.

나는 의사처럼 고무장갑을 끼고 그녀가 됐다고 할 때까지 스타킹을 뒤집었다가 천천히 종아리 위로 올리기 시작했다. 전혀 다른 장갑을 끼고 존과 첫 훈련을 시작하던 때와 땀이 흐르던 눈알, 쿵쾅대던 심장, 자신 있게 공원을 활보하던 내 모습이 떠올랐다. '이게 한 시간의 권투 훈련이에요.'

"매일 신으세요. 중도에 그만두지 말고요." 그녀가 경고했다.

"여름에는 어떡하죠?" 내가 물었다.

"그냥 견뎌야겠죠."

정맥 부전은 드문 병도 아니었는데 원인을 찾아내기까지 여덟 달이 걸렸다. 의사는 여전히 권투를 해도 좋지만 통증이 생기지 않으리라는 보장은 하지 못한다고 했다. 여러 달이 지나면서 나는 통증을 없애는 치료법은 없다는 것을 깨달았다. 압박 스타킹 덕분에 통증이 좀 완화되기는 했지만, 나는 궁극적으로 종아리 근육을 강화하기로 했다. 동맥과 정맥이 더 원활한 역할을 하는 데 도움이 될 것 같아서였다. 어느 의사도 그런 방법을 제안하지는 않았지만 어쨌든 그게 내 계획이었다.

'이렇게 됐어요, 할머니. 저도 이제 압박 스타킹을 신게 되었어요. 환영처럼 사라질 건강의 왕좌에서 할머니를 재단하며, 걸음이 늦고 차에 다리 한쪽 올리는 데도 시간이 오래 걸린다고 짜증을 내던 전 얼마나 잔인했던지요. 전 이제 수영장의 따뜻한 물 안으로 들어가 할머니를 비롯한 다른 사람들과 함께 천천히 걷기 시작합니다. 거기에는 제게 진짜 수영이 어떤 건지 가르쳐 주고 싶어 하는 하코아의 수영 선수들도 있어요.'

"독서 좀 하고 올게요." 존이 〈링〉지를 들고 화장실로 향하며 말한다. 나는 물을 한 모금 쭉 들이켠 다음 빈 병을 구겨 쓰레기통에 던진다. 상체가 날씬해보일 티셔츠와 다리가 길어 보이게 해줄 운동복

바지를 사러 쇼핑몰에 갈지 말지 생각 중이다. 체육관 문이 열리는 소리도 들리지 않고, 내가 또 다른 상상에 빠져들고 있다는 것도 깨닫지 못한다.

"이런! 곤란하군. 여자 선수라니."

나는 목소리를 향해 돌아선다. 어떻게 이리도 빨리 나타났는지 믿기지가 않는다. 하지만 민첩성은 대니얼 멘도자(Daniel Mendoza, 1764~1836, 유대인, '세계 권투 명예의 전당' 초창기 맴버로 선출되었다—옮긴이)의 가장 큰 장점이었다. 그는 커다란 알통과 맨가슴을 드러낸 채 무릎 바로 아래까지 좁아지며 내려오는, 낡았지만 깨끗한 바지를 입고 있다. 바지는 플란넬이나 면 재질로 아주 두껍고, 허리에는 단추가 두 개 달려 있다. 사타구니 위로 삼각형 모양이 있고 양쪽 끝에 단추가 하나씩 달려 있다. 기저귀를 밖으로 찬 것처럼. 긴 양말이 바지(아니, 팬티인가?) 밑자락까지 올라와 있다. 발에는 끈이 달린 뾰족한 가죽 구두를 신었다.

"제가 도와드릴까요?" 그가 말을 잇는다. "저 악당한테 협박당하고 있나요?"

"아뇨, 말씀은 감사하지만, 저 사람은 제 코치예요." 나는 그의 커다란 코를 잠시 쳐다보며 말한다. 피부가 꽤 까무잡잡하고, 구레나룻이 그 큰 코에 닿을 것처럼 뺨까지 깊숙이 내려와 있다. 억세고 숱 많은 머리카락은 뒤통수에서 앞으로 빗어 내렸다. 입술은 두툼하고 눈에는 슬픔이 약간 어려 있다.

"그렇다면 물어볼 게 많아지는군요. 난 나 자신을 과학 권투의 아버지라고 부를 자격이 있다고 생각해요. 오랫동안 침체기에 있던 프로 권투를 험프리스^{Richard Humphries}와 내가 세 번의 챔피언전戰으로 되살려 놓았죠. 그 뒤로 과학 권투가 애용되었고 말이에요. 그런 시를 들어봤을 겁니다. '이 사람이 내가 꿈꿨던 아름다운 백일몽 속의 그 유대인이란 말인가?' 그게 바로 나예요!"

나는 맞장구를 치며 고개를 끄덕였다.

"그게 나라고요! 내가 여기 있는 동안 이 시간을 잘 활용해보도록 하죠. 좀 있으면 권투 과학에 관한 강의를 하러 아일랜드로 가야 하니까요. 여자가 권투를 한다는 게 용납되지는 않지만 당신에게 내 전문 지식을 알려줄 수는 있을 거예요."

대니엘 멘도자의 조언이라니! 나는 풀었던 붕대를 최대한 빨리 다시 감았다.

"그런데 저 가죽 풍선들은 뭐죠?"

"오, 맙소사, 그렇죠. 1860년까지 당신들은 글러브를 사용하지 않았죠. 주먹으로만 싸웠어요!" 나는 말한다.

"맨주먹이었죠." 그러면서 멘도자는 무성 영화나 오래된 사진, 스케치에서나 볼 수 있었던 포즈를 취한다. 뒷발로 일어나 뛰쳐나갈 듯 앞다리를 번쩍 든 말처럼 팔과 주먹을 앞으로 쭉 뻗는 포즈. 그리고 조그만 원을 그리듯 주먹을 조금씩 움직인다.

"사람들은 당신을 뭐라고 불렀나요?" 나는 묻는다.

"이스라엘의 별이라고 불렀죠. 가끔 동방의 빛이라고도 불렀고. 그건 험프리스와 첫 번째 시합 뒤에 나온 별명이었어요. 그 시합에서 이겨 상금 5기니와 함께 그 별명을 얻었죠. 무례한 질문인지 모르겠는데, 혹시 당신도 유대인인가요?"

"맞아요."

"아, 이제 이해가 되는군. 집안에 남자가 없어서 무시당하고 있군요. 우린 둘 다 부정과 편견에 맞서 싸우고 있는 거예요." 멘도자는 글러브 한 짝을 집어 들고 무게를 알아보려는 듯 공중으로 던졌다 받는다.

"글쎄, 그런 건 아닌 것 같은데⋯⋯." 나는 그가 글러브를 낄지 어떨지 궁금해하며 다른 쪽 글러브를 집어 든다.

"난 내 아내는 절대 못 싸우게 할 거예요. 사실 나도 싸움을 그만두겠다고 아내와 약속했지만, 왜 그럴 때가 있잖아요, 거부하기 힘들 때가⋯⋯. 난 다기 견습공이었어요. 어느 날 짐꾼이 배달을 왔기에 그 사람에게 권투 잘하는 비법을 한 가지 알려줬죠. 그랬더니 좀 더 알려달라는 거예요. 그러다가 그 사람이 우리 다기 선생님 가족에 대해 반유대주의적인 발언을 하더라고요. 그래서 그 사람을 밖으로 끌고나갔죠. 거리에 링이 만들어졌고 우리는 곧바로 싸우기 시작했어요. 한 45분쯤 피터지게 싸우고 나서야 그 자가 항복을 하더군요. 두 번째 시합 상대는 그 대단한 리처드 험프리스였어요. 그와는 나중에 두 번 더 붙었죠. 동네는 그 시합 소식으로 온통 들끓었고, 정신을 차리고 보니 난 또 다른 사람과 붙고 있었어요. 물론 내가 이겼고 말이에요. 그런데 우리 선생님은 그런 활동을 달가워하지 않아서 날 해고하셨어요. 생활은 어려웠지만 그것도 이제 끝났어요! 극장에서 권투 시범을 보여줄 때마다 50파운드씩 받으니까. …… 아, 그리고 그 가죽 풍선은 쓰지 맙시다. 이리 와 보세요. 좀 보게 말이에요."

나는 그의 옆으로 가서 선다. 유대인 최초의 권투 스타는 그리 크지 않다. 170센티미터 가량에 72킬로그램 정도? 우리 둘 다 미들급이다. 또 한 가지 공통점이다. 욤 키푸르 날 야구를 하러 가는 대신 기도를 하러 유대 예배당을 찾았던 행크 그린버그의 이야기가 생각난다. 2미터의 장신인 그는 대부분이 161, 162센티미터 정도에 불과한 유대인 남자들을 압도했다. 교인들은 자리에서 일어나 거인 같은 그가 걸어 들어오는 모습만으로도 박수갈채를 보냈다.

"권투선수는 균형 상태를 유지해야 해요. 그래야 상대의 주먹이 명치를 치지 못하게 사선으로 왼쪽, 오른쪽 쉽게 움직일 수 있으니까. 양 무릎을 반드시 구부리고, 왼 다리는 앞으로 내밀고, 두 팔은 목이나 턱 바로 앞으로 올려요. 당신은 팔이 짧으니 상대와 바짝 붙어 싸우는 게 유리해요. 그러니까 상대의 팔이 미치는 범위 안으로 들어가서 상대가 당신을 치기 전에 짧은 스트레이트를 치는 거죠. 상대가 주먹을 날린다 해도 그 주먹은 당신의 어깨 위로 지나갈 거예요."

"존이 하는 말과 똑같네요." 나는 말한다. "난 키가 크지 않아서 강한 펀치에 의존하는 선수는 절대 안 될 거예요. 하지만 길고 힘 있는 펀치는 안 돼도 안으로 파고들어 가까이 붙어서 싸우는 건 해볼 만할 거예요."

터널의 끝

"뭐, 상대가 권투에 무지한 사람이라면 그렇겠죠. 그게 우리가 모두 바라는 바이겠지만. 상대는 서툴러서 되는대로 주먹을 휘두를 테고, 당신은 유리한 입장에 설 수 있죠. 난 1780년에 석탄 운반부인 해리와 붙었을 때 40라운드까지 가서야 그를 보낼 수 있었어요."

나는 거울 속 내 모습을 향해 펀치를 날리며 섀도복싱을 시작한다. "40라운드라니. 요즘 권투는 그렇게 길게 가지 않아요."

"무슨 소리예요? 모두 겁쟁이가 됐단 말이에요?

"아니에요! 그게 아니라 규칙이 생긴 거죠. 예를 들어, 한 라운드는 3분으로 정해져 있어요."

"오, 겁쟁이가 맞네. 우린 한 사람이 드러누울 때까지 싸웠어요. 얼마가 걸리든 말이에요. 진짜 싸움이었죠. 자, 이제 잘 들으세요. 오른 주먹으로 내 손목을 잡아서 펀치를 피한 다음 내 얼굴로 왼손 백핸드블로(backhand blow, 아래쪽에서 쳐올리는 펀치—옮긴이)를 날리는 거예요." 커다란 손이 날 향해 재빨리 날아오자 나는 이리저리 피하다 아예 왼쪽으로 물러서 버린다.

"내가 만든 거예요!" 멘도자가 외친다. "그 방어 동작 말이에요. 왼쪽으로 물러서는 거. 난 강한 펀치를 좋아하지 않았어요. 하지만 빠른 펀치와 방어 동작은 내 전문이었죠. 그게 큰 도움이 됐고 말이에요. 그 기술은 험프리스와의 두 번째 시합에서 썼던 거예요."

"그 험프리스라는 선수 말이에요." 나는 또다시 그의 빠른 주먹을 피하느라 헉헉댄다. "왠지 그 선수한테 집착하는 것 같아 보여요."

"난 첫 시합에서 그가 날 이긴 건 무효라고 생각해요. 내가 아팠던

데다가 아들을 잃어 우울한 상태였으니까."

"이런, 미안해요."

"…… 그런데도 그는 내가 경기를 해야 한다고 우겼죠. 난 한 번 더 시합을 가지려고 노력했지만 조건이 맞지 않았어요. 하나가 맞으면 다른 하나가 안 맞고."

나는 화제를 바꿔야겠다고 생각하고 말머리를 돌렸다.

"한동안 현상금 사냥꾼으로 일했다는 게 사실인가요?"

"사실이에요. 천박한 직업이었죠. 그 분야에서도 실력이 좋았지만 잠시 하다가 그만뒀어요. 그보다는 내가 영국 왕을 위해서 싸웠던 이야기를 듣고 싶지 않아요?"

체육관 끝에서 양변기 물이 내려가는 소리가 들렸다. 존이 돌아올 것이다.

"당연히 듣고 싶어요. 하지만 내가 정말로 알고 싶은 건 왜 많은 사람이 권투의 아버지가 유대인이라는 걸 모르느냐는 거예요."

"아." 대니얼 멘도자는 검은색 곱슬머리를 쓸어 올리며 벤치 프레스 위에 앉았다. "아시다시피 사람들이 우릴 강하다고 생각하지 않았잖아요. 우린 학자들이었어요. 물론 기질이 사납고 집념이 강한 몇몇 사람들은 권투를 나쁘게 쓰기도 했죠. 하지만 셰익스피어의 말처럼 '거인의 힘을 갖는 것은 좋으나 그 힘을 거인처럼 쓰는 것은 무자비한 일'이에요. 난 로마의 검투사들처럼 자기 방어를 위해 권투를 과학적으로 연구했어요. 당신 같은 사람들을 위해서 말이에요. 진짜로 여자까지 염두에 둔 건 아니었지만 말이에요. 비방이 날아드는데 수수방관할 수는 없잖아요. 난 그런 걸 참을 수가 없었어요. 과연 누가 그럴 수 있을지 모르겠어요. 우린 그냥 보통 사람만큼 착하고 강한 사람들인데 말이에요. 사람을 한 명 데려와서 나한테 한 시간만 줘 봐요. 내가 그 사람에게 자신을 지키는 법을 가르쳐주죠. 난 최고니까!"

'내가 최고다'라고 무하마드 알리는 말했다.

우리는 서로를 바라보며 서 있다. 우리의 검은 눈동자가 얽히고, 마주 보고 서 있는 동물원 우리 안의 동물들처럼 서로를 응시한다.

"길에서 다닐 때 조심해요." 멘도자가 말한다.

"어이, 베이비, 내 권투 후계자, 파괴의 여신님께서 왜 아직 붕대를 감고 계신가?" 존이 내게 다가오며 소리친다.

"그냥, 그러니까…… 한 라운드 더 뛰고 싶어서요. 예전에는 쓰러질 때까지 시합을 했다는 거 알고 있어요?" 나는 물었다.

멘도자는 가고 없었다.

"물론이죠. 그리고 모랫바닥에 그려 놓은 원이 최초의 링이었어요. 선수들은 맨주먹으로 싸웠죠. 어쨌든 한 라운드 더 뛰는 건 안돼요. 오늘 당신의 훈련은 끝났으니까."

20.

나만의

링

위에서

나는 예상치 못한 이야기 전개에 익숙하다. 사람들의 두서없는 이야기가 매일같이 내 정신을 침투하고 있으니 말이다. 에베레스트 산을 올랐다거나, 곰을 잡는 덫에서 빠져나오려다 한쪽 팔을 물어 뜯겼다거나, 한밤중에 포로수용소를 탈출했다거나 하는 이야기는 아니지만 내 환자들에게 자기들의 이야기는 뉴스 속 어떤 발언만큼이나 중요하고 극적이다.

'미국인의 인생에는 제2막이 없다'던 스콧 피츠제럴드의 주장은 틀렸다. 비교신화학자 조셉 캠벨Joseph Campbell이 말하는 신화 속 영웅의 도전은 결코 그 빛이 바래지 않는다. 길을 안내해 줄 동물을 찾아 작은 손전등을 장착하고 어두운 동굴들을 지나야 하는 위험한 길과 마주치지는 않더라도, 은퇴자 협회의 소식지가 우편함에 도착하면 가능한 모든 도움을 이용해도 좋다. 자신의 인생에서는 우리가 모두 영웅적인 주인공이기 때문이다.

나는 코네티컷 주, 뉴헤이번에서 전직 미들급 챔피언을 찾아가 날 받아달라고 설득했고, 바로 그때가 내가 권투라는 이상하게 생긴 돌을 집어든 순간이었다. 대단히 공적이거나 화려하고 극적인 삶을 사는 사람이 아니라면, 우리가 기쁨과 자신의 영혼과 열정을 발견하는 순간은 대개 이런 식으로 찾아온다. 그리고 그것은 도전, 방해물, 끈기, 예상 밖의 우발적인 융합이라는 조용한 과정을 거친다.

이상하게 생긴 돌들은 특히 우리가 그 돌을 집어 들어 흙에 새겨진 돌의 진짜 모양을 보았을 때 앞선 추측과 예상을 무너트린다.

나는 권투가 공격적인 것은 물론 폭력적일 수도 있다는 사실에 대해 변명하지 않는다. 그것은 권투의 매력이자 자극요소이기도 하다. 하지만 아마추어 권투는 프로 권투만큼 폭력적이지 않으며, 권투를 통해 어른, 아이를 막론하고 누구에게나 수많은 인생의 기술을 가르칠 수 있다는 것 또한 사실이다. 권투를 통해 공동체의 발전을 촉진하고, 규율을 가르치고 좌절과 절망을 견뎌내고 목표를 갖도록 도와줌으로써 아이들이 거리를 떠돌지 않도록 막을 수 있다. 작가와 역사가들은 오랫동안 권투에 매력을 느껴왔다. 권투에 담긴 민족, 계충, 부패, 선과 악의 대결, 삶에서 원초적인 본능과 공격성이 하는 역할, 약자의 처지, 용기와 '마음'의 본질이라는 주제 때문이었다.

권투선수에게는 약간의 분노가 필요하다. 아마 나의 아버지는 좋은 권투선수가 되었을 것이다. 그랬다면 분노를 링 안에서 털어내고 나올 수 있었을지도 모른다. 권투를 했다면 아버지는 냉정을 유지하고, 침착함을 계발하고(누가 당신을 공격할 때 당황하면 맞을 확률이 커진다), 자기 안의 분노를 자신에게 불리한 방향이 아니라 유리한 방향으로 이용하는 법을 배울 수 있었을 것이다.

나는 아버지가 분노한 이유 가운데 적어도 몇 가지는 알고 있다. 아버지는 자신이 진심으로 원했던 일을 하지 못했고, 알랭 드 보통이 말하는 '지위 불안'에 지독히 시달렸다.

나는 초기 유대인 권투선수들이 분노한 이유도 몇 가지 안다. 그들은 끊임없이 괴롭힘을 당했고 모두에게 약골 취급을 받았다.

1917년부터 1925년까지 라이트급 챔피언 자리를 놓치지 않았던 베니 레너드는 시카고의 가난한 동네에서 아일랜드인들과 끊임없이 세력 다툼을 벌였다. 바니 로스는 열세 살에 아버지가 강도의 총에 맞아 죽는 장면을 목격한 후 끔찍한 트라우마에 시달렸다. 그의 어머니가 신경쇠약에 걸려 가족이 뿔뿔이 흩어지게 되었을 때 바니의 동생들은 고아원으로 보내졌다.

슬프게도 유대인들은 하루 더 살 수 있는 권리를 얻기 위해 권투로 내몰리기도 했다. 1939년 독일이 폴란드를 점령한 당시, 권투선수였던 해리 해프트Harry Haft는 나치에 체포되었다. 그는 강제수용소에서 경비병들의 재미를 위해 맨주먹 권투를 하도록 강요당했다. 권투에서 진 포로들은 즉시 처형당하기 일쑤였다. 해리가 한 번도 싸움에서 지지 않자 잔혹하기 그지없는 경비병들은 그를 '유대 짐승'이라고 불렀다. 나중에 그는 강제수용소를 탈출해 미국으로 건너와 프로 권투선수가 되었다.

2009년 86세를 일기로 세상을 떠난 그리스 태생의 유대인 권투선수 살라모 아루크Salamo Arouch는 나치 경비병들이 내기 삼아 벌인 권투 시합에서 동료 포로들을 계속 이긴 덕분에 아우슈비츠 수용소에서 살아남았다. 로버트 M. 영 감독의 1989년 영화 〈트라이엄프〉는 그의 이야기를 바탕으로 만든 것이다.

나는 내 코치인 존이 분노하는 이유도 안다. 어린 시절 내내 그와 동생을 지배했던 알코올 중독자 어머니가 분노로 가득 찬 사람이었기 때문이었다. 나는 왜 분노했을까? 아버지의 분노 앞에서 무기력했기 때문에? 소곤거리듯 말하던 엄마의 힘없는 목소리 때문에? 나의 부모님이나 그 세대의 다른 많은 이민자와 달리, 나는 교육을 받을 수 있었고 내가 원하는 길을 갈 수 있었다. 물론, 내게도 아픔과 실망이 있었지만 나는 부모님보다 훨씬 더 많은 자유를 누렸다.

아니, 어쩌면 문제는 분노가 아닌지도 모른다. 문제는 경쟁일지도. 내가 이기면 다른 누군가는 져야 한다. 결국 승자와 패자가 없다면 스포츠는 존재하지 않을 것이다. 스포츠에 참가하려면 다른 사람을 능가하겠다는 의지가 있어야 한다. 우리 집에서는 가족 중 누군가 운전을 하고 가다가 사람을 다치게 했다면 그게 고의가 아니었더라도 이기적이고 끔찍한 사람 취급을 받았다. '어딘가에 동화되기 위해서는 자신을 억눌러야 한다.' '자기 자랑을 너무 많이 하지 마라. 안 그러면 하느님이 벌을 주실 것이다.' '두드러지지 마라 관심을 끌지 마라.' 끊임없이 이런 목소리가 들렸다.

어린 시절 나는 내가 싸움으로 만들어버린 도전에서 빠져나오기 위해 싸웠다. 무서운 체육 선생님을 피하기 위해 체육 수업을 빼먹은 것도, 여름 캠프에서 수영 수업을 피하기 위해 생리가 있는 척한 것도 그래서였다. 나는 인생의 기쁨이나 잠재적인 성공이 가까워지면 무서운 게 더 많아질 거라며 꽁무니를 뺐다. '괜찮아, 괜찮아, 집으로 오렴. 우리도 무섭단다.' 이런 목소리가 마음속에서 속삭였다.

어른이 되고 나서는 공황을 일으키지 않고 우편함까지 걸어가는 게 성공이요, 차로 다리를 건넌 게 대단한 기쁨인 날들을 보냈다. 힘든 시기였다. 이 글을 쓰는 지금도 검열관 괴물이 내 어깨에 앉아 속삭이는 소리가 들린다. '네 환자들이 어떻게 생각하겠어? 동료 의사들은?' 그 괴물은 못마땅하게 한쪽 눈썹을 추켜세운 부모님일 수도 있고, 고뇌 가득한 우리의 말을 듣고 '나는 이해가 안 되는구나⋯⋯ 왜 그냥⋯⋯ 이겨내지 않았니?'라고 말하듯 우리를 멍하니 응시하는, 흠결 하나 없는 권위자일 수도 있다. 설상가상으로 변화에 마음을 '열면' 무엇이든 극복할 수 있다고 장담하는 스승들은 또 얼마나 많은가.

거부하기 어려운 공황 상태에 얼마 동안 빠져본 적이 있는 사람이라면 '싸움이냐 도망이냐'를 선택해야 하는 상황을 반복적으로 일으키는 건 육체의 문제만이 아님을 안다. 거기에는 상상력과 자기 학대 능력과 가상의 위험을 이끌고 머리가 개입한다. 그 결과, 나는 지나치게 머리를 쓰고 인식 과잉에 내성적이고 몽상적이고 양면적인 사람이 되어 미묘한 차이에 무기력해지기 일쑤였다. 존이 내게 피하고 막고 속이는 법을 가르칠 때 내가 무엇을 하는지 아는가? 머리를 쓰지 않는 것이다. 나는 집착을 버리고 흐름 속으로 들어간다. 즉각적이고 결과가 있는 모든 것 속으로.

심리치료사로서 내가 거주하는 영역은 사람들을 괴롭히는 모호함의 세계다. 그 속에서 사람들은 스스로를 괴롭힌다. 나는 사람들이 머릿속에서 자기 자신을 향해 날리는 주먹과 싸워 이기도록 도와주려고 애쓴다. 그들을 돕기 위해 때로는 시합 매니저가 되고, 때로는 상대역이 되어 그들이 어떤 싸움을 치르고 있는지 알아낸다. 무엇에 화가 나 있는지. 누구에게 화가 나 있는지. 정말로 원하는 게 무엇인지.

존은 내 눈에서 끈기인지 결심인지, 중간에 포기하지는 않겠다는 게 보였기 때문에 날 받아주었다고 말했다. 나는 쉽게 포기하는 사람이 아니었다. 한 번도 그런 적은 없었다.

자세히 들여다보면 모두가 늘 무언가와 싸우고 있는 게 보인다. 사랑하는 사람, 자기 자신, 교통체증, 실재하거나 상상 속에 존재하는 적. 부모들은 아이들의 팔을 거칠게 붙잡고, 사람들은 논쟁을 벌이고, 회사 중역들은 권력을 잡기 위해 로비를 벌이고, 정치인들은 자기들의 정책을 추진하고, 국가들은 전쟁을 벌인다.

같은 체격의 여자 선수와 스파링을 하겠다는 내 목표가 이루어질지는 알 수 없다. 하지만 나는 포기하지 않을 것이다. 나는 자전거를 구입해 하루에 적어도 40분씩은 타려고 노력 중이다. 샘 데인은 종아리 근육을 강화시켜 혈류가 촉진돼 통증이 완화되면 나와 상대해 주겠다고 한다. 나는 정맥 부전에 관한 연구 결과들을 조사한 뒤 효과가 있다는 소나무 껍질 추출물도 먹고 있다.

'우리는 언제나 권투를 하고 있을 것'이라는 존의 말이 이루어지기를 희망한다.

어느 날 존이 내게 전화를 걸어 자신과 함께 코너맨으로 일해 달라는 제안을 했다. 그렇게 나는 마누엘의 승리에 동참했다. 권투를 하지 않았다면 젊은 선수의 얼굴 밑에 양동이를 받치고 있는 것이든 그를 응원하는 것이든 상상도 못할 일이었으나, 나는 다음에도 그 일을 하고 있을 게 확실하다. 나는 랩톱 컴퓨터로 기사를 작성하는 다른 언론 매체 사람들과 앉아 프로 권투 경기들을 보았다. 방송국 출입증이 있어서 링에 가까이 다가가 사진을 찍을 수도 있다.

나는 내 라디오 프로그램에서 존과 함께 '당신의 코너에서'라는 신설 코너를 시작했다. 여기서 우리는 권투선수, 작가, 스포츠 기자들을 인터뷰하는데, 지금까지 인터뷰한 인물로는 작가 잭 카바노Jack Cavanaugh, 저널리스트 데이비드 마골릭David Margolick, 영화배우 루시아 리커, 권투선수로는 유리 포먼Yuri Foreman, 버트 랜돌프 슈거, 안젤로 던디가 있다.

권투 덕분에 나는 더 똑똑해졌다. 이제 나는 역사와 내 주위의 모든 것에 대해 더 많이 알고, 더 자신 있어지고, 내가 이해하지 못하는 사람과 일에 대한 추측을 자제한다.

이제는 이디시어를 들을 때 움츠러들지도 않는다. 이디시어는 생명력과 유머가 가득한 멋진 언어다. 나는 여전히 바니 로스의 첫 아내인 펄 시겔과 내 어머니 레지나 시겔에 대해 생각한다. 족보를 좀 더 열심히 찾아보고 싶다.

최근에 나는 큰언니 미키로부터 놀라운 생일 선물을 받았다. 가는 유리관에 깨알 같은 글을 적은 두루마리를 넣어 만든, 대단히 세밀하고 아름다운 메주자였다. 테두리가 거친 금속이어서 따뜻한 색조의 부엌에 걸어두면 잘 어울릴 것이다. 페인트를 덧칠해 뭔지 알아볼 수도 없었던, 어린 시절의 아파트에 붙어 있던 메주자와 달라서 반갑다.

나는 틸만 랍비가 진보적이고 멋진 사람이라고 들었다. 전화를 걸자 심지어 전화도 그가 직접 받는다. "책을 쓰고 있어요." 나는 말한다. "권투에 관한 책이자 유대인에 관한 책이에요. 과거와…… 제

가족에 관한 많은 감정이 뒤섞여 있죠. 질문이 있어서 그런데, 랍비와…… 말씀을 좀 나눴으면 합니다만." 나는 더듬거리며 말한다.

"권투에서 유대인까지라고요? 흠." 그는 잠시 말이 없다. "얘기를 나눠보고 싶군요." 그가 말한다. "다음 수요일은 어떠십니까?"

수요일이 오자 나는 아주 오랜만에 유대 예배당에 들어가는 기분이 어떨지 궁금했다. 나는 기도문 선창자가 통렬히 울부짖는 소리와 익숙한 얼굴들을 반기는 사람들 속에 휩쓸려 들어갈 것을 반쯤 예상하고 있었다. 하지만 예배당은 텅 비어 있었다. 예배당은 낡은 초등학교 같아 보였고, 나는 랍비의 사무실을 찾아 복도를 헤매다 길을 잃고 말았다.

마침내 유리로 둘러싸인 칸막이 방에서 한 여자가 나와 사무실이 있는 쪽을 알려주었다. 텔만 랍비가 나타나 날 우두커니 바라보더니 바닥에 낡은 카펫이 깔려 있고 책으로 가득 찬 방을 향해 손짓했다. 나는 내 이야기를 쏟아내다가 랍비의 주의가 흩어진 것을 알아차렸다. 그러자 내 이야기는 더 산만해졌다. '난 유대인이에요. 집으로 돌아왔다고요! 베이글과 훈제연어를 실은 환영 마차는 어디 있나요?' 랍비는 내가 읽었을 만한 책을 몇 권 언급했다. 그리고 몇 가지 역사 이야기를 들려주었다. 이제 나는 그의 신도들과 가족과 수십 년에 걸쳐 갈고 닦은 관계자들이 신입 신도들을 회의적인 눈으로 바라보는 모습을 상상했다. '당신은 진정한 유대인이 아니군요……. 욤 키푸르 날에 단식을 하지 않는단 말인가요?'

"한 가지 질문은 모든 정통파 유대교 남자가 여자로 태어나지 않은 걸 감사하다는 기도를 매일 올리는 게 사실이냐는 거예요. 여자로 태어나는 게 그렇게 끔찍한 일인가요?"

"이건 제가 대답할 수 있는 질문이군요." 텔만 랍비가 말한다. "그 기도는 여자에게는 남자만큼 많은 계명을 지킬 의무가 없다는 사실과 관련이 있습니다. 여자들은 집에 남아서 아이들을 돌보아야 하는데, 그건 특정 기간 동안은 해야 하는 일이죠. 그런데 몇몇 계명들에는 시한이 있습니다. 여자들은 그 계명들을 동시에 지킬 수가 없죠. 남자들은 여자들보다 더 많은 계명을 수행할 수 있습니다. 그건 환희고 즐거움이죠. 그래서 감사 기도를 드리는 거예요."

명쾌한 대답이었다. 그럼 이제 존이 다음 권투 훈련도 하자고 말했을 때처럼 텔만 랍비도 내게 예배에 참석하고 자기와 함께 위대한 책을 공부하자고 청해올까? 하지만 그는 자리에서 일어나 근처 의자에 걸쳐져 있던 그의 코트로 걸어갔다.

"죄송하지만 장례식에 가봐야 합니다."

"오, 가까운 분의 장례식이 아니길 바랍니다." 긴 검은색 코트의 단추를 잠그는 그에게 나는 말했다.

"불행히도 가까운 사람이었어요."

"그래서…… 피곤해보이셨군요." 나는 가볍게 말을 흘렸다.

"글쎄요." 그가 감정이 별로 들어가지 않은 목소리로 말했다. "그게 랍비의 삶이죠."

내가 유대 예배당에 간 건 이상한 돌을 집어 드는 것이 약속이기 때문이다. 그래서 그 돌이 나를 어디로 인도하든 끝까지 가보고 싶은 것이다. 나는 여전히 링으로 돌아가기 위해 노력하고 있었고, 한편으로 언젠가 '텔만 랍비와 함께한 수요일'(미치 앨봄의 《모리와 함께한 화요일》을 차용한) 같은 깔끔하고 단정한 프로그램을 할 수 있기를 바랐다. 달리 말하면 끝이 아니라 새로운 시작인 것이다.

　나는 아직 메주자를 걸지 않았다. 그걸 걸려면 아주 작은 못이 두 개 필요해서 철물점에 가서 찾아봐야 한다.

　나는 교리를 엄수하는 유대인이 되지 않았다. 유대교에 관한 책을 더 읽지도 않았다. 내가 읽고 있는 건 《그는 어머니에게 착한 아들이었다: 유대인 갱스터들의 삶과 범죄But He Was Good to His Mother: The Lives and Crimes of Jewish Gangsters》이다. 그런데 이상한 일이 일어났다. 어느 날 큰언니가 숨 가쁜 목소리로 전화를 걸어왔다.

　"내가 뭘 찾았어." 언니가 흥분을 감추지 못하는 목소리로 말했다.

　"시가 적힌 종이 뭉치야. 넌 안 믿을 거야."

　"왜? 누가 쓴 건데?"

　우리 자매들은 가끔 오래된 상자, 서랍장, 파일캐비닛들을 뒤졌다. 그 과정에서 가끔 우리는 어릴 때 썼던 글을 발견하기도 했다.

"아빠."

"뭐어어?"

"여든 살에 들어서 그것들을 한데 모으고 계셨어. 우리에게 주려고 말이야. '내 세 딸들에게 바침'이라고 적혀 있어. 열다섯 장 정도 되는 것 같아. 세상에, 진짜 재미있고 솜씨 좋은 글이야. 살아계실 때 충분히 인정해 드리지 못했던 걸 생각하니까 슬프다."

"나한테 보내줘. 나도 보고 싶어."

특급 소포가 도착했을 때 나는 봉투를 찢어 재빨리 몇몇 제목들을 훑어보았다. '사라토가 1946'(경마장에 관한 시), '블라인드 데이트'(돌아가신 엄마와의 만남에 관한 시), '난 뉴욕을 사랑해, 작은 거미 아가씨'(살인 회사에서 일했던 여자친구에 관한 시), '진지하게 고하는 세일즈맨의 삶'(제2차 세계대전에 관한 시), '알츠하이머를 피하며, 만세 그리고 안녕'(나이 들어가는 것에 관한 시). 운을 맞춰 적은 그 긴 시들은 세상에서 가장 뛰어난 시는 아니었지만 거기에는 아버지의 선명한 목소리와 재치와 통찰력이 들어 있었다. 그리고 마지막 장에 적힌 마지막 시.

그것은 권투 시합에 관한 시였다.

파란 눈 코쟁이의 전설   – 제이 클라인

옛 속담에 이르길, "싸우다 도망치는 이는
살아서 또 다른 날 싸우게 되리라."
그의 신조는 "싸워라. 하지만 무슨 일이 일어나든 도망치지 말고
머물러라. 그렇지 않으면 영원히 삶에서 달아나게 되리라."

유명해지고 별명이 생긴다는 것이
브루클린으로 가는 여권인 시절이 있었지.
'얼간이', '황소개구리'
그리고 보이지 않고 들리지 않는 곳에서 속삭여지는 별명들.
어떤 별명은 영광의 길로 나아갔고, 어떤 별명은 수치의 길로 나아갔지.
하지만 음유시인의 말처럼 이름이 무에 중요하랴.

제이는 파란 눈에 큰 코를 갖고 태어났지.
할아버지 모세를 빼다 박은 것.
친구들은 그를 '파란 눈'이라 불렀고,
사람들은 등 뒤에서 '코쟁이'라 불렀네.

그는 생각했지, 자신의 코가 밝은 데서 볼 때는 로마네스크 조각 같고,
밤에는 훨씬 더 작아 보인다고.

"네 코는 동전을 가득 채워 넣은 것 같아."
그렇게 히죽거린 사람은 튀어나온 무릎과 앙상한 다리 때문에
스크램블드에그라 불린 친구.
제이는 재빨리 그를 때려눕혔고,
이긴 후로 늘 자신이 좋아하던 말장난을 떠올렸지.
스크램블드에그를 에그로 만들고
삶아버렸다고.

고등학교 체육관에서 마지막 수업 종이 울리고
나가려는 제이 쪽으로
위협적인 인물이 다가와 길을 막고 있었지.
체육 주임교사, 분노에 휩싸인 얼굴.
그는 바르톨로뮤 배스.
그가 다니던 대학의 헤비급 챔피언.
모두에게 '악당'으로 유명했던.

배스 선생은 휘파람을 불었지. "아무도 가지 마라.

모두 남아 권투를 보거라.

우리 반에서 싸움을 일으키는 건 용서 못 할 죄.

이걸 보고 나면 싸움을 일으키기 전에 한 번 더 생각하게 될 것이니."

제이는 여전히 분노로 가득 찬 배스를 보았지.

그리고 배심원도 없이 교수형에 처해진 자신의 처지를 보았지.

배스는 자신이 생각하는 벌을 주려

제일 잔인한 샌드백용 글러브를 골랐네.

제이는 73킬로에 탄탄한 몸매,

배스는 113킬로에 배가 불룩한 몸매.

보쟁글스*처럼 현란한 스텝을 밟으며

사방에서 쏟아지는 배스의 펀치,

두들겨 맞아 피가 흐르는 제이는 술 취한 어릿광대처럼

비틀거려도 쓰러지지 않고 버텼지.

이리도 힘을 쏟으면 그 값을 치르는 법.

배스는 망아지처럼 힘겹게 숨을 쉬고 있었네.

---

*Bojangles, 1878~1949, 탭댄스의 거장—옮긴이

"쳐라, 파란 눈, 그를 쳐." 그의 친구들이 마침내 폭발했지.
교사를 때리는 건 법을 어기는 일이지.
제이는 살아남기 위해 그의 턱에 육중한 오른 주먹을 날렸고,
악당은 쓰러졌네. 대자로 바닥에 쭉 뻗었네.
파란 눈 코쟁이는 글러브를 벗고
조용히 그 자리를 떠났고
그날 이후 브루클린의 전설이 되었네.

부부관계 상담가들이 공통적으로 말하는 원칙이 하나 있다. 사랑에 빠지게 했던 상대의 특징은 필연적으로 짜증과 절망의 대상으로 변한다는 것이다. 온화한 금욕주의는 고집스러운 억제력으로, 감상적인 성격은 감정 변화가 극심한 성격으로, 열렬한 창의성은 주의력 결핍 장애로 변해버린다. 하지만 그와 반대로 부모님과 그들의 역사, 우리 자신의 어린 시절에 대한 것들은 오랜 시간에 걸쳐 뭉근히 끓여 걸쭉해진 곰국처럼 흥미로워진다.

'파란 눈 코쟁이'가 정말로 '악당'을 쓰러트렸느냐고? 그건 내가 알아낼 방법도 없거니와 정말로 중요한 문제도 아니었다. 아버지의 권

투 사랑을 생각해 보면 존이 썼을 법한 '쏟아지는 펀치'나 '육중한 오른 주먹을 날렸고'와 같은 구절은 놀랍지 않았다. 그보다 나는 우리에게 일어난 동시성 현상에 신선한 전율을 느꼈다. 나의 여정은 나보다 큰 어떤 힘에 의해 줄곧 인도되어왔던 것일까?

내가 아는 게 있다면 바로 이것이다. 어떤 장애물이 있었든 아버지와 나는 둘 다 강한 사람이 되길, 적어도 그렇게 비치길 바랐다는 것이다. 아버지는 내게 수영을 가르쳐주지 않았고, 심지어 세상에 대한 나의 두려움에 크게 한몫을 했는지도 모르지만, 그는 절대 수영장이 딸린 모텔 찾기를 포기하지 않았다.

유대인 이민자 권투선수들은 모든 억압받는 집단이 직면하는 딜레마와 씨름했다. '내가 너무 유대인스러운 건 아닐까? 혹은 충분히 유대인스럽지 않은 건 아닐까?' 그것은 승산이 없는 상황이며, 그 속에서 모두는 다 같은 처지다. 베니 레너드, 바니 로스를 비롯해 수많은 유대인 권투선수의 초상화를 그려 높은 평가를 받는 화가 찰스 밀러는 그들은 '무언가를 찾아 헤매는 안티히어로이며, 유대인의 역사처럼 그들의 이야기에는 뿌리 의식이 없었다'라고 말한다. 그리고 그는 그런 그들과 깊은 유대감을 느낀다. 그는 '그들의 몸에 피를 넣어주기 위해' 그들을 그렸다고 말한다.

변호사이자 교수인 앨런 더쇼위츠는 유대주의가 크게 성공한 것은 유대주의의 불꽃에서 떨어져나간 사람들 덕분이라는 '촛불 이론'을 주장했다. 이는 물론 이론의 여지가 많은 생각이지만(그는 동화同和를 촉진시킨 과거의 이야기를 했던 듯하다), '그 불꽃에서 멀어질수록 유대인 자녀와 손자를 가질 가능성이 낮아진다'는 그의 분석은 옳다. 그는 독실한 유대인의 한 사람으로서 부족의 쇠퇴를 걱정했다. "그것은 커다란 역설이다. 답은 없다. 적당한 거리를 유지하는 것뿐"이라고 그는 말한다.

'적당한 거리.' 존은 권투를 할 때 자신의 범위, 즉, 사정거리를 아는 것이 중요하다고 알려주었다. 처음에 나는 그게 무슨 뜻인지 이해가 되지 않았다. 그것이 내 팔 길이와 관계가 있는 것인지, 상대와의 관계에서 내가 서 있는 위치와 관련이 있는 것인지. 그러다 어느 날 그것을 몸으로 경험했을 때 깨달았다. 내게 적당한 사정거리는 팔이 닿지 않을 만큼 먼 거리도, 나 자신을 잃고 질식할 만큼 가까운 거리도 아니었다. 부모님, 특히 아버지와 나와의 거리는 조금 지나치게 떨어져 있었지만 그렇다고 아주 가까워질 수는 없었다. 그렇게 되면 내가 집어삼켜질 테니까.

나는 그 사이에서 적정한 거리를 찾아야 했다. 그 거리를 찾는 방법은 나만의 독자적인 것일 테고, 그것은 많은 시도를 통해서만 찾을 수 있을 터였다. 그렇게 적당한 사정거리를 확보했을 때 비로소 나는 완벽하지는 않더라도 힘을 발휘할 수 있었다.

대니얼 멘도자는 권투선수는 균형 상태를 유지해야 한다고 했는데, 그 상태를 유지하는 방법은 각 선수의 특성에 따라 달라진다. 팔이 짧은 선수와 팔이 긴 선수는 다르다. 존은 내가 키도 작고 길고 강한 주먹을 날릴 수 없기 때문에 강펀치에 의존하는 선수가 될 수는 없으니, 상대의 안으로 파고들어가 싸우는 게 좋을 거라고 했다.

우리는 가족, 일, 믿음, 관계 등 중요한 문제와 관련해서도 자신에게 맞는 사정거리를 찾아야 한다. 그 사정거리는 개개인마다 다를 것이고, 오직 이런저런 시도를 통해서만 찾아낼 수 있다.

그래서 사람들이 권투를 하고 있다는 나의 말에 호기심과 염려 섞인 목소리로 '어머, 어떻게 그런 걸 할 수 있어요?'라고 물을 때 오히려 나는 그들이 어떻게 그런 질문을 할 수 있는지 궁금하다.

무절제한 바깥세상과 달리 권투는 우아하게 억제된 공격성을 내

포한 운동이며 보편적이고 지극히 개인적인 꿈을 위한 무대다. 그리고 나는 그 선명성을 사랑하게 되었다.

　무엇보다 놀라운 사실은 권투가 머릿속에 갇혀 있던 나를 끌어내 몸 안으로 넣어주었다는 것이다. 그 몸 안에서 나는 더 똑똑해졌고 내 가족을 다시 만났다.

감/사/의/말

안토니 리치오는 내게 책을 쓰는 일은 신을 찾고, 결혼을 하고, 아이를 낳는 것과 같다고 했다. 거기에는 많은 사람의 격려와 지지도 필요하다. 원고 초기 단계에서 많은 의견을 제시해 준 마사 캐플런과 보니 솔로에게 감사드린다. 자신들의 경험을 아낌없이 나누어준, 내가 권투계에서 만난 모든 사람, 특히 존 스피어와 제니퍼 세틀워스(두 사람은 코네티컷 주, 오렌지의 '파이팅 피트니스 체육관' 공동 소유자다), 수 도노프리오, 사만다 데인, 실라 폭스, 조앤 사위키, 라이언 화이트, 존 게스몬드, 테리 텀미니아-에드워즈, 래리 펠레티어, 케니 슈미트, 스티브 아쿤도에게도 감사를 전한다. 특히 놀라운 인내심과 관대함, 지식, 통찰력을 보여주었으며, 이 책에 실린 많은 경험을 할 수 있게 해준 나의 코치, 존 스피어에게는 글로 표현할 수 있는 것 이상의 감사를 전하고 싶다.

나의 언니 수잔 보르도와 메릴린 실버만은 내가 의심스러워 보이는 일을 할 때에도 늘 옆에서 나의 노력을 지지해주었다. 이 멋진 언니들과 나는 우리의 과거 기록 보관소다.(유대인 역사가 몸에 새겨진 후손이라는 의미-옮긴이)

내게 '감리교 작가 회의' 장학금을 제공해주었으며 다른 직업적 목적을 좇느라 팽개쳐두었던 글쓰기를 다시 시작할 수 있도록 힘을 준

코네티컷 여성 클럽에 감사드린다.

대니얼 멘도자와 오후를 보낼 수 있게 해준 바이네케 도서관에게 감사드린다.

창조적이고 흔들림 없이 나를 응원해준 레이 틸라가와 샤메인 로드, 엘레나 딕슨은 나의 가족과 다름없는 존재가 되었다. 호밀빵을 만들어준 크리스틴 헤일에게도 고마움을 전한다. 그녀와 그녀의 애완견 루시와 엘비는 나의 영원한 친구가 되었다. 내게 근육 상담을 해주며 우정을 나누어준 캐리 샤퍼에게 감사드린다. 사랑과 지지를 보내준 나의 시댁, 샤플레이 가족에게 감사드린다.

《권투 문화사Boxing: A Cultural History》의 카시아 보디, 《권투가 유대인의 경기였던 시절When Boxing Was a Jewish Sport》의 앨런 보드너, 《바니 로스Barney Ross》의 더글러스 센추리, 《권투 이야기》의 조이스 캐럴 오츠, 《리치》의 라일라 알리, 《유대인의 최전선Jewish Frontiers》의 샌더 길먼, 《유대인, 스포츠, 시민 의례Jews, Sports, and the Rites of Citizenship》의 잭 쿠겔먼, 《파이트The Fight》의 노먼 메일러 등 권투에 관한 책으로 나의 여정에 큰 도움을 준 많은 작가에게도 감사드린다.

서니 출판사의 멋진 사람들에게 나를 인도해 준 안토니 리치오, 책을 내는 꿈이 현실이 되도록 도와준 제임스 펠츠와 이 책을 내는 데 도움을 준 로리 서얼, 프랜 케네스턴에게 감사드린다. 벨과 베시 고든 자매의 귀한 사진을 책 표지로 제공해주고 권투계의 빠른 대응과 관대함을 보여준 《스피드백 바이블The Speed Bag Bible》의 저자 앨런 칸에게 감사드린다.

화가 찰스 밀러와 아름답고 암시적인 표지를 만들어준 디자이너 빌 브라운, 족보 조사에 아낌없는 도움을 준 모니카 탤모어에게 감사드린다. 나와 같이 도움이 필요한 이들에게 서비스를 제공해주는 '유대인 마을 파인더'에게 감사드린다.

처음 권투 글러브를 낄 수 있도록 도와주고 코치를 찾도록 조언해준 제이콥 헌터에게 감사드린다. 병에 관해 조언을 해주고 뛰어난 통찰력을 보여주었으며 경쟁과 스포츠의 가치를 이해해준 버튼 오스틴 박사에게 감사드린다.

척추지압사인 론 베셀과 내 다리가 아픈 이유를 알아내는 데 힘써준 이스라엘 특공 무술, 크라브마가Krav Maga 소속 의사에게 감사드린다. 내게 권투 영화를 빌려준 행크 페이퍼와 햄든의 '베스트 비디오' 식구들에게 감사드린다.

이 책을 쓰는 동안 나의 남편 스콧 샤플레이는 통찰력과 유머가 넘치는 최고의 독자이자 편집자였다. 그는 나의 '마운틴'이며, 늘 나의 코너맨이었다.

알을 깨고
나오는 용기

산다는 건 자신을 찾아가는 과정인 것 같다. 우리는 탄생의 순간부터 먹고 자는 원초적인 행위에서부터 놀고 공부하고 사랑하고 미워하고 괴로워하는 온갖 경험을 통해 끊임없이 자신에 대해 배운다. 그럼에도 많은 경우 우리는 그 배움을 통해 성장하지 못하고 늘 한자리에 멈춰 서서 스스로 움츠러들기도 한다. 섣불리 자신을 규정해버리고 미리 포기하기 때문이다.

따라서 자신을 새롭게 발견하고 성장하기 위해서는 새로운 시도와 모험이 필요하다. 물론 거기에는 용기가 필요하다. 알을 깨고 나오는 용기. 견고하게 나를 둘러싼 틀을 부술 수 있는 용기. 말은 쉽지만 용기는 그렇게 쉽지 않다. 그래서 저자는 말한다. 당신이 가는 길에 평소에는 무심히 지나쳤으나 어느 날 문득 눈길을 끄는 특이한 돌멩이가 있거든 그것을 집어 들어보라고 말이다. 싫은 것을 억지로 할 필요는 없다. 중요한 건 마음이 끌려야 한다는 것이다. 우리에게 필요한 건 우리의 눈길을 끄는 그 돌멩이를 집어 드는 약간의 용기이고, 그것으로 크건 작건 변화가 시작되어 우리는 또다시 성장하고 자신에게 주어진 삶을 사랑하고 즐기게 된다.

핍박과 나약함의 아이콘인 유대인이라는 정체성, 그 정체성과 마찰을 빚는 미국인이라는 또 다른 정체성, 신경 쇠약에 시달리던 어머니, 분노에 가득 차 경마에 몰두했던 아버지, 약점 많은 신체, 그로 인한 신체 활동에 대한 거부감과 두려움, 거기에다 노화와 대면해야 하는 중년기. 저자는 이 모든 감옥에 둘러싸여 있었다. 그러던 어느 날 그녀는 권투를 발견했고, 코치를 찾아 나섰으며, 권투를 배우면서 거부감을 갖고 있던 유대인이라는 자신의 뿌리와 부모와 자신의 몸을 새롭게 발견한다.

이 책을 관통하는 중심 소재는 권투이지만 중요한 건 권투 그 자체가 아니라 저자가 자신의 눈길을 끈 권투를 시작했으며, 그를 통해 생기와 변화를 얻었다는 사실일 것이다. 물론 저자에게 일어난 모든 변화의 계기는 권투였고 책의 많은 부분이 권투와 관련된 이야기에 할애되어 있어 독자들도 충분히 그 매력을 느낄 수 있다. 특히 저자가 자신의 유대인 뿌리를 되돌아보게 된 건 권투가 힘없는 소수민족의 자존심과 관계있는 운동이기 때문이다. 하지만 권투는 저자가 흥미를 느껴 선택한 도구 혹은 매체일 뿐, 세상에는 권투 외에도 몸과 마음을 일깨워 줄 수 있는 수단이 많다. 정적인 것으로는 요가나 명상을 들 수 있을 테고, 권투는 다양한 운동들과 함께 그 반대편에 위치한다. 그러니 책을 읽는 우리가 굳이 권투를 해야겠다고 나설 필요는 없을 것이다. 다만 지나치게 관념적이거나 자신감이 결여되고 소심하다고 느낄 때는 정적인 활동보다 몸을 움직이는 운동이 더 좋은 방법이고, 권투처럼 자신의 힘을 직접 느낄 수 있는 운동이라면 더없이 좋을 것이다.

　자신감이 없다는 건 자신의 존재를 과소평가한 결과이지만 실제로 우리는 우리가 생각하는 것보다 훨씬 더 큰 힘을 가진 위대한 존재이고, 그 힘을 스스로 느낄 때 자신감은 생겨나고 자라나니까 말이다. 그리고 자신감이 있는 사람은 자신의 모든 것을 받아들이고 스스로 찬란하게 빛을 발하기 마련이다.

　이 책에는 다양한 이야기가 담겨 있다. 유대교 관습, 유대인의 이민사, 유대인 마피아와 권투선수, 권투의 역사, 권투 기술, 그리고 저자의 가족사와 개인사까지. 보편적이지 않은 이야기처럼 보이지만 그 이야기들이 불러일으키는 공감은 보편적이다. 저자가 코치와 권투 훈련을 하는 장면에서는 당장이라도 같이 일어나 한바탕 격렬하게 몸을 움직여 땀을 흘리며 살아있다는 기분을 느끼고 싶어진다.

강해지고 싶어

1판 1쇄 인쇄 2012년 8월 16일
1판 1쇄 발행 2012년 8월 28일

지은이 비니 클라인 **옮긴이** 강성희 **펴낸이** 박영철 **펴낸곳** 오늘의책
기획편집 엄영희 **마케팅** 정복순 **관리** 안상희
본문·표지디자인 한승연 **본문·표지사진** U50
본문·표지사진 협조 용인대 탑 권투체육관(02-833-1219)
출판등록 제10-1293호(1996년 5월 25일)
주소 (우121-839) 서울시 마포구 서교동 377-26번지 1층
전화 02-322-4595~6 **팩스** 02-322-4597
이메일 tobooks@naver.com